向阳而生
温暖你自己

朗之

朗朗 著

（上）

天地出版社 | TIANDI PRESS

目 录
CONTENTS

第一章 "嫁得好"的三姐妹　　001

第二章　危机四伏　　065

第三章　自家的生意　　141

第四章　逢场作戏　　225

第五章　我想离婚　　299

第六章　哀莫大于心死　　365

第七章　同盟者　　433

第八章　后院起火　　495

第九章　三堂会审　　569

第十章　做自己的恒星　　601

第一章
『嫁得好』的三姐妹

第一章 "嫁得好"的三姐妹

1

"将!"

小区石桌边围了一圈人,随着向郸军满面红光的一声"将",棋局收官。

围观的人纷纷鼓掌喝彩,棋下到这种程度,真是让人佩服。

对家老李用一根手指指点着向郸军,然后回头对众人说道:"你们看看,老向这简直就是不让人活!他样样比人强,下棋还要胜我半子。不公平,不公平,老天爷真是不公平!"

向郸军得意地笑着,嘴里回道:"老李,胜败乃兵家常事,你说这种酸话,是不是心有不服?不服,我们再来!"

"不来了,不来了!"老李连连摇手,"再下一百局,我也赢不了你。谁不知道现在整个小区的运气都在你家!"

"瞎讲!怎么就在我家了?"向郸军漫不经心地把玩着手里的棋子,仿佛在把玩两个已经出了包浆的老核桃。

"怎么不在你家?"老李嚷嚷,"你三个女儿,个个嫁得好!让我们这些生儿子的都望尘莫及!"

"有一个是侄女。"向郸军解释。

向郸军一共有三个女儿,老大向前,老二向中,老三向南。向南原本是他侄女,他亲弟弟向郸国的女儿。向郸国在很多年前出事故去世了,媳妇儿一时想不开跳了楼,留下一个孤女,只能由向郓军夫妇抚养了。虽然向南是他侄女，但从婴儿时期就养在他身边，他非常疼爱这个孩子。只要一听别人说"三个女儿"这样的话，他内心的幸福小气泡就不自觉地开始翻腾起来。

"甭管是侄女还是女儿，反正是从你家走出去的。"说着，老李掰着手指头替向郓军总结道，"老大嫁博士，老二嫁高管，老三……"

老李本想说"老三嫁大款"，但话到嘴边，又觉得"大款"好像算不上什么好词儿，而且向郓军三女婿的经济实力，早就超越了"大款"的级别，似乎更应该叫"富豪"，实现了财务自由的"富豪"。

总之，向家三姐妹是整个小区婚恋的天花板，向郓军是整个小区岳父的最高级。

"遂令天下父母心，不重生男重生女。"向家愣是凭一"家"之力，纠正了眼前这个"老破小"小区的重男轻女之风。

这样的恭维话，向郓军一向听得很受用，他春风得意地跟大伙儿谦虚了几句，便起身背着手，大摇大摆地往家走去。

他们说得没错，向郓军的三个女儿，确实撑得起他这霸气的走姿。

先说大女儿向前。都说"头胎照书养"，向郓军和老婆郑秀娥在向前身上倾注了教育的"洪荒之力"，"爱的鼓励"和"棍棒底下出孝子"交替进行。向前本就长得漂亮，大眼睛，高鼻梁，一米七的大高个儿，性格爽直开朗，做事雷厉风行，从小学一年级开始，她就是学校的"三道杠"，绝对的风云人物。向前天生自带一股闯劲儿，毕业后就进了大公司，现在已经升到了销售总监。销售来钱快，供个人发挥的空间大，相当适合她。

再说二女儿向中。她是"照猪养"的产物，性格没有姐姐那么泼辣。向郅军从老大向前的教育上逐渐总结出一套经验，什么"爱的鼓励"，都是中看不中用的花把式，管用的还是老祖宗留下的"打狗棒法"。说实在的，向郅军本也不是什么吃素的善男，他的耐心早就在叛逆的向前身上消耗殆尽了，留给向中的只有俩字——执行！不过，向中和向前那块爆炭是一个血统，骨子里能驯良到哪儿去？但向郅军可不好对付，久而久之，在本人意愿和"强权统治"之间，向中琢磨出了一套阳奉阴违的"折中主义"。比如找工作这件事，向郅军觉得大女儿已经做了销售，朝不保夕，人也辛苦，就希望二女儿能够考公，捧铁饭碗，一辈子太太平平干到老。可向中不愿意，她也喜欢做具体的业务。双方僵持不下，最后向中后退一步说："我去考事业单位吧！找个效益好的事业单位，有事做，也稳定。"她管这叫"凡事取个中"，对大家都好。

最后说小女儿向南。亲弟弟没了，对他留下的唯一血脉，向郅军那是视如珍宝，含在嘴里怕化了，捧在手里怕摔了。他对向南没有教育，只有爱护。至于郑秀娥，在向南的问题上更是细心谨慎。郑秀娥是个实在的好人，作为婶母，她生怕别人说自己一碗水端不平，苛待非亲生的闺女。所以这些年来，她对向南的态度，已经从谨小慎微发展到战战兢兢了。尤其是向南嫁入豪门之后，郑秀娥更是一发不可收拾，之前她只需要看向南的脸色,现在还要看侄女婿的脸色。小时候,向前和向中只要有一丝欺负向南的苗头,向郅军和郑秀娥就会给她俩一顿"混合双打"。也许是从小被保护得太好了,向南被养得娇滴滴的,耳根子软,遇事从不自己动脑子,而是习惯性地去问父母和两个姐姐的意见。人多力量大嘛,她何苦自己操心。

向郅军哼着歌,来到自己家门口,进门便中气十足地喊道:"我回来了!"

但今天郑秀娥却没有像往常一样走过来迎接他,他低下头,一眼瞥见地上横七竖八的三双鞋。

向郅军不用猜也能分清,黑色尖头平底皮鞋,是向前的。做销售得跑业务,皮鞋显得有商务范儿,黑色则与她那些万紫千红的衣服都能搭配。鞋帮有些灰蒙蒙的白色球鞋,是向中的。这个懒丫头,在事业单位上班,时间多的是,家里是没刷子还是没肥皂,居然把鞋穿得这么脏?最外面那双虽然叫不出牌子,但一看就很名贵的细高跟真皮靴,肯定属于向南。只有不怎么走路的人,才敢穿这种摔死人不偿命的"凶器"。

"我回来了!"向郅军又故意提高嗓门儿吼了一句,顺便往里走了几步,为的就是吸引她们的注意。

三个女儿如他所想,正排排坐在沙发上,听到他的喊声,齐刷刷地抬起眼皮瞟了他一眼。很快,向中和向南就垂下眼睑,继续看手机。唯有老大向前,继续用一双"死鱼眼"盯着向郅军。

从向前小时候起,向郅军就最怕看到她这双"死鱼眼"。她眼睛大,笑起来的时候显得眼线很长,如弯弯的上弦月;可她

第一章 "嫁得好"的三姐妹

一旦板起脸,她的眼神就会像下雨天陆依萍看陆振华那样,变得凶神恶煞。向前一旦出现这种眼神,家里就肯定是发生什么大事儿了。

向郅军顿感不妙,迅速转移话题,冲着厨房吼道:"老太婆!饭好了没有?饿死人了!"郑秀娥正好端着热气腾腾的一盘菜出来,回道:"叫什么老太婆?我没有名字啊?"她为老向家培养了三个这么出色的女儿,才不受老公的气,不管家里家外,她的头都昂得高高的。

"你在外面叫'郑秀娥',在家里就得叫'老太婆'和'孩儿她妈'!"向郅军嘴硬。他得赶紧在郑秀娥这儿嚣张一下,因为向前那颗"不定时炸弹",不定什么时候就会爆炸。

"长江后浪推前浪,一浪更比一浪强",向前是家里最像向郅军的"后浪",但这"后浪"别的没学到,唯有脾气比他更臭、更硬。

死鱼眼……想到这儿,向郅军竟然打了个冷战。

"就这菜?"向郅军啧啧摇头,"不得劲儿!我得去厨房扒头蒜。老太婆,你随我进来,帮忙打下手!"

郑秀娥又好气又好笑:"扒头蒜有啥好打下手的?你是扒蒜,又不是扒皮!"

向郅军直接吼起来:"让你进来就进来,哪儿那么多废话!再不进来,扒你的皮!"

"得得得!我该你的。"郑秀娥不跟饿汉计较,摘下围裙往厨房走。

方才在客厅还气焰嚣张、声如洪钟的向郅军,一进厨房,说话就变成了蚊子哼哼:"老婆,今天到底咋回事儿?仨闺女咋同时回来了?向前还是那副死样子,眼神就跟要吃人一样。"

郑秀娥想回答,却又支支吾吾地说不清楚:"我也不知道具体的,好像是向前说她发现了高平出轨……"

"出轨?"向郅军眼睛瞪得像铜铃,"这可不是说着玩儿的!高平要真敢出轨,就叫咱闺女立马跟他离婚!下午就去办!"

郑秀娥白了他一眼,说道:"你自己的女儿你还不知道?那向前说高平出轨,就跟喊'狼来了'似的,哪个季度不喊上几回?不是我说,也就她拿高平那么个穷学生当香饽饽,别人别说来抢了,估计看都不会多看一眼!"

"浅薄!短视!无脑!"向前果然是向郅军亲生的,不是向郅军偏心向前,而是这父女俩的脑回路根本就完全一样,他气哼哼地跺着脚数落郑秀娥,"你懂什么?!这年头'僧多肉少',狗屎都有人抢!何况人家高平,要智商有智商,要学历有学历,而且长得仪表堂堂的……也就你这个势利眼丈母娘看不上人家!"

"我什么时候看不上他了?"郑秀娥瞪圆了眼,一脸委屈地辩解,"我看不上他,能把女儿嫁给他?!你别女儿一有事儿,就往我头上扣屎盆子,好像是我没教育好一样!等女儿有什么好事儿,你又冲在最前头,恨不得昭告全天下,功劳全是你一个人的!"

"喊!"向郅军撇嘴表示蔑视。

郑秀娥大手一挥,道:"行,我不跟你争!高平有没有出轨,你自己出去问向前,等都问清楚了,你们再根据蛛丝马迹慢慢推理。反正啊,我还是保留我的观点,这事儿肯定又是你那宝贝女儿在捕风捉影!她这争强好胜、爱作妖的性格,完全随你,纯遗传!"

说完,郑秀娥气冲冲地拉开厨房门,又停下来,转头郑重地纠正了向郅军一句:"对了,你刚刚用错成语了,是'僧多粥少',不是'僧多肉少',和尚不吃肉!"

2

"毛病!"向郅军恶狠狠地抡起菜刀,往蒜头上一拍,拍出一堆雪白的蒜肉。他拈起一块放进嘴里,鲜辣刺激。

一顿饭吃得寂静无声,向郅军是想问又不敢问,向前是想说又懒得说,最后还是向中站出来打破了沉默:"姐,我觉得是你想多了。姐夫只是点了杯奶茶而已,又不是叫了个小姐,你就那么肯定,他在外头有了人?"

"你姐夫家有糖尿病家族史,你觉得他会去点一杯高糖、高脂、加芋圆、加奶盖的奶茶吗?"向前放下饭碗,反问向中。她那不容置疑的眼神,宛如八大山人笔下翻着白眼的鱼鸟。确实,向前的公公就是因糖尿病去世的,她婆婆去年也开始自己在家注射胰岛素。向前的老公高平是学医的,平时非常注重养生,不可能对家族遗传病毫不在意,放纵到去喝奶茶。

"哎哟,果然男人都不是好东西!"细声细气的向南也忍不住开腔为大姐抱不平,"大姐夫这才去医学院读博几天啊,就动歪心思了?他可别忘了,他能有今天,全亏了我大姐!"向南对两个姐姐的话一向是深信不疑的。大姐对姐夫的怀疑就算是错了,那也是误会一场,不是她大姐的问题。

"向南!别瞎掺和!"向郅军眼见情势复杂,心里就打起了退堂鼓,不想掺和。老婆说得对,在没有人赃并获、捉奸在床的时候,还是先看看再说吧。

向郅军要想把自己择干净,必然会带着向南。

"那要是姐夫实验室的哪位女同学、女同事手机没电了,请他帮忙点一杯,这也不行?"向中拼命打圆场。毕竟姐夫出轨这事儿,如果坐实了,向前丢脸;如果是虚惊一场,向前回娘家闹出这么大阵仗,也丢脸。最好现在就赶紧给强势的大姐找个台阶下。

向前却不依不饶,坚定地反呛向中道:"高平和我说,他们实验室没女的!"

向中立马不说话了。

向南张嘴刚想说话,向郅军就在桌子下面猛踢她的脚。

"爸!你踢我干什么?!"向南吃痛,恼怒地直接质问向郅军。

只要向南一叫"爸",向郅军就没辙了。虽然向南坏了他的好心,但此时满脸赔笑的却是他自己。

向郅军道:"我没有踢你,不小心碰到的。"他转而又对向前、向中挥了挥筷子,严厉呵斥道:"你俩都别说了!编得有鼻子有眼的,一杯奶茶而已,能说明什么?又不是手绢、头发……这都二十一世纪了,男女之间说句话、帮个忙就是有不正当关系了?你们还没我一个老头子思想开放。那高平要是心里真的有鬼，能这么轻易地让你抓着？真是吃饱了撑的！都给我吃饭！放着好好的日子不过，净瞎折腾！"

向郓军比任何人都无法忍受女儿们婚姻中的瑕疵。他这些年被街坊四邻夸赞惯了，早已在"稳坐泰山"这件事上飘飘然。谁家能有这么三个拿得出手、叫得响的女婿？

大女婿高平学医，工作两年，今年刚考上医学院胸外科的博士。国王的妻子叫"王后"，皇帝的妻子叫"皇后"，那向前就是名副其实的"博士后"。

高平不光学问做得好，而且长得玉树临风、一表人才，在医院里白大褂一穿，简直就是"行走的葡萄糖"，甜化一众女护士、女病人的心。

但人总不可能没有缺点，如果硬要对大女婿高平鸡蛋里面挑骨头，那就是他的出身差了点儿，他是个从草窝窝里飞出来的凤凰男。高平家在农村，上面还有一个姐姐，父母都是农民，父亲爱挑理，母亲蛮横。这样的家庭，很难不出现重男轻女的情况。高平的姐姐高安，读完初中就被父母报了卫校，早早地出来当护士，赚钱补贴家用了。高平用姐姐补贴的钱，不仅读完了高中、大学、硕士，还娶上了大城市里的媳妇儿——向前。

以向前的条件，本来可以找个比高平条件更好的本地人，但奈何她年轻时不懂事儿，感情上也瞎折腾，曾经结过一次婚，三个月后又闪离。虽说年轻人分分合合是常有的事儿，但一旦领过证，性质就不一样了。向前的第二次婚姻，就不能再追求十全十美了。在外貌、才华、人品、家境等考察条件里，向前选择划掉"家境"。

向前从小就对拯救苍生的社会工作很有好感,比如警察、医生、消防员,总之都是穿制服的。她是"制服控",曾经还对飞行员感兴趣,恨不能嫁个中国机长,直到后来遇到了学医的高平。

向前二婚能嫁给高平,已经是老向家祖坟上冒青烟了。向前乘胜追击,拼事业之余,还给老高家生了一对龙凤胎。

向郓军在外面之所以被人这样夸赞,不只是因为女儿们嫁得好,更是因为连向前这样的一把"烂牌",都能重新打好,放眼望去,全市能有几个?可见老向家的教育和手段不一般。

向前虽然人美又能干,气场两米八,但因为自己是二婚,内心多少还是有些自卑,比如这次的事儿,她就不敢当面去质问高平。万一高平没出轨,她不是打自己脸吗?而且也显得自己太重视他,生怕被甩,成天紧张兮兮地监视他。

"爸说得也有道理。"向中这棵墙头草,立刻又把话风转了过来,"我家邓海洋,哪个月不点几回奶茶?他们互联网公司,成天你请我、我请你的,大家轮流坐庄投食,整个部门都吃得跟猪一样。"

向中的老公邓海洋,A大毕业,原本只是敲代码的程序员,后来站在人脸识别的风口,拿到了独角兽公司的初创期权,成了有钱人。

向中和邓海洋是相亲认识的,所以他们俩的婚姻从一开始就像公平交易一样,房子、车子的首付双方家庭各出一半,剩下的靠小两口打拼。这几年邓海洋靠技术翻身,不仅还完了剩下的房贷、车贷，偶尔还能给向中买一两件奢侈品，小日子过得算是红红火火。

俩人唯一的遗憾，就是结婚好几年了还没孩子。向中说是邓海洋不想要，但郑秀娥私下去套邓海洋的话，又感觉好像是向中不想要。这种事关系到两口子的隐私，所以局外人不容易整明白。郑秀娥又不是没有外孙、外孙女，所以就睁一只眼闭一只眼，随他们去了，大不了过了三十五岁，让向郅军拿棍子赶他们俩去做试管婴儿。

"互联网公司是互联网公司，二姐夫身为管理层一员，得施点儿小恩小惠去笼络下属。大姐夫还是学生，能一样吗？"向南就是一根筋地想说实话，也不管这实话会不会戳人肺管子。

果然，听了这话，向前立马黑了脸。

向南自知失言，忙转移话题道："哎呀，说起这奶茶，我也馋得慌！我都不记得自己多久没喝过奶茶了！"

"嗯？"向郅军和郑秀娥同时抬头愣住。

"你们小区没有外卖吗？"向中问。

"有是有，可我们那个别墅区，外卖和快递都不让进来，只能放在物业那儿，自己去拿要走好远的路……"向南有意无意地抱怨了一句，把两个姐姐说得微酸。

"那你不会叫司机出去帮你买？"向中道，"你家不是养着好几个司机吗？"

向南无奈地摇了摇头："都忙着接人，成天转磨似的，哪有空给我跑腿儿买奶茶啊！"

向南的老公江宏斌，外号"大logo（标志）"，某上市公司总裁。之所以叫"大logo",是因为江宏斌有个习惯,每回向南给向家二老买奢侈品的时候,他都要求向南既不要买限量版也不要买带暗花的,而是要买带logo的,而且logo越大越好。

江宏斌到底是浸淫商场多年的人,对人性看得透彻。和向郅军、郑秀娥居住在同一个小区的那些人,估计能正确念出"Louis Vuitton(路易·威登)"的人寥寥无几,向南要是给他们买Loro Piana(诺悠翩雅)、Brunello Cucinelli(布鲁内洛·库奇内利)、Andrè Maurice(安德烈·莫里斯),有人认识吗？

所以,向郅军经常系着一条带有硕大的LV标志的皮带,拎着菜篮子去菜市场买菜。那些小贩见了他,都"老板"长、"老板"短地叫。向郅军听了心里甜滋滋的,他这辈子被人叫过"向工""向师傅""老向",就是没被人叫过"老板"。但就算是系着LV皮带,"向老板"买完菜也得让小贩便宜几毛钱,外饶一把小葱。这使得那些小贩瞬间总结出一条人生暴富秘诀——钱都是抠出来的,越有钱越抠!

江宏斌还经常让司机用家里的车送向南回娘家,每次车子开到向郅军小区门口,都会有保安迎上去,这时车里就会伸出两支名牌香烟,保安接过后便满脸堆笑地放行。久而久之,小区保安们都期盼着向南能在自己当值的时候回家看父母。

如此风光,拥有女婿界的"三驾马车",也只有向家了。

向郅军说,年轻的时候,有个算命的说他这辈子事业平平、财运平平,唯独子女缘厚,老年还会走"狗屎运"。真准!

3

吃完饭，向郅军随郑秀娥钻进厨房洗碗。

姐妹仨也同时钻进里屋，背着父母去说体己话。

"大姐，也许真是你想多了，一杯奶茶而已，又不是什么了不得的事儿。这疑心易生暗鬼，要不你干脆回去直接问问大姐夫得了！"向南主动安慰向前。

"是啊，你们夫妻共用一个账号，高平既然敢用这个账号下单，就说明他心里没鬼。"向中也劝向前。她知道大姐的脾气，向前是那种处理大事特别有手腕的女人，可一旦碰到感情小事，就容易钻牛角尖，有些固执己见。

"我不问，绝不问！问了倒好像是我小心眼儿似的。"向前嘴硬，情绪激动，胸口一起一伏的，"这奶茶绝对没那么简单！这是女人的直觉！"

向中和向南对视了一眼，"女人的直觉"一出，硬劝就完全没意义了。在"女人的直觉"面前，别说是辩解了，就算是铁证如山，她也未必能放下芥蒂。

向中只得换个角度，迂回地劝道："哎呀，大姐，你和高平，房子、车子都买了，连孩子都生了两个，还怕啥？婚姻中经济利益的捆绑和孩子的牵绊是最牢固的，就算这次奶茶的事儿真像你怀疑的那样，你们也还是固若金汤的夫妻，日子还得继续过下去不是？难不成为了这点儿小事儿，就把家给拆散了？"

向家的女儿（上）

"哼！"向前烦躁地捋了一下耳边的短发，冷笑道，"什么房子、车子？那都是我买的！结婚这么多年，他高平出过什么钱？以前当医生的时候，月薪八千，现在读了博，每个月就领两千六的国家补贴，自己开销还不够呢，还买房买车？"

说到这儿，向前更愤懑了："呵呵，他倒还有闲钱点奶茶！"

提到钱，在家庭开销中，高平确实出得不多。向前是她们仨中唯一一个结婚时没收彩礼的。当年高平妈不肯出彩礼也就算了，还把话说得十分难听，意思是向前一个二婚的，还要什么彩礼，难道第一个老公没出吗？

向前有苦说不出，第一个老公还真就没出。她当年叛逆，头脑一热，是背着父母偷偷领的证，等家里人知道的时候，婚都已经离了，哪里还有彩礼的事儿？这件事一直是向前心中过不去的坎儿。

这些年，高平的工资除了自己开销，就是给他爸治病，给他妈养老。

高平的姐姐高安也是上辈子欠他们的。高平结婚，二老一毛不拔，倒是本也算不上富裕的大姑姐高安给了向前一万块钱，让弟媳妇儿买新衣服。向前哪里肯收，死活推了半天，高安最后用翻脸相威胁，向前才不得不勉强收下。结婚以后，向前念着高安的好，每年都给她送一套价值不菲的化妆品，价值早超过了一万块钱。

可以说，向前在夫家没沾到一分钱的光，还赔进去不少。但奈何高平是医学院的博士，说出去有面儿，而且未来可期——胸外科大夫是实打实的潜力股。

第一章 "嫁得好"的三姐妹

现在大城市里的本地人，有几个是缺钱的？"大龄剩女"愿意陪房陪车的多了，高平这样的，只要一放出去，就算离过婚、有过娃，那也是香饽饽。所以，向前虽然心里苦，但在娘家以外的场合也不敢多抱怨。

向中无奈，干咳了一声，尴尬地接道："高平钱不多，这点你和他结婚的时候不就知道了吗？你不就是不图钱才嫁给他的吗？现在何必又计较这些？"

"我不是计较！"坚强如向前，此时也憋屈得红了眼眶，"夫妻之间，只要是为了小家庭好，投入多少，我都心甘情愿！这些年，我挣得多，就多投点儿，可……可高平他不能因为我挣得多，就把家庭的担子完全放到我肩上，然后自己出去花天酒地！"

"你看你，越说越离谱了！"向中抽了张面纸递给她，"点一杯二十多块钱的奶茶，就花天酒地了？那要是吃一顿饭，岂不就成纸醉金迷了？"

向前不说话，接过纸，用力地擤了擤鼻涕，而后愤愤地将面纸扔进垃圾桶。

向南见不得大姐堵心，自告奋勇道："大姐，你要真拉不下这个脸去问大姐夫，那不如我去替你问！只要有了答案，你就不会胡思乱想了。"

"向南！"向中立即喝止她，"你脑子坏掉了？你去问，那不就是摆明了告诉高平，大姐回来诉苦了吗？"

向前都无法启齿的事儿，她这个小姨子仅凭一腔孤勇就能要到答案？而且人家两口子的事儿，向南这小丫头片子搅和进去太不合适了。

"你们放心,我不直接问!我用话术,套他的话。"向南争辩。

"就你那三脚猫的功夫,还套话呢?别被高平套进去是真的。你别看高平平时不声不响的,一副老实人的模样,其实心眼儿不少。人家是博士,智商远在你之上!"向中拿出二姐的款儿,用话堵她的嘴。

"那怎么办?"向南也急躁起来。

"要我说,这件事只有不声不响地闷掉。"向中说。

"闷掉?!"向前和向南同时抬头,眼中皆现出惊异之色。

"是啊,大姐。既然你怀疑高平有问题,那不如就真当他有问题,回去慢慢寻找其他的证据。"向中道,"就算是要说他,你也总不能凭一杯奶茶就判人死刑吧?高平不会心服口服的。"

向前不说话了。她如果不说话,就是认可对方说得有理。

"姐,你平时做销售,不是最沉得住气吗?你的那些大客户,不都是你耐着性子一点儿一点儿磨出来的吗?怎么一碰到家里的事儿,就这么毛躁,恨不得一棍子把人打死?"向中乘胜追击,给向前做思想工作。

"行吧,既然你都这么说了,那我就先不闹,回去留意着。"向前终于被向中给说通了,同意先把事情压下来。

向南在一旁眨巴着一双呆萌的大眼睛默默听着。每每遇到事情,她都只有搅局的份儿,最后拿主意的还得是两个姐姐。

姐妹仨从娘家出来,就各回各家了。

向前虽然一时被向中劝住了,但心里依然有疑虑,心情还是不太好。回去的路上，她边开车边忍不住脑补高平和某个女孩儿共用一根吸管喝奶茶的画面，甚至连那个女孩儿的形象都琢磨得越来越具体：她一定是长长的头发，发色微微带点儿栗色，穿着白衬衫、牛仔裤，长相清纯，化着淡妆，一笑起来，两只眼睛就变得弯弯的……

向前知道自己越想越离谱，可她就是控制不住。她幻想出来的这个"第三者"，其实完全就是她自己的反面。

向前本就比高平大九个月，长得还偏成熟，面部轮廓硬朗，五官属于那种高冷的"御姐风"。为了节约早上出门的时间，她将头发剪成了干练的短发，平时最喜欢穿的是职业套装。

向前将车停在自家小区车位上，伏在方向盘上冷静了很久，才拎包回家。

向前一推开家门，就看见双胞胎兄妹高向左和高向右坐在地毯上看动画片。左左和右右都上幼儿园大班了，可向前的婆婆还总喜欢给他们的衣服外面再套上碎花罩衫和袖套，简直土得掉渣。

"妈，您别总给他们看电视，这种幼稚的动画片看多了，大脑得不到开发，还伤眼睛。"向前还没换鞋就忍不住提醒道。

婆婆冷笑道："我就一个人在家，还要做家务，不给他们看电视怎么办？你说得倒轻巧。在我们农村，小孩子不都是这么放养着长大的吗？有的家里还没有电视呢！左左和右右喜欢看动画片，多好啊！"

向前最烦高平妈总把"在我们农村如何如何"挂在嘴上，她说的从来不是现在的农村，而是二十年前的农村。

"妈！……算了。"向前今天心情不好，不想和她拌嘴，不过还是多问了一句，"今天一点半的在线英语课，您给左左和右右放了吗？"

高平妈一脸平静，回答得理直气壮："什么英语课？你那个什么'德'，我又不会用！"她说的"那个什么'德'"，是指iPad（苹果平板电脑）。

向前一下子恼火起来，她说话向来直率，于是大声道："妈！您不会又没给他们放吧？那个在线英语课是我花钱买的，一节课要三百多呢，老师可是外教！您不开机，这个钱我也是要给的，白白浪费了孩子上课的机会，给老师留下的印象也不好！"

正巧这时高平也下课回来了，他一进门，就听见婆媳二人又在争吵，忙问怎么回事儿。

高平妈满脸委屈地向儿子告状："你媳妇儿又训我！怪我没给孩子上电脑课！你们那个电脑，我又不会用！这个键那个键的，不是强人所难吗？"

向前不服，从客厅桌子的抽屉里抽出一张A4纸道："妈！我已经教您多少遍了？而且每一步怎么用，我怕您记不住，还特意写在纸上放在抽屉里，您难道就不能看一看吗？"

高平妈不听，横竖只有一句话："我不会用！"

高平朝两人做出息事宁人的手势："向前，你先别急，我妈她毕竟年纪大了，接受新鲜事物有个过程，何况是复杂的电子产品。妈，您也少说两句，先进厨房去做饭，我饿了，这事儿慢慢解决。"

饶是高平这样各打五十大板，高平妈还是觉得自己一点儿错都没有。她恶狠狠地瞪了向前一眼，昂首挺胸地进了厨房。

向前正为奶茶的事儿愤懑，一见高平又在和稀泥，更是气不打一处来，直接甩脸子进了卧室。高平见状，赶忙追了过去……

4

"今天怎么了，生这么大气？我妈不会用电子产品，你又不是第一天知道，以后别就指望她了嘛。"高平挨着向前在床沿上坐下，耐心劝说道。

向前一扭身一瞪眼："噢，以你的意思，是我指望错了人，错还在我呗？！"

"不是错在谁的问题。"高平脾气好，有耐心，"我的意思是，以后你少指望她，你自己也少生气。我这还不是为你好？气坏了我宝贝老婆的身子，我会心疼的。"

一听"宝贝老婆"四个字，向前的态度明显软了下来。高平就是因为摸清楚了向前这个刀子嘴豆腐心、外刚内柔的性格，所以才能把"女王大人"吃得死死的。

"不指望她？那你叫她回老家去！"虽然向前气消了一半，但奶茶的事儿仍然如鲠在喉，偏偏高平妈今天又来拱她的火。

"怎么又提这茬儿？"高平的脸上露出一丝不耐烦，"我妈在这儿，不是给我们看孩子吗！"

"看孩子？"向前冷笑道，"她看孩子，要么就是把孩子往电视机前一丢，然后自己爱干吗干吗；要么就是领着他们在小

向家的女儿（上）

区里转，张家长李家短地耗一下午。"

"每个人带孩子的方式不同而已。"高平道，"你就当我妈是个不花钱的保姆……"

"打住！"向前立刻做出"停止"的手势，"我不缺这一个月请保姆的几千块钱！你妈在这儿，做的饭齁咸、齁腻，还喜欢乱翻我东西。有她在，我的生活质量一落千丈！这可不是几千块钱能弥补回来的。"向前今天铁了心要在婆媳问题上跟高平掰扯一番，他让自己不痛快，自己也不能让他痛快。

高平的软肋就是他的原生家庭，他亲爸死了，亲妈就是死穴。高平妈对所有人都很蛮横，唯独对高平这个宝贝儿子倾注了全部的爱。被她折磨的那些人里，甚至包括高平爸和高安。高安年纪轻轻就被迫辍学，而高平爸临终时躺在病床上，竟然还被高平妈强烈要求提前拔管。

高平妈说："老头子不中用了，治了也是白治！钱花完了，还不是领个病人回去？俗话说，'治得了病，治不了命'，老头子命该如此。所以，咱不治了，把钱留给儿子！"

向前当时就站在制氧机旁边，听了高平妈的话，脸色完全黑了。

高平爸年轻时又是种地，又是去工地上干活儿，吃了一辈子的苦，把所有挣来的钱都贡献给家里，贡献在培养高平上，后来老了，落了一身的病。高平爸在高平结婚前，一天好日子都没过上，儿子才娶了媳妇儿，他就查出了重病，还被老婆要求放弃治疗，也太惨了。

于是向前忍不住仗义执言了一句："要不还是听医生的吧，

医生不是也说只要好好照顾，还是很有希望恢复的吗？"

谁知，高平妈一听这话，立刻在病房里哭天抢地地撒起泼来。她往地上一坐，大声哭诉道："哎哟！你怎么能帮着医生说话呢？！谁不知道医院黑心，就是为了骗钱？！他跟你说有希望，还不是让咱继续送钱！这都多少钱扔进去了，你爸还不见好！那些钱肯定都进了医生、护士的口袋！他们怎么这么黑心哟，连死人的钱都要赚，也不怕损阴德……"

向前整个人都呆了。病房里当时还有一个医生和一个护士在查房，高平妈竟然就这么劈头盖脸地说人家，简直毫无体面可言。

向前尴尬地望了医生、护士一眼，人家修养还不错，只是摇着头走了。

但在接下来的治疗中，向前明显感觉到医生完全就是公事公办了，只要高平妈说放弃治疗，医生就直接开单子让家属签字。

向前和高平觉得，高平妈要这么继续闹下去，高平爸的生活也没什么质量可言了，就算继续住院，高平妈什么好药都不肯给高平爸用，高平爸也不过是等死罢了。

去捧高平爸骨灰的那天，高安哭得很伤心。向前觉得自己没有坚持给公公积极治疗，问心有愧，于是想上前跟高安解释几句，不过高安特别明事理，不等向前开口，就直接对她说道："你们已经做得很好了，是我爸……我爸他这辈子没有享福的命，不怪你们……"

高安话音刚落，高平妈就凶神恶煞地冲过来对她嚷道："怎么是你捧骨灰盒？骨灰盒要儿子捧！人事不懂的东西，快还给你弟弟！"

高安含着眼泪，把骨灰盒交给高平。

向前看不过眼，怒气一下子冲到头顶，大声帮高安说话道："妈！高安捧骨灰盒怎么了？女孩儿就不是人了？她不也是你和爸生出来的吗？凭什么就没资格捧骨灰盒？是哪条法律规定的，骨灰盒只有男的能碰，女的不能碰？！"

高平妈凶狠地瞥了向前一眼。高平爸走后，她一滴眼泪都没有流过，仿佛死的不是在她身边睡了半辈子的枕边人，而是不相干的远房亲戚，甚至连远房亲戚都不如，远房亲戚至少还会随个礼，去灵前鞠个躬。

高平妈看向前的眼神虽然凶狠，但转头骂的却是高安："你还杵在这儿干吗？别以为我不知道你心里打的什么主意！你爸的钱都在我这儿，嫁出去的女儿泼出去的水，你一分钱也别想分到！少给我在这儿扮孝女唱戏！"

"妈！你……"向前听不下去了，想要跟高平妈大吵一架。高安一把拉住她，使劲儿摇了摇头，又冲骨灰盒努了努嘴，意思是天大的事儿，也不适合在火葬场这种地方大吵大闹。向前这才作罢，但从此以后，高平妈便成了她心中的"有的人"——"有的人活着，他已经死了"。

高平爸去世后，高平妈孤身一人，高平认为只能把她从乡下接来同住。向前本不愿意，但奈何高平坚持，最后她只好同意了。而且她也知道，如果他们不把高平妈接过来，高平妈就会去拖累高安。

高安从小受苦，也许是受原生家庭的影响，结婚后过得并不幸福。老公贪玩好赌，成天不着家，她一个人跟上初中的女儿相依为命。

向前是个仗义的人，觉得自己条件好些，就尽量把能承担的责任都给揽过来。而且高平妈从一开始就十分偏心，高安从小就被送到了外婆那儿，六岁多才被接回来，十五岁又被送到卫校，真正在高平妈身边的时间，不足九年。

"好了好了，我知道你受委屈了。"高平又开始和稀泥。他揽过向前的肩膀，摩挲着她的胳膊，希望用亲昵的举动，来消除向前对他亲妈的憎恶。

向前今天只穿了一件薄薄的羊绒衫，高平一抚摸她，一股异样的心动，又抑制不住地像一股电流一样涌上她的心头。她再一抬头，看见高平英俊的笑脸，心一下子又软了。她说："我委屈不委屈的不要紧，可孩子的教育是第一位的！你妈老这样让他们缺课，现在外面竞争多激烈，大家都是从早教开始抓起，你也不希望左左和右右输在起跑线上吧？"

高平不跟她争辩，索性顺毛捋，把问题抛还给她："那你打算怎么办？"

"我能有什么办法？难不成我摁着你妈的头，让她再学一遍如何使用平板电脑？她就算是今天被强逼着学会了，明天软件一更新，又得重头来，这么反反复复的，简直是浪费我的时间！"

听了向前的抱怨，高平低头沉吟了一下，而后仿佛打定了什么主意一样抬起头道："要不……咱们给左左、右右请个家庭教师吧？"

"家庭教师？"向前一愣。

高平道："是啊！也不拘什么学科，只要老师来了能看住他们两个就行！"

"可请老师贵吗？现在都是按小时计算的，一个小时得多少钱啊？三百还是四百？"向前有些忧心地问。不当家不知柴米贵，向前当家，更明白挣钱不易，所以每一笔开销，她都必须深思熟虑，追求最高性价比。

高平想了想道："我的想法是，我们学校研究生多，其中有那种家庭贫困的，如果能从其中找一个，一个小时给个两百就差不多了，肯定有愿意来的。"

"嗯……"向前微微点头表示同意，这也不失为一个办法。

看来老公的博士还真没白读，她吃到的第一个"博士后"红利，竟然是找家教。

但她还有一件事放心不下，于是赶紧提醒高平道："那你可一定要找个女的！现在社会上的变态色狼太多了，性侵小朋友的也不是没有！右右可是女孩儿，你妈在家又不好好看着。而且，女老师细心，也更有耐心。"

"好！"高平同意，"老婆大人说什么就是什么。那明天我就去我们学校问问有没有合适的女研究生。"

"嗯。"向前的气基本上消了，便不打算再和高平在屋里浪费时间，她站起身往外走，"咱陪孩子去吧。"

5

向中戴着耳麦，哼着歌，坐地铁回家。

刚在楼下，向前和向南争着要送她，可都被向中拒绝了。她既不想在向前的车上继续听向前唠叨她家那点儿破事儿，也不想在向南的车里，当着司机的面儿拘谨地说话。

向中喜欢自由自在，她甩着小包，迈着轻盈的步伐，溜溜达达地就回家去了。

她推开家门，家里又是一股外卖味儿。今天是周六，邓海洋不上班，所以从早上起来就坐在电脑前不停地打游戏、吃外卖。向中掩了掩鼻子，然后蹙着眉打开家里的窗户，希望空气能清新一些。

"回来了？"邓海洋坐在那儿，头也不抬地问道。

向中走过去，刚想说话，就瞥见邓海洋头顶那块越来越大的秃斑。

都说程序员是最容易未老先衰的生物，可邓海洋这"报废"的速度是不是也太快了点儿？其实邓海洋年轻的时候，虽谈不上风流倜傥，但五官也还说得过去，另外还有身高优势。如今才三年多的工夫，怎么就……

向中望着他的体态直摇头，原本一米八的个头儿，因为长期佝偻着背，看起来也就一米七五。加上日渐发福，他的腰围已经冲到了三尺三，长裤摊开几乎是正方形！

不知道是不是外卖味儿没散干净，向中只觉得一阵反胃。

"今天饭吃得怎么样啊？"邓海洋问道，"难得回娘家，怎么不多玩一会儿？"

向中抱着一只抱枕，坐到一旁的沙发上，反问道："怎么，你很希望我晚点儿回来吗？"

邓海洋把鼠标点得"嗒嗒"响："哪儿能啊？这不是想让你多陪陪爸妈和向前、向南吗？怎么样，他们都还好吧？"

向中便把向前家的"奶茶迷案"一五一十地告诉了邓海洋。

谁知邓海洋听完就直接撂下鼠标，走过来，一脸八卦地对向中说："这还用说吗？绝对有事儿啊！嘿，这高平……平时看不出来，真有他的啊！"

向中呆呆地望着邓海洋那张兴奋的胖脸，只觉得油腻无比。她顿时有种身心俱疲的感觉，制止他道："你现在怎么比我还八卦？不就是一杯奶茶吗？看你跟破了多大的案子似的！我说，你不会是自己也这么干过吧，不然怎么会这么懂？说！你有没有单独给女同事点过奶茶？"

邓海洋立马露出被冤枉的表情："东西可以乱吃，话呢，可不能乱说！"他像一只黏人的加菲猫，在向中的脚边蹲下来，伏在她膝盖上说："在我心里，老婆最大！我邓海洋怎么能干那种事儿呢？再说了，老婆，咱家的钱不都放在你那儿吗？我每个月就领一千块零花钱，哪儿有闲钱干那种事儿啊？"

向中听了，虽然嫌弃邓海洋的猥琐，但感觉他的话确实还蛮叫人受用的。向中轻轻踢了踢他："你脑子清楚就好！滚开滚开，别烦我，老娘要练帕梅拉了！"说着，向中站起身，在客厅中央铺上瑜伽垫就开始热身。

第一章 "嫁得好"的三姐妹

邓海洋失落地撇了撇嘴，滚回电脑前打游戏去了。

向中对着邓海洋的方向做平板支撑，费力地坚持着。她不禁开始反思，这个老公真的是她当初想要的吗？

向中是标准的"外貌协会"，不仅对异性要求高，对自己的外表也是片刻不放松。向家三姐妹的样貌各有千秋，向中为了保持最纤细的身材，坚持了近十年的瑜伽、普拉提、夜跑等，只要她的屁股下垂了半厘米，或是腰间多了一丝赘肉，她就会加大锻炼强度，直到将身材塑造成前凸后翘为止。

除了爱健身，向中还很爱接触新鲜事物。"空中瑜伽"刚火起来的时候，她就腰间缠着丝带，把自己吊在半空中，跟着教练在瑜伽房里做各种动作；后来又兴起了"热普拉提"，向中就买了个弹力球，每天在家跟着教程练腰、练臀；接着兴起的"十二分钟魔鬼暴汗帕梅拉"又成了向中的新宠，在每天的"暴虐"之下，她的双腿逐渐练成了令人艳羡的"筷子腿"。

而邓海洋过了三十岁之后，似乎就对自己的身材彻底放弃了。他本就不是特别帅的类型，放飞自我无疑是让本就不高的颜值雪上加霜。但他本人似乎不以为意，他年轻的时候熬夜打拼，自认为已经把一辈子的钱都赚到了，现在唯一要做的，就是享受小富即安的生活。

向中不禁感慨：万恶的资本真是能改变人！

贫穷逼人奋进，富贵使人堕落。这是亘古不变的真理。

现在邓海洋的脑子里，除了吃和打游戏这两件能产生短暂快感的事，还有别的吗？

其实，生活的残酷并不在于不幸，而在于你已经处在所谓的幸福之中，内心却仍然感觉不到满足。这种不满足会带来强大的空虚感，向中一直努力用事业和各种活动来填补内心的空虚，但她仍然觉得于事无补。

寂寞像野草一样滋生，而这种无病呻吟般的苦楚，却无法对他人言及。

回家的路上，向南坐在车后座，透过车窗，望向马路上五彩斑斓的招牌。转角处，奶茶店的标志在她眼前一闪而过。

"马师傅，停车！停车！"她急忙冲司机招手。

"夫人，什么事儿？"马师傅并没有任何减速的意思。

向南兴奋地指着奶茶店的方向道："你在前面停一下，我下去买杯奶茶！"

马师傅望了一眼奶茶店的方向，很冷静地回绝道："夫人，不是我不停车，而是这里不让停车。况且这家奶茶店天天排队，没有半个小时买不来的。我待会儿还要按老板的吩咐去机场接客户，怕时间赶不上。您要是实在想喝，不如回去之后我帮您叫个外卖？"

向南听他说完一下子泄了气，又想起回家后未必有空出来拿外卖，便沮丧地说："那算了！我也就是随口一说，现在也不是很想喝了。"

马师傅冲后视镜笑笑："夫人，那玩意儿喝多了不好，糖分高，容易发胖。"

"嗯。"向南不再言语，心中却仿佛被人抽干了糖分一般，感觉无比失落。

回到家，向南便急忙开始准备全家人的晚饭。她打开冰箱，才想起江宏斌说晚上要回来吃饭，他指定的一款牛排已经没有了，只好去超市买。因为马师傅已经把车开走了，向南只好坐吴师傅的车出门。

车子刚开出去一段时间，向南就看到马师傅的车停在方才那家奶茶店附近的马路边，马师傅正牵着一个女孩儿的手，女孩儿高中生模样，手里正拿着一杯奶茶。

向南有点儿生气，指着马师傅的方向问吴师傅："那个是老马吗？"

吴师傅瞄了一眼，笑道："可不就是老马吗！他每周六这个点儿都会按时接女儿下辅导班。旁边那个高高瘦瘦的，就是老马女儿，听说学习成绩挺好的。"

向南听了有些不高兴，老马要想用公车去接女儿，完全可以和她明说，为什么刚才要在路上和她耍心眼儿？

而且向南也有些心寒，马师傅也是江家用了好多年的司机了，为什么他周末接女儿的事儿，人人都知道，只有她不知道？

向南买完牛排回家，正碰上马师傅回来和吴师傅交班。只见马师傅觍着脸屁颠儿屁颠儿地跑过来，手上提着一杯从后备厢拿出来的已经冷掉的奶茶，递给向南道："夫人，我刚送完客户，想起您想喝奶茶，就专程去给您买了一杯！虽然有点儿凉了，但用开水焐一焐，应该还能喝。"

向南拎着装满牛排的塑料袋，站在台阶上，瞄了一脸谦恭的老马一眼，竭力将所有的不悦吞进肚里，接过那杯沾他女儿的光才买到的奶茶，十分勉强地说了一声"谢谢"。

老马心满意足地坐回车里,掏出遮阳板里夹着的小本本,在上面记上一笔:"三号,给夫人买奶茶,五十。"

厨房里,向南把那杯冷掉的奶茶丢进垃圾桶里,杯身上的条形码底下,赫然印着:"全糖,不加配料,二十六元。"

6

向南立在三十多平方米的厨房里,面对着大理石台,悉心给面前那块牛排做着spa(按摩)。

她呵护自己身上的肌肤都没这么认真,但做菜这事儿却不敢马虎。她戴着一次性手套,先给牛排抹上橄榄油,接着是盐和胡椒粉,胡椒粉还必须是手磨的那种。

江宏斌对吃极为讲究,又是个"细节控",还有轻微洁癖。除了应酬,他在家的一餐一饭都必须向南亲自动手。做江宏斌一个人的菜就很不易,更何况是一大家子。众口难调,江家一人一个口味,向南每天都在迎接考验。

向南正做着饭,小姑子江家巧侧身而进,看见盘子里的小番茄,拿起一个就往嘴里送。

"哎哟!要死了!"向南打了一下江家巧的手,"给妈看见你不洗手就吃,肯定又要说你了!"

江家巧冲向南挤挤眼睛,满脸无所谓地笑道:"妈在楼上,她看不见!"

向南也冲她和善地一笑,姑嫂间甚是和谐。

有一说一,江家巧这个小姑子,不招人厌。江宏斌四十岁,江家巧二十八岁，兄妹俩之间整整差了一轮。江家巧懂事的时候，江宏斌虽还未像如今这般富有，但也已经腰缠万贯了，用江家巧的话说："钱算什么东西啊，我这辈子什么时候缺过钱？我上大学的时候，每个月的生活费，我哥都是五千五千地给我打！"

所以，江家巧没受过什么苦，可以说心地比较善良。但人和人之间的关系，并不完全是靠善良就可以建立的。两个好人，立场不同，也可能处成敌人。

江家巧平时对向南这个大嫂很是客气，可一旦触及向南和江老太太的婆媳矛盾，她就自然而然地站在亲妈阵营，不分青红皂白地给江老太太帮腔。她不挑事儿，向南已经很感激了。清官都难断家务事，要江家巧头顶正义之光，在自己受委屈时站出来主持公道，向南不做这种痴心妄想。

江宏斌的父亲在兄妹俩很小的时候就去世了，江老太太孤身一人把他们拉扯大，其中的艰辛可想而知。

也许是受到了一生都无法释怀的欺压，江宏斌从小就有一种强烈的出人头地的愿望。他能吃苦，能忍耐，头脑灵活，却也睚眦必报。江宏斌初中毕业就出来混社会，用二十多年的光阴拼出数亿家产，算得上商界传奇。

这样白手起家的人，百分之九十九点九九是孝子，江宏斌也不例外。有钱之后，他就把母亲像慈禧太后一样奉养起来，晨昏定省，千依百顺。就算是江老太太想要天上的星星，江宏斌也会上天给她摘下来。

在江家有两条不成文的家规：第一，江老太太永远是对的；

第二，假如江老太太有不对的地方，请参照第一条。

"初贫君子，天然骨骼生成；乍富小人，不脱贫寒肌体。"江老太太的性格，早年因贫穷而扭曲，老年后又因乍富而更扭曲。

首先，江老太太有轻微的被害妄想症，她不吃保姆做的饭，也不让保姆打扫她的房间，就怕保姆因忌妒而在她的饮食和器物里投毒。一开始向南还耐着性子劝过几次，但江老太太总是听而不闻，任凭向南动之以情、晓之以理地说得口干舌燥，她仍然坚持她的事情必须由儿媳妇儿亲自处理。

其次，江老太太年轻的时候穷怕了，有些节俭的习惯已经深入骨髓，就算现在有钱了，仍然不改"抠门儿"本色，并将此视为美德。向南在家，偶尔离开某个房间时忘了关灯，一旦被江老太太发现，她必会跳着脚，大骂向南"败家"。

向南嫁到江家一年多，因为江老太太，都快得强迫症了。有时候她正好好地做着一件事儿，会突然整个人弹起来，跑去检查二楼某个角落里的灯关没关。摊上这么个极品又强势的婆婆，向南在江家的日子，并没有外人看起来那么光鲜、顺心。每次回娘家，她总有松了一口气的感觉。

晚上，江宏斌穿着正装，一身清爽地匆匆赶回来。他今天去区里领"十佳青年"奖状，刻意找人将外表收拾了一番。

江宏斌不像有些企业家，钱包还没鼓起来呢，肚子就先鼓起来了。他身材瘦削，五官深邃，满脸刻着这些年来的殚精竭虑。他这样的人，在商场上矮子里拔将军，被外界视为"青年才俊"，多的是想往上扑的女人。越是如此，他越注重保持身材，对三餐的要求也就越加苛刻。

第一章 "嫁得好"的三姐妹

"今天表彰会开了一天,我午饭都没吃,光顾着给领导敬酒了,饿死了!"江宏斌刚把外套递给江家巧就开始抱怨。

江家巧抖了抖外套,又闻了闻上面的古龙水味儿,笑道:"哥,今天做了你最爱吃的牛排,快上桌吧。"向南从她的那一抹笑里品出了邀功的味道。

一个人一旦有了钱,连家人也会忍不住开始谄媚。

江家巧和江宏斌的关系也是如此。小时候不懂事,她是可以在哥哥面前尽情撒娇的小妹妹;可现在,为了每年上百万的零花钱,江家巧愣是把他们之间温情脉脉的兄妹关系处成了上下级关系,向南则成了她的同事。

向南露出一个标准化的迎接老公回家的微笑,转身就去厨房盛装牛排。这牛排老了、冷了都不好吃,她必须争分夺秒。

江宏斌洗了手,便大大咧咧地在餐桌前坐下,江家巧乖巧地给他倒了半杯布赫拉迪(Bruichladdich)。

"吃牛排喝什么威士忌?你脑子坏掉啦?"江宏斌本就感觉疲惫,这时不悦地冲江家巧瞪眼。

江家巧撇了撇嘴,把酒推到一旁,留着待会儿自己喝,赶紧又去酒窖取了一瓶康曼笛(Producteur Comande)。她取酒时路过厨房,向南冲她感激一笑。江宏斌饿了、累了都爱发火,今天江家巧冲上去倒酒,其实也算是被动替向南挡枪了。

"好了好了,可以吃饭了吧?"江家巧假装不耐烦地把酒推到江宏斌面前,想用开玩笑的口气调节一下气氛。

谁知,江宏斌却没心情和她开玩笑,再次恼怒地发火道:"开瓶器呢?你让我拿嘴啃啊?!"

向南刚上完牛排，赶紧又返回厨房拿开瓶器和醒酒器。

江宏斌果然又趁机开始数落她："什么事儿都得提前准备好！不要等……"江宏斌本想说句粗话，但念及自己的身份，才忍住没有说。

江宏斌虽然有钱了，在外面有头有脸，面对大大小小的企业家发言时，动不动还能引经据典一番，但在家里，尤其是在向南面前，说话总是非常粗俗。

家是什么？家是放松的地方。江宏斌只有在家里，才能做回那个从城乡接合部摸爬滚打出来的初中毕业生。想要更加舒畅地释放自己粗俗的一面，就必须有一种与之对等的高雅来践踏。这也是江宏斌当初花大力气追求向南的原因之一。

向南是三姐妹中唯一学了"无用之学"的人。因为是亲兄弟的遗孤，向郅军对这个"女儿"极尽宠爱，向南从小就被送进少年宫和各种艺术兴趣班陶冶性情。后来上了初中，她想学艺术就去学艺术了，从没考虑过那儿年买颜料、学画画和参加艺考几乎耗尽了向郅军、郑秀娥大半生的积蓄。只要向南得偿所愿，向郅军和郑秀娥根本就不会在她面前提起这些钱。

日子最艰难的那几年，夜深人静的时候，郑秀娥也曾经对着存折跟向郅军抱怨过一两句，但向郅军只用一句话就把她的嘴给堵得死死的："多少钱也换不回我兄弟的命，如果不是他，现在躺在地下的就是我！"每每这时，郑秀娥也只能咬牙含泪继续坚持。

向南在完全不了解家庭经济状况的情况下，一路在美院读到了研究生，于是向家出了第一个硕士——油画专业的硕士。

一次画展上，江宏斌作为画展投资人和展馆的开发商，遇到了前来给导师撑人气的向南。那天，向南披着"清汤挂面"式的长发，穿着一件白色T恤，下摆扎进浅蓝色的高腰牛仔裤里，背着一个米色帆布包。她的眼神那样纯净清亮，没有一丝一毫对红尘世界的欲望，久经商场的江宏斌一下子就被打动了。

江宏斌追向南的手段也很"硬核"，他不送钱不送包，而是直接斥巨资买下了向南导师的十多幅画作，因此向南周围的人自上而下地给向南做起了思想工作。

至今，向南每日清晨坐在自家马桶上的时候，都得面对着导师的油画。

就这样，向南原本只是想在毕业前再抱一抱导师的大腿，结果却在全师门的"监督"下，一毕业就嫁入了江家，成了众人艳羡的"名媛"。这时距离她认识江宏斌还不到一百八十天。

一开始，她还有一种可以痛快买各种奢侈品的愉悦感。日子久了，她也就习惯了，反倒是过去那些用钱买不到的东西，让她念念不忘，比如简单的快乐，比如自由。

7

"这是什么肉？"江宏斌坐下，拿叉子吃了一口。

向南已经按江宏斌的要求，先把肉切出两条再摆盘——只能是两条，用来即时品鉴，剩下的江宏斌要自己切。

"澳大利亚和牛M12。"向南小心翼翼地在他身边坐下，回答道。

"好好一块肉，怎么被你做得一股子羊腰子味儿？"江宏斌余怒未消，随意嚼了两口，便抱怨道。

向南赶紧拿自己的叉子叉了一块送进嘴里，她觉得还好啊！向南的嘴一向不刁，她婚后被江宏斌送到烹饪学校进修过，学校里的主厨说汉堡里的肉是最差的，她当时的表情就和现在一样，心想：汉堡挺好吃的呀！

"是不是我忘了放迷迭香了？"向南是个小迷糊，虽然婚后她已经逼着自己谨慎再谨慎了，但今天满脑子盘旋着奶茶的事儿，难免疏忽。她自言自语的一句话，立即让她自投罗网。

江宏斌道："你成天在家忙什么，动不动就丢三落四的？"

向南没顶嘴，而是求助地瞟了江家巧一眼，希望她能替自己说句话。若是平时，江家巧就会顺水推舟地做"和事佬"了，但今天，她哥摆明了心情不佳，她刚才已经踢过铁板，此时便只能一声不吭，装作没看见。

向南只得自己面对江宏斌："我下次注意。"

"下次下次，每次都是下次！"江宏斌仿佛跟牛肉有仇，狠狠地咀嚼着。

向南总搞不明白，江宏斌年少有成，现在是要风得风要雨得雨，可为什么他总是气呼呼的，内心似乎有发不完的邪火和怨气？

当然，江宏斌对向南好的时候也有，比如他刚谈成一笔大买卖，可能就会带向南飞一趟日本或是三亚，俩人过几天二人世界，让向南尽情地享受一下。

江宏斌对女人不是没有情商,当初如果不是他所谓的"人格魅力",光靠资本的驱动力,向南也不可能嫁给他。但他的情商拿捏在他的手上,什么时候用,用在哪个女人身上,都是他自己说了算的。

这时,江老太太从二楼走了下来,她眼里只有江家兄妹。

"今天干什么了?头梳得跟个油面匠一样。"江老太太瞥了一眼向南,向南赶紧把这个离江宏斌最近的"宝座"给让了出来,自己坐到对面,和江家巧并排。

"去区里领奖,'十佳青年'!简直可笑,我都四十了,还青年呢!"江宏斌拿刀叉将盘子戳得"吱吱"响。

"慢点儿吃!怎么跟没吃过肉一样?"母慈子孝,江老太太的眼中浮现出难得的慈爱。

"妈,你也来点儿?"江宏斌叉了一块肉,伸到江老太太面前。

江老太太连连摇手:"我的牙还能咬得动这铁块?不吃,你自己吃。"

江宏斌立刻将叉子往向南那边一挥:"去,给妈熬点儿粥。"

向南没动,回道:"海参粥在锅里了,等会儿好了就盛出来。"

一家人就这么眼巴巴地盯着江宏斌一个人大快朵颐,仿佛怕打扰了他进食。直到江宏斌吃完开始擦嘴,江老太太才开口道:"梓涵这周末回来吗?学校放不放假?"

"妈,这周是单周,她不回来。"江宏斌答道。

"我老了,日子过得糊里糊涂的。"江老太太道,"老觉得梓涵已经出去十几天了。"

"哪有十几天?"江宏斌不屑地一笑,"上周日才送去的,下周才回来！"

　　江梓涵是江宏斌与前妻生的女儿。那时候江宏斌才二十出头，也没什么钱，跟一个外地来打工的女人结了婚，有了孩子。结果女人生完孩子之后，便与他离了婚，从此再没露过面。江梓涵从小也是由江老太太一把屎一把尿地带大的，和老太太带大江宏斌、江家巧相比，唯一的区别就是多了江家巧这个帮手。

　　念叨完了孙女，江老太太又开始念叨孙女的姑姑："你怎么还在家里？"江老太太侧过头用严厉的眼神看着江家巧。

　　这回轮到江家巧跟向南求助了，她用腿轻轻碰了向南的膝盖一下，意思是她妈又要开始对她的婚事碎碎念了。

　　这次向南也没有办法，谁叫江家巧眼光高，愣是熬成了"剩女"呢？眼看着她过两年就要三十了，江老太太不着急是不可能的。向南虽然是嫂子，可她比江家巧还要小呢。

　　"妈，您这话说的，我不在家里，应该去哪儿啊？"江家巧拢了拢耳边的碎发，局促地答道。

　　江老太太手一挥，没好气地道："你爱去哪儿去哪儿，就是别在我眼前晃荡，我头疼！这么大个姑娘了，还不找婆家，你是想让你哥养你一世啊，还是想让梓涵先结婚，然后你再结？"

　　江家巧红了脸，低下头。

　　提起这事儿，江老太太就堵心，于是又冲江宏斌两口子道："也不知道你们这哥哥、嫂子都是怎么当的！成天忙忙忙，也不知道忙什么东西！亲妹妹的终身大事，就不值得你们挂在心上是不是？宏斌你没时间，怎么不叫你老婆多帮着四处咨询咨询、张罗张罗？"

向南听江老太太提到自己，立刻心里一紧。还咨询咨询、张罗张罗，这是做买卖吗？找对象主要靠缘分和当事人的意愿，江家巧眼高于顶，她这个当嫂子的能有什么办法？

向南又不是没努力过，她也曾托过大姐夫、二姐夫给江家巧找过对象，可江家巧就是说没感觉，愣是一个都没看上。后来向南终于明白了，江家巧不但是个"颜控"，还总想找一个在事业上像她哥一样成功的男人，这就难找了呀！所以，对于江家巧的婚事，向南学乖了，干脆有多远躲多远。

江宏斌"嗯嗯"地点了点头，按两条家规，先态度上认同江老太太，而后转向向南，命令道："你周末把周乔伊她们约出来，组个下午茶的局，请她们帮帮忙！"

一听"周乔伊"这个名字，向南瞬间脑袋嗡嗡的。

做生意的人都有圈子，生意人的老婆，便在此圈子的基础上自发形成了一个所谓的"名媛会"。所谓"名媛会"，除了资源互换，就是暗地里攀比，简直假得不能再假了。

向南本不擅长逢场作戏。她对一个人好，就会掏心掏肺；对一个人没感觉，便脸上淡淡的。但"名媛会"这个东西，硬生生把她逼成了长袖善舞的"盲女"。"长袖善舞"是和"名媛"们相处的技巧，"盲女"是必须学会把看不惯的人和事都看惯。

向南微微叹气。

江宏斌用凌厉的目光斜眼看着向南，逼问道："你叹什么气啊？出去喝喝下午茶，累着你了？"

向南起身说："我去盛海参粥。"然后转身进了厨房。

江宏斌又用鄙夷的口气对江老太太和江家巧道："懒婆娘！

给她钱出去玩儿还不好？"他习惯用这种方式满足自己大男子主义的心理。

入夜，向南在厨房里收拾好一切，才筋疲力尽地回到二楼主卧。她正对着镜子涂护手霜，江宏斌脱了脚上的臭袜子，摔过来一张黑卡："喏，拿这个钱去买点儿行头，周末不要丢我的脸！我这么帅，老婆可不能埋汰了。"

向南拿起那张卡，今天积攒的不悦消散了一半。这是江宏斌对女人惯用的伎俩，打一棒子给一个甜枣。

向南不在乎这仨瓜俩枣，她在乎的是江宏斌是否有心。"谁要你的臭钱？我最讨厌周乔伊了，你又不是不知道！我不去，谁爱去谁去！再说，你哪里帅了，鞋拔子脸。"在江家，也只有在这间四十平方米的主卧里，向南才好意思对江宏斌撒娇。

江宏斌也是贱，人前希望向南对他言听计从，人后却喜欢听向南挤对他。这种闺房之乐是这桩婚姻中少有的让向南感觉享受的部分。而这种乐趣，并不是在所有婚姻中都能享受到的。

向南有幸，她心底还是喜欢和崇拜江宏斌的。

江宏斌赤着脚从床上下来，从向南身后搂紧她，亲了亲她的耳垂，哄骗道："去吧！早点儿把我妹妹嫁出去，你日子不也好过点儿？"

向南扭捏了一下，耳根变得红红的。

江宏斌是那种典型的成功人士，精力充沛，雷厉风行，对女人也很有一套。

"我日子不好过是因为家巧吗？"向南回头道，"还不是因为她哥！"

第一章 "嫁得好"的三姐妹

江宏斌嘴里回着"好好好",手上却已经不安分起来。

第二天清早,滨江集团总部。

"向姐好!"

"向总!"

"向总好!"

"向总监早!这个文件麻烦您批一下。"

"向总!"

向前穿着一身飒爽的湖蓝色西装,走路带风。所有见到她的人,都毕恭毕敬地冲她打招呼。

向前早就习惯了这种工作氛围,进了公司,到处都是她行走的办公室。她单手插兜,另一只手不停地接过下属递过来的文件。

"向姐,久山那个项目,对方公司资金链断裂,申请破产了,回款怕是……"一个下属追着她解释。

向前瞪了对方一眼:"先找熟人,能要回多少是多少。剩下的,联系公司法务去要!你干了几年了,这都不懂?"

这个下属向后退去,另一个下属又赶了上来。

"向姐,浏阳集团的项目我们没中标。"

"没中标?这怎么可能呢?"向前停住脚步,接过报价单,眼神中满是责备。

"对方的单价比我们便宜两毛钱。"下属小心翼翼地说。

向前脑子飞速转动:"便宜两毛?见鬼了!浏阳的项目,我们的价格已经是微利,他们的价格怎么可能比出厂价都低?"

"我……我也不知道……"小姑娘低下头道。

向前直接把手里的文件夹丢还给她:"不知道的事情,就去想办法知道,而不是在这里问我!单价比出厂价还低,应该是货的问题!把我们的样品再给对方快递一份,让他们比比质量。"

"是!向总!"

接着又换了一个人过来。

"向总,这个月的报销,麻烦您签一下。"

"小王,这个月业绩不错,继续努力。"向前大笔一挥,"唰唰唰"地签好了字。

"好嘞,谢谢向姐!向向姐学习。"

"滚犊子,就你贫。"

向前从大门走到自己办公室的这么一段路上,就已经办完了十几桩事。她屁股刚挨上自己办公室的真皮办公椅,小助理的内线就打进来了,急匆匆地说:"向总,'老大'找。"

"老大'找?自己这一大早正忙着呢,这时候他有什么事儿找自己?

向前蹙了蹙眉,不情愿地往"老大"办公室走去。

8

向前是可以随意进出副总办公室的,对她来说,去那里就像回自己家那么方便。

"找我啥事儿,还让助理打内线?"向前走到硕大的老板桌前,把背对着自己打游戏的柴总给转了过来。

"老大"柴进是滨江集团的副总,向前的师兄。他和向前十年的共事生涯可谓是一言难尽,总之,他能坐上今天这个位置,向前功不可没。

向前作为追随他多年的"死忠",这些年在外头替他扛过枪,挡过刀,背过锅,拼过命。在公司内部,每每有人搞事,柴总最常用的处理方式就是拿向前开刀。

下属错了,是向前御下无方;他这个上司错了,那便是向前谏上无力。向前就是柴进手里的一把刀。不过,只要能挣着钱,这些向前都能忍。对她来说,柴进亦师亦友,当年销售这道门,就是他把她领进来的。

"没事儿就不能找你来聊聊天?"柴进面对着向前,抬起头道。

向前最受不了的就是他这双深邃的眸子,七分霸气、两分冷静,还有一分的天真无辜。

柴进从进滨江开始,就被称作"柴大公子",只因他家境殷实,长相帅气。不过,在滨江打拼多年,柴进早就赚得盆满钵满,如今,大家背后已不再叫他"柴大公子",而是唤他"柴大官人",《水浒传》里的柴大官人。

"不能!我忙,不像有些人。"向前没好气地拈起桌上盒子里剩下的一块三明治,背靠着桌沿啃了起来。向前已经忙了一早上,起床后开车送娃、进公司签字、在朋友圈给客户们点赞,她什么都有空干,唯独没捞到时间吃早饭。

"柴大官人"的岁月静好,从来都是建立在她的马不停蹄之上的。

向家的女儿（上）

"又没吃早饭？"柴进站起身，拢了拢西装下摆，靠过来勾住向前的肩。

这时，秘书进来送咖啡，似乎已经对眼前的画面习以为常，放下东西就走了。

向前和柴进的关系，在整个滨江乃至整个圈子里都是清白的，无须对任何人解释。所有人都发自内心地默认，这俩人不可能有任何暧昧，他们之间有的只是"钢铁般的情谊"。就冲柴进为了一单大生意，曾经故意把向前告进拘留所里拘留了三十天，是个人都不会认为他们之间存在什么爱情了。

柴进自己心里也明白，他这么有钱，这辈子可以拥有的女人很多，但能陪他说上几句心里话的，就只有一个向前。

向前嘴里咀嚼着三明治，没搭话。

柴进故意鬼鬼祟祟地凑在她耳边低语道："你家那个'凤凰男'，最近怎么样了？"

柴进一向看不上高平。从向前跟高平谈恋爱开始，柴进便背后找人摸了高平的底，多次当面反对他们交往。在这一点上，柴进也不知道自己有没有私心。他虽然不会跟向前有什么发展，但两人这么多年打拼下来，他潜意识里总觉得这个女人应该是属于自己的。而且他也觉得在向前的心里，应该有一个地方是单独留给他的。做了这么多年销售，柴进早已练就了在和人握手的瞬间就洞察人心的能力，但他却始终读不懂向前，读不懂她想要的安稳。柴进曾在向前第一段婚姻结束的时候向她求过婚，但被她拒绝了。

"别总'凤凰男''凤凰男'的，和你有什么关系啊？"因为奶茶的事儿,向前心里本来就不舒服,此时她将三明治的包装纸团在一起,狠狠地丢进柴进脚边的垃圾桶里。

"你不会真以为那小子将来能飞黄腾达吧?"柴进勾起嘴角,嗤笑了一声。

向前吃完三明治,才闻出他身上的香水味儿呛鼻得很。"我就是觉得自己老公前程似锦、前途无量,这你也有意见?"向前斜了他一眼。

向前早就不是坐旋转木马的小女孩儿了,柴进自然大可不必去告诉她什么是阶层固化。向前就是这个性格,什么事都喜欢一条道走到黑。这么多年,多少家公司开出优厚的条件挖她,但她就因为当初是被柴进领进销售这道门的,所以不管发生什么事,她都没想过离开他。

想到这儿,柴进心里更酸了,他放下搂着向前肩膀的手,刻意和她保持了一段距离,幽幽地说道:"当初还不如跟了我……"

向前直接口水喷他一脸:"你有事儿没事儿?没事儿我走了,大清早忙着呢!"

这话柴进从第一次离婚就开始对她讲,讲到今天,他都离过四次婚了,还在讲。他这脸皮,怕不是水泥浇的吧。

对男人来说,果然得不到的才是最好的。

向前不自觉地低头,想到也许那杯"奶茶"对高平来说,也是从未得到过的吧。

"有事儿!"柴进见向前恼了,便拉她坐到会客沙发上。

每当柴进跷起二郎腿,从银灰色的西裤中露出脚踝上的黑色袜子时,他就要公事公办了。同时,他的神情也必然会收敛成一种不怒自威的感觉。

"盈润拿到了绿城的单子，你知不知道？"

"什么时候的事儿？"向前也严肃起来，不敢再开玩笑了。

柴进皱起眉头意味深长地看了向前一眼，而后放下二郎腿，眼睛瞥向硕大的落地窗："果然连你都不知道。"

盈润是滨江最大的竞争对手，这些年来两家公司因为撬单子、抢生意而积攒下来的恩怨情仇，简直够写一部小说了。

"绿城的陈总，前两天我刚去拜访过。"

向前回想陈总当时的态度，虽暧昧不明，却也丝毫未露出拒绝之意，他怎么这么快就跟盈润签约了呢？

"陈总出事儿了，这你也不知道吧？"

看柴进那张"霜降脸"，向前蹙眉，看来这个大单真是飞了。

"出什么事儿了？"

"桃色事件。绿城给捂下来了，直接降职处理，不再分管采购这一块了。"柴进站起身，面露沉重之色，抱着胳膊看向外面。

"那新人这么快就上任了？还和盈润签了约？"向前掐指一算，母鸡变鸭都没这么神速的。

这时突然"哐当"一声，柴进猛转身，以迅雷不及掩耳之势抓起桌上的一只茶具，恶狠狠地摔在地上，瓷片顿时碎了一地。

向前被吓得赶紧站起身，接下来唯一能做的就该是认错了。

柴进一改方才的玩世不恭，冲向前咆哮道："你干什么吃的？！上去的就是那个Peter！他在进绿城之前，就已经跟盈润有交情了！他为了跟盈润做生意，暗里没少给我们使绊子！现在人家光明正大地上去了，以后还有你喝汤的份儿？！"

向前攥着西装下摆，低着头不敢言语。

柴进继续怒斥道："这么大的事儿，还要我来告诉你？！到底谁给谁发工资啊？！"

"柴总，我错了。"向前主动道歉。

这事儿确实蹊跷。绿城是大客户，向前一早就在里头布了线，绿城的质管张经理就是她的人。难不成张经理知道出事儿了，为了亡羊补牢，直接跑到柴进面前将功赎罪？但这么做和直接告诉向前没区别，而且先告诉向前，说不定她还能在话术上替他遮掩一下。唯一的可能就是柴进压根儿没有完全信任向前，他自己也在绿城布了线。那么，这个线人是谁？

向前的大脑开始高速扫描绿城的人事树状图。

就在这时，她的手机振动起来，张经理的电话打了进来，声音急促："向总，糟了！出事儿了！"

"我已经知道了。"向前说完，直接把电话给挂了。

柴进叹了口气，道："绿城这个单子，追是追不回来了，想办法开辟新的疆土吧！不然'北盈润，南滨江'的二分局面，很快就要有变化了。这么多年，我们赶不走盈润，也不能让盈润那个瘪犊子把我们吞了。董事长那边我去说，下半年的额度，你再加五千万吧。"

"五千万？"向前的眼珠子都快瞪出来了，"老大，我半年的任务才这么多，你现在要翻一倍？！"

"能干就干，不能干就滚！"柴进双手插在皮带上，冷着脸道。

向前低着头，骂了一句脏话，气鼓鼓地摔门走了。

向前回到自己的办公室,双手用力按压着太阳穴,默默坐着。

助理走进来,送来一杯热茶。

向前黑着一张脸,当着助理的面儿,把内线电话三下五除二给拆了。

助理被吓得不知所措,向前却冲她挥了挥手道:"没事儿,召集部门开会。"

向中坐在办公室里做方案,耳朵里塞着蓝牙耳机,手边放着一杯咖啡。外表沉静如水的她,其实内心正跟着音乐的节奏摇摆着:"撑伞接落花,看那西风骑瘦马……"

经过多年的不懈努力,向中在单位终于混成了自己梦寐以求的"老油子"。她多年积攒下来的业务能力够硬,领导交给她的活儿,她都能无功无过地做好,但如果还想要她有点儿进取之心、开创精神啥的,就免谈了。至于拿晋升激励她主动加班,就更是在做春秋大梦了。

事业单位都是一个萝卜一个坑,除非前面的人发生意外,后面的人才有可能上去,不然后面的人就只能在前面的人手下继续熬资历,熬到食物链顶端的大领导退休,然后下面的人再论资排辈地一个个往上提。当然,那些运气逆天或者有背景的人除外。

向中自问没有那样的运气与背景,而且她不缺钱,所以只想好好地当一个撞钟的和尚,然后业余时间健健身,看看电影,撸撸猫,好好享受生活。

事业单位最大的好处是，只要不犯什么原则性错误，基本上不会被开除。

"向中，这是分到咱们这儿实习的小王，你给带一下。"主任带了一个新人过来，向中忙摘下蓝牙耳机。

新人很高，他的身影，完全覆盖住了身材娇小的向中。

"主任，我这手上事儿挺多的，恐怕不能再带新人了……要不您再问问别人？"向中本能地拒绝。

职场上，等锅到背上再甩就晚了，最好的办法就是不接锅。

"啧，向中！你是老员工了，怎么能不以身作则呢？工作来了，要勇于挑战，而不是逃避。"主任是个老滑头，他说的话，向中连标点符号都不信。他对工作如果真这么热忱，怎么不自己带？谁不知道现在的年轻人自主性强，不怕和领导甩脸子。带他们，弄不好就是请了一尊送不走的"斗战胜佛"。

向中没有教导下一代的闲心，也没有什么野心，眼前的锅，她只觉得烦。

9

"小向啊，人我就搁这儿了，你好好带，带出来既是你的帮手，也是你的业绩嘛。"主任一脸笑容，搓了搓手，估计他此刻心里正念着"阿弥陀佛"，庆幸包袱终于甩出去了。

向中还想拒绝，却不料"包袱"抢先一步开口道："姐……"

向中抬头看了新人一眼，一米九的身高，在白晃晃的日光灯下面，形成一片阴影。

"谁是你姐？叫谁姐呢？"向中心头更加不悦。

向中从小学到大学一直都是班上最小的。进了单位，她虽然年过三十，可在这个"养老"的团体里仍是"小"字辈儿，乍然听到有人叫自己"姐"，仿佛噪声般刺耳。

"对对对！小王，你今年刚二十一岁吧，向中比你大九岁呢，叫姐确实不合适。"主任也不知道哪根筋搭错了，还在胡乱打圆场，"在单位，以后要叫老师！"

小王低垂着头腼腆地笑了一下，怯怯地叫了一声"向老师"。

"向老师"听了主任的这段神补刀，恨不得原地爆炸，是她高攀了，不配被叫"姐"！

向中很不高兴地坐回去继续做自己的事儿，主任见状立马遁了，留下小王一个人像根电线杆子似的杵在那儿。

小王局促地站了一会儿，感觉总被这么晾着也不是个事儿，于是鼓起勇气，主动问道："向老师，有什么事儿我能帮上忙的，您尽管吩咐。"

向中没好气。毕业后，她一直秉持着"拿多少工资，做多少实事"的原则。他们这个上游咬死下游的工作，就没有能干得飞起来一说。要是工资少了，事儿多了，向中就摸摸鱼，减少一些"付出"，反正工资是死的，人是活的嘛。目前她的"付出"和"回报"勉强平衡，可若加上一个带实习生的活儿，那天平上"付出"的一边立马就沉到底了，实在太亏了。

"向老师？"向中装耳聋，小王就扮复读机。

连着三声"向老师"，他终于成功地把向中给激怒了。向中狠狠一推键盘，站起来转身想去茶水间透口气，可没想到，小王正站在她的身后,她起身向后一转,正好一头扎进小王怀里。

向中被他的毛衣粘了一脸毛,气急败坏地抹了抹过敏的鼻子,"呸呸"两声,冷脸端着茶杯走了。

小王还想跟上去,向中立马甩了句:"上厕所。"小王只好"悬崖勒马",原地待命。

这是第一课,向中教他"知进退"。

茶水间里,向中接了杯咖啡,背靠着咖啡机唉声叹气。正好同部门的杨姐这时也过来倒水,见向中这副丧气的模样,忙关切地问道:"怎么了?"

杨姐是某领导的夫人,家里分了三居室,被老公塞进这个单位里,已经太太平平地干了快二十年,孩子都上高中了。她平时除了在孩子的功课上没啥心思,其他方面的能量简直挥洒不完,就好多管闲事。

向中向她吐槽道:"还不是主任,丢了个实习生给我,烦死了,手头还一堆活儿呢!"

杨姐弯腰接了一杯咖啡,笑道:"能者多劳。是不是刚才进来的那个小伙子啊?我看他长得挺帅,人挺精神的。"

向中愣了愣,她刚才光顾着生气了,压根儿就没心情去关心"包袱"的颜值怎么样。她凑到杨姐耳边,故意压低了声音,打探道:"杨姐,这人啥背景?给我透个底呗。"

向中的单位效益不错,能进这里的,基本都有点儿关系。而且现在就业形势严峻,一般的关系都不好使了,路子得又野又硬才行。当然,前提是自己也得有实力,因为他们单位逢进必考。

杨姐抿了口咖啡，冲向中诡秘一笑："你猜。"

向中哪猜得到，江湖水深，她隔壁桌那个戴眼镜的小姑娘，看着普普通通的，共事了两年多，她才无意间得知人家爸爸身份不一般。

"好杨姐，你就疼疼我呗，"向中拉着杨姐的袖子撒娇，"别又是哪家的太子爷，让我给委屈了。"

杨姐笑眯眯地任由向中摇晃着自己的胳膊，半晌才回答她："行了，别摇了！你过来，我告诉你。"

向中伸长了耳朵，凑过去听。

"和你一样。"

"和我一样？"向中怔了怔，那就是……没背景？！

在这个世界上，有的人吃得开靠背景，有的人站得稳靠实力，而有的人能稀里糊涂地活到现在，纯靠运气。

向中就是唱着"好运来"出生的第三种人。从小她刮奖，就没刮到过"谢谢惠顾"，最次也是"再来一瓶"。当年向中从一本大学毕业，抱着试一试的心态，报考了现在这个单位，她压根儿就没指望自己能考上。谁知那一年，本来成绩排第一名，已经基本确定被录用的那个人，临时拿到公费留学的名额出国去了，向中这个第二名就补了第一名的空儿混进来了。

那这小王……也是走了狗屎运？

"我听说，这小王是P大学的高才生，成绩是系里前几名，学生会主席，还拿过国家奖学金，优秀得不得了！咱们单位今年和P大学有合作，他是院长推荐过来的。"杨姐是单位的"小灵通"，就没有她不知道的内幕。

向中不信，又问了句："真就没别的了？"

"没了。"杨姐言之凿凿，"这小王啊，老家在一个五线城市，妥妥的'寒门贵子'。"

"寒门贵子"？向中倒吸一口凉气，心底并没有产生多少钦佩之情。

向中记得自己上学的时候，身边考进P大学的同学有好几个，她从没觉得考进去就多有才。而且贫苦和富贵一样，都不是一件值得骄傲的事。"寒门贵子"不过说明这个人在"寒门"这个群体里做到了最好。也许正是向中这种想法，导致她日后被现实狠狠地打脸。

"你就带带他呗。"杨姐笑着当和事佬。她知道，若是向中铁了心把人给踢出来，部门里必然会产生蝴蝶效应。有人甩锅的时候，没有一个厨子会幸免，弄不好还会波及她自己。

她狠狠心对向中道："知道你工作量大，不过多接触接触年轻人没坏处，他们虽然不成熟，但思想超前，你们可以互相学习嘛。"

当别人让你多接触年轻人和新鲜事物的时候，潜台词多半就是你老了，过时了。向中一个九〇后，被杨姐这么一个七〇后说"过时"，多少有些不能接受。

"你不说话，算是答应了？"杨姐见向中愣神儿，在她眼前晃了晃手。

向中收回纷乱的思绪，不情不愿地点了点头："行吧，人是主任领来的，杨姐您又这么'为我好'，我再不接收，岂不成了部门的反叛分子了？反正'师傅领进门，修行在个人'，我只管教，他能不能成才，就看天意了。"

"这就对了！"杨姐一拍手，对向中的态度很满意，"你只管带着他，实习期间不出事儿就行。至于实习期满能不能留下来，那就看他自己的造化了。留不下来，你就当积善积德把人给送走；要是他运气好留下来了，你也算是他半个师傅，先入为大，可以横着走的。再说了，都说'后生可畏'，那小伙子，我看眼神就知道是个机灵的，日后指不定就混得风生水起了，到时候还能忘了你？就是做做样子，他在单位里也得敬你三分。这事儿横竖你都不吃亏的。"

"嗯，我听杨姐的。"向中点了点头，刻意冲杨姐投去感激的目光，俩人有说有笑地出了茶水间。

其实向中心里，压根儿就没想过把小王给踢走。人是主任给撂下的，向中除非是嫌自己日子过得太好，以后的坑不够踩，不然干吗拿草棍儿去捅老虎鼻子眼儿，故意驳上司的面子？她不过是抱怨一下，锅她接了，但也得昭告天下，让大家都知道她接了这么个"惊天"大锅，凡事不能白干！

要想让消息传遍整片森林，最好的办法就是告诉风。杨姐就是帮她吹爆工作饱和度的那阵东风。

"你就坐那儿。"调整好心态的向中，冲小王随手朝自己身后的位子一指，然后继续塞上耳机做自己的事。

这么折腾了一圈儿，向中桌上的咖啡和刚才手头正在进行的工作都凉了，她只好端着茶水间新接的咖啡，重新开始梳理思路。

"姐，咱先加个微信吧？方便交流工作。"向中刚理顺的思路,又被小王给搅乱了。

"加微信?你没有钉钉吗?"向中不耐烦地说。

"有是有,不过……姐,咱还是加个微信吧。"小王拖着椅子凑过来,向中闻到了他身上那股洗发水的味道。这味道很清爽,毫不刻意,就像夏夜街头掠过的一阵微风,扑面而来,一下子沁入人的鼻腔里。

算了,反正从这一秒起,大家也是低头不见抬头见的同事了,加个微信也无妨。向中打开二维码,把手机丢在桌上,眼神仍不离开电脑:"自己扫!"

"好嘞,姐,加上了哈。"接着传来椅子拖回去的声音。

向中继续工作,小王这次倒还识趣,没再过来催她给通过。

反倒是几小时后,向中自己忘了这回事儿,见"新的朋友"里有个红点儿,还兴奋了一下,想着会是谁。她希望是一个多年不联系的好友,在万里之外给她一个惊喜。可点开后,不过是一个陌生的名字:"玉溪"。

向中点了"通过",发过去一个笑脸,问:"你是?"

王玉溪看到这句问候,受宠若惊,直接兴奋地跑过来回答:"姐,是我是我,这个就是我!"

10

"知道了。"向中不经意地抬头,正巧与一脸热忱的王玉溪四目相对。

这……是天使吗?

向中的脑袋瞬间发了蒙，只见眼前这张脸，"灿若朝霞之初起，烂若春花之竞发"。恍惚间，向中觉得王玉溪的长相类似《末代皇帝》里的尊龙。"寒门贵子"四个字又在她脑海里一闪而过，原来这个人的"贵"是贵在颜值上。

向中不禁两颊绯红，磕磕巴巴道："噢……我通过了。"

说完向中赶紧装作手头正忙，视线重新回到电脑页面上。她咽下了两口冷咖啡，却仍压不住心底的小鹿乱撞。

所以，她差点儿把一个大帅哥给放跑了吗？主任简直就是她的再生父母，让她带这么个主儿，这简直就是工作中的超级福利！

向中若无其事地刷新着页面，心里不停地自我游说："长得帅的都是渣男、渣男、渣男……"

每个人的心里都有着形形色色的欲望，但假如某一天，老天爷让我们直面这些欲望，大部分人首先都会选择逃避。

向中心猿意马地挨到下班，五点二十九分，她果断收拾东西，拎着包去打卡。

写字楼外的空气是冷的，让人沉静。走在马路上，向中胃里的冷咖啡开始作祟，她感到整个人都有些冷飕飕的，手指也冰凉。

寒风里，她顺道拐进了园区门口的一家超市，拿了一盒沙拉准备当晚饭，又在柜台前让柜员给她接一杯热豆浆。

"一共二十一块八。"向中低头向包里掏手机，准备扫码支付。

"加上这个，算一起吧。"这时，一个清冽的男声在向中身后响起。随之而来的,还有一个高大的、温暖的身体。

她回头,是王玉溪。

他眼眸深邃,如一汪空谷里的潭水,令人忍不住想要纵身一跃。

尽管努力克制,向中的眼神还是不受控制地被吸了进去。

"哦,那个……"自知失态,向中不好意思地低下头,"那个……"向中定了定神,指了指货架上的一盒烟:"再拿一盒那个。"

柜员转身飞速取下货品,一扫条形码:"一共五十八块六。"

向中眼带挑衅地回头望了望王玉溪,不屑地想:哼,第一天上班就想用小恩小惠贿赂"前辈",那就别怪我教你做人。你不是要充大方吗?非叫你出点儿血不可。人穷志短,马瘦毛长,不舍碎银几两,怎知人间寒凉?

谁知,王玉溪的脸上并没有露出肉疼的神情,而是全程面带微笑地迅速买了单。

向中拿了烟,揣进兜里,拎起塑料袋就转身出了门。王玉溪从向中身后追了出来。

"姐,你怎么回去?"来自"跟屁虫儿"的问候。

"那当然是……乘坐三千多万的交通工具了。"向中嘴角轻轻一撇,扯开烟盒的塑料包装,然后左右摸索,想从身上掏出一个打火机来。

"咔嗒"一声,一束明晃晃的橙蓝花火,摇曳在向中眼前。这是王玉溪递过来的。

向中叼着烟,猛一抬头,又被两汪清泉浸润,赶紧心虚而忙乱地低头，火苗一闪一灭，如同她内心不安分的欲望。

会随身带着打火机的，一定是老烟枪。向中想着拿人家的手短，火是人家的，烟也是人家买的，递过去一根又何妨？

谁知，他却婉拒了："我不抽烟，戒了。"

"那你……"向中疑惑地瞥向他手里的打火机。

"噢，习惯了。"王玉溪将打火机顺手揣进大衣口袋里。

向中不言语，深深吸入一口烟雾，薄荷爆珠的香气，瞬间令她头脑清醒，但抵不过尼古丁的味道让她沉迷。她刻意不再去看王玉溪的脸，纵然那张如鲜花般贵气的高级脸已深深印入她的脑海。

她不去看他，他却逮着一个空隙，疾步跟随，侧目细细打量起向中。

烟黄色的路灯下，向中一袭栗色的长卷发，迈着轻盈矫捷的步伐，叼着细长的烟卷，穿梭在人流里。凛冽的寒风不时卷起她奶白色的羊绒大衣，露出里面被紧身羊绒连衣裙包裹着的曼妙身材。这种成熟的美感，激起了王玉溪的欣赏与好奇。

"你跟着我干吗？"向中掐了烟尾，扔进垃圾桶，不耐烦地回头问王玉溪。

"一样。"王玉溪低头羞涩地浅笑，"不才，也坐三千多万的交通工具回家。"

向中不想对他太好，倒像是自己见了帅哥就无脑似的："我七号线！"

"我哪号线都可以，先送向老师过去。"王玉溪眼神诚恳。

向中无可奈何地兀自往前走着，从地铁口下楼梯时，她不经意间发现，王玉溪竟然与她步调一致。二人如同一个人的两只手，在钢琴的黑白键上和谐流畅地弹奏着一首动人的旋律。

向中赶紧提醒自己，这一定是她太久没和异性并肩行走而产生的错觉。

邓海洋的形象在向中的脑海里一闪而过，他已经很久没和自己一起坐地铁了。二人出行一律打车，而且邓海洋的活动半径已经很久没有超过以家为圆心的三公里了，在家门口打车，十五分钟就能到他的公司，费用由公司报销。

江湖上有种说法，互联网公司的高管，要么穿着布鞋咬着冰棍儿到处跑，要么穿着名牌运动鞋坐在沙发上跷脚。邓海洋的大腿都快赶上向中的腰粗了，他最近的懒怠表现越发让向中觉得，自己就像是一朵晨露中盛放的玫瑰，却被他握在手里，一天天地泛黄、枯萎，无人来嗅。

"我帮你拿吧。"王玉溪伸手接过向中手里的三宅一生绿色菱格包。

他纤长如玉的手指划过向中冰凉的手背，她如触电般缩了一下。地铁呼啸而来，带来的强光，让向中一阵眩晕。她站稳后，抬头看向王玉溪，却只看到一张正气凛然的脸。

他也许只是想讨好前辈。向中用正常人的逻辑，竭力说服自己。

列车终于到站了，向中前脚跨出车厢，王玉溪后脚也走了出来。他把包还给向中，脸上带着冬日暖阳般的笑，冲她挥了挥手。

"对了，这个给你。"如同变魔术般，他从风衣口袋里掏出那枚打火机，硬塞进向中的手里。

向中蓦然转身，地铁车厢的屏蔽门缓缓合上，王玉溪那张如同雕塑般的面庞，渐渐淹没在风声里。

向中内心深处仿佛有个东西在一瞬间被人给抽走了，不是王玉溪，而是她那再也回不去的、肆无忌惮的青春。

她低头无奈地笑笑，再一次劝自己清醒，地铁口上去就是她的家。天亮之后，等待她的还是一成不变的生活。

只是，多了一个王玉溪。

八点多，向南还挽着江家巧的胳膊在商场里逛着，高跟鞋不停地轻叩大理石地面，她手机里的微信步数早已超过了一万步。疲劳淹没了理智，随着时间的流逝，她们的购物行为明显开始混乱起来。

向南逛街总是习惯性地带上江家巧，这也是江家的"潜规则"之一。

江家巧在江宏斌好哥们儿的公司里谋了个品牌总监的职位，一个月两万块钱。说是品牌总监，其实不过是江宏斌的哥们儿拿着从他那里赚来的钱，白养着财神爷的妹妹。江家巧上班一点儿都不辛苦，也没人敢为难她。其实，两万块钱的工资还不够她每个月买护肤品的。

兄妹间直接打钱显得太俗气，给人的感觉不好，仿佛江家巧工作了还不能自食其力。江宏斌为了照顾妹妹的自尊心，又要让她继续过着江家大小姐的奢靡生活，便想出个办法，定期让向南领着她出来逛街。

只要向南出来买东西，江家巧就能跟着"吃大户"，反正刷的是江宏斌的副卡。这就直接导致向南有时候不敢买得太随心所欲，至少不能比江家巧买得多。

比如，江家巧拿一套CPB（肌肤之钥）的套装，向南也拿一套，是没问题的；可如果向南还想要一个气垫粉底、一个精华液，那么江家巧很可能也要拿一套。有时江家巧会说："嫂子，你买那么多用得完吗？下次再来！"向南虽不甘心，可碍于情面，也只好把东西放回去。反正一切取决于江家巧当时的状态和心情。

不过，周末的"名媛会"就像一只张着血盆大口的恶虎，随时有可能将她吞噬。向南管不了江家巧了，楼上楼下的最新款，她全都尽情地往身上招呼，好不好看的，她已经麻木了，江宏斌的脸面好看最要紧。

第二章
危机四伏

11

"哎哟，嫂子！我今天是真不行了，腿都要断了！我想回家。"江家巧提着大包小包，在等电梯的时候，弓腰撑住自己的膝盖，拼命摇了摇手。

向南掂量了一下手里的购物袋，寻思着应该差不多了。

对了，还差一条羊绒围巾。

向南想起"名媛"们喝下午茶时最爱去的那栋洋房，二楼是有个小露台的。她们长时间腻在一起拍照、攀比、钩心斗角，不管是谁都会想要出去透口气的。凭栏远眺，羊绒围巾必不可少。

"嫂子，你就随便拿一条吧，拿完咱就出去。"江家巧一脸疲惫，只想撤退，浑然忘却向南这是在为谁辛苦为谁忙。

"巧儿，要不周六你跟我一块儿去吧？反正她们都是你哥朋友们的老婆，大家一起喝喝下午茶，聊会儿天。"向南强烈建议道。

"我才不去，跟那帮老女人没啥好聊的。有这时间，我还不如窝在家里刷刷剧。"江家巧从货架上顺手拿了一条长款围巾，在向南身上比画了一下，"嫂子，你看这个好看吗？"

见江家巧对自己的终身大事完全不上心，向南觉得，她就是急死也是白搭，于是意兴阑珊道："行吧，就这条吧。服务员，请帮我包起来。"

　　江家巧能"剩下"，主要就和她追星、刷剧有关。也许只有像她这样无忧无虑长大的人，才会相信童话故事般的缥缈爱情。

　　江家巧被她哥催婚催急了，有时就会念《大话西游》里的台词："我的意中人是个盖世英雄，有一天他会踩着七色云彩来娶我……"每每这时，江宏斌总是怒斥道："还七色云彩？你能找着个穿七匹狼的来娶你就不错了！"

　　江家巧还有第二个口头禅——宁缺毋滥。这四个字简直要了江家人的命，江宏斌就是想塞个自己的下属给亲妹妹凑合一下，都无从下手。

　　小姑子的婚事有如多年沉疴，想要通过"名媛会"一朝治愈，怕是难于上青天，向南心里唉声叹气。

　　晚上，向南把东西依次放在墙角，正坐在按摩椅上舒缓酸胀不堪的小腿，江宏斌带着微醺推门进来了。

　　"哟，不过啦？一天买这么多东西？"明明只是九牛一毛，江宏斌却故意做出夸张的样子，边松衬衫领口，边如警犬般低头围着那堆东西打转。

　　"周六'名媛会'的装备。"向南解释道，说完又冲江家巧房间的方向努嘴，"那边也是一堆。"

　　江宏斌笑道："那你买少了。我老婆出场，必得艳冠群芳啊！"

　　"我是去求人的，不是去比美的。"向南啐了他一句。

　　这就是典型的"上面动动嘴，下面跑断腿"，江宏斌把家里的事想得太容易了，就好像向南跑到"名媛会"上吆喝一声

"江家有女初长成",那些有钱人就会排着队跑来他们家求亲似的。

"你呀,就当是去历练历练,积累经验!"江宏斌进了卧室,习惯性地脱掉袜子扔在地上。

"还积累经验?"向南跟在他后面弯腰捡起袜子,"江宏斌,这一个就已经够我忙活的了,你究竟有几个好妹妹?不就家巧一个吗?"

江宏斌累了,直接和衣半瘫在床上,道:"不是还有梓涵吗?她那个臭脾气,将来的终身大事,指不定还得让你这个后妈多操心呢。"

一听"后妈"二字,向南心里就不舒服。江梓涵那个大小姐,向南只比她大十岁而已,结果因为嫁给了江宏斌,向南就自动长了一辈,不得不肩负起"为人母"的艰巨任务。而且江宏斌的种,从源头上就不是省油的灯。

江梓涵从小就很叛逆,小学的时候欺负同学,初中的时候逃课早恋,别的不说,才十六岁,她身上打的孔、文的身,就不下十几处。小丫头从小被江老太太溺爱,缺乏管教,最擅长的就是和江宏斌"硬碰硬"。

向南暂时还没孩子,江梓涵是江宏斌唯一的血脉,因此她总是一副"要杀要剐,悉听尊便,只要你江宏斌不怕绝后就行"的表情。

江宏斌也曾强硬地管教过几回,可每次都以把江老太太气进医院而告终。于是江宏斌索性眼不见心不烦,直接把女儿丢进了郊区的国际学校。那所学校是寄宿制,没什么自由。

江梓涵对亲爹尚且如此,对向南这么个一没背景,二没脾气的后妈,更是不会客气了。她每每回家,对向南的态度就和对保姆差不多,有事儿吆来喝去,没事儿冷言冷语。青春期的孩子本来就敏感,她还恨向南分去了江宏斌对她为数不多的宠爱。再说,孩子恨后妈,需要什么理由?恨就完了。

一开始,见江梓涵欺负向南,江家巧还拿出姑姑的款儿压制过几回。后来,江梓涵学聪明了,尽挑着背人的时候挤对向南。

比如,有一天向南在自家二楼阳台上练瑜伽,江梓涵正好经过,便冷嘲道:"练吧练吧,你要是没这身材,怕是也搞不定我爸。靠身体上位的,都是一路货色。姐姐,我真好奇,你当初是怎么把我爸钓到手的?"

江梓涵说话总是嘴比脑子快,她似乎觉得说话越刻薄,就越显得自己厉害。就这么个小"太妹",向南怎么可能"视如己出"?只要面儿上能过得去,两人能相安无事,她就该到庙里还愿烧香了。

这会儿听江宏斌说江梓涵未来的婚姻大事也要自己负责,向南瞬间怒不可遏,凭什么?!

"我今天累死了,先睡了。"江宏斌勉强挣扎着起来,把外衣外裤脱了,然后钻进被窝。

他睡着前仿佛意识到了什么,又回头对向南道:"那个……咱俩要孩子的事儿,你也抓点儿紧!现在大号眼看是练废了,赶紧弄个小号,重新开始!唉,这一天天,把我给累的……"

向南想和他辩驳几句,可还没组织好语言,江宏斌就已鼾

第二章 危机四伏

声大作。

向南气恨地捶了捶床。她一个人怎么抓紧？真是说话不过脑子。

转眼到了周末，向南全副武装地去参加"名媛会"，老马开车送她。一路上老马又是夸她漂亮，又是夸她新买的衣服有品位，但因为有了上次的嫌隙，向南不再信任老马，只是"嗯嗯啊啊"地敷衍着，懒得多说一句。老马是人精，马上有所察觉，车程的后半段，车厢中陷入了异样的沉默。

"到了。"老马躬身给向南开车门。

向南踩着高跟鞋下来，抬头看了一眼面前的老洋房，这里接下来就是她和富太太们争奇斗艳的修罗场。

这个高端会所不对外营业，一律采用会员制。要想成为这里的会员，必须满足两个条件：第一，固定资产必须在五千万以上，有专人查验；第二，必须经由熟人介绍，介绍人就是担保人。

"名媛会"的会长是周乔伊，一个三十五岁的女人，老公在商界专门帮人牵线搭桥，她自己经营着一家美容医院。因为"名媛会"里好多太太都去她那儿动过刀，怕被她说出来，见面时便都给她几分薄面，"乔伊"长、"乔伊"短的，叫得亲昵热络。周乔伊又是个会来事儿的性格，凭借着"好人缘"，在这几年组织了各种活动，把"名媛会"搞得风生水起。

向南喜欢安静，不爱出风头，所以和周乔伊结怨，不可能是因为"名"，完全是因为"利"。

周乔伊的老公手里除了证券和期货，其实并没有什么实际的产业，但他八面玲珑、长袖善舞，最擅长的就是"借鸡生蛋"和"牵线搭桥"。这几年江宏斌风头正盛，不少人都想跟他合作做生意，周乔伊的老公便几次托她从向南这边公关，想要撮合生意，然后从中分利。

可生意场上的事儿，一来向南不太懂，二来江宏斌也不让向南插手，所以周乔伊好话说尽，江宏斌也不听。他做生意极其谨慎，自己钱还赚不过来呢，怎么可能让第三方给分了去？

这一来二去的，周乔伊也感觉出来了，向南就是个中看不中用的花瓶，不过是被江宏斌拿来装点门面的，在家里一句话也说不上。

商场如战场，一个人一旦没有了利用价值，那在其他人眼里，也便丧失了自身价值。

周乔伊对向南的态度便是如此：一开始谄媚讨好，后来冷淡疏远，现在暗暗反感，因为她老公没在江宏斌那儿讨着便宜。

向南其实不喜欢周乔伊，但她一直保持着不卑不亢的态度。周乔伊以前对她热络，她也客客气气；周乔伊现在开始阴阳怪气、两面三刀，她也没什么反应。

至于其他太太，向南和她们都保持着不远不近的距离。大家论"资"排辈，说的无非是阔太太之间最常见的没什么营养的话题。比如，谁谁谁的孩子又上了什么课，得了什么奖啦；谁谁谁的老公又拿了什么项目，收购了哪家公司啦；怎么抗衰老、保持身材啦；哪只股票最近一直在涨啦；等等。

第二章　危机四伏

12

向南走进大厅的时候，阳光正斜射入穹顶上的彩绘玻璃窗。七彩斑斓的光影里，已经有好几位光鲜靓丽、摇曳生姿的女人落座了。

周末下午，是"名媛会"的例行聚会时间，只要有会籍，想来的都可以来，人数没有限制。

向南已经好久没参加这种聚会了，周乔伊看到她从大门口款款走进来，先是讶异了一下，但紧接着鲜艳欲滴的嘴角便挑起一丝不易察觉的鄙夷，仿佛在说：这女人今天怎么来了？

"哎哟，是江太啊！真是好久不见了。"

"叫什么江太，人家是九〇后，叫向南。"

太太们纷纷招呼向南。其实除了周乔伊，向南和在座的其他太太并不相熟。不过，她们之间熟不熟本就不打紧，只要她们的老公还被利益牢牢捆绑着，那大家就是一根绳上的蚂蚱，相互间就会笑脸相迎。

"赵太，钱太……大家好啊！"向南放下手里的包，微笑着和众人寒暄，目光扫过周乔伊时，特意客套了一番，"周会长，好久不见！"

"叫啥会长啊？"周乔伊嗤笑了一声，意思是让向南别拿腔拿调地假客气，随后又亲昵地拉她来自己身边落座。

周乔伊今天穿了一件黑色V领紧身毛衣，身上披着一件玫红色羊绒大衣，她那一头标志性的长鬈发，全部搭在一侧肩头，霸气又妩媚。

"喝什么？"周乔伊假意豪爽地挥手叫服务生过来，用熟稔又随意的眼神询问向南。

向南嘴上说"玫瑰拿铁，谢谢"，心头却腾起一丝不舒服。

要知道周乔伊自己也是做生意的，迎来送往这么多年，"名媛会"里大部分人的口味、喜好，她都记得无比清楚。当年她求着向南给江宏斌吹枕边风的时候，可是连向南爱吃的车厘子的产地都能脱口而出的，这才几个月不联系，她便用这种方式与向南刻意生分，这让向南有些张不开嘴说江家巧的事儿了。

向南低下头，默默地脱了外套，露出昨天刚买的全套珠宝。几位太太继续谈笑风生，但目光都不自觉地在向南的胸口、腕间停留。

周乔伊索性光明正大地拖过向南冰凉的手腕，翻来覆去地打量一番她佩戴的腕表，酸道："还是向南福气好，这个系列竟然能配齐全套。江总还真是宠你，难怪最近'金屋藏娇'，让我们这些俗人都见不着。"

向南腼腆地笑笑："家里事儿多，走不开。"

周乔伊夸张地笑道："事儿再多，也要注意保养！怎么着，过两天来我店里做个热玛吉？"

向南正欲推辞，只听一个爽朗的声音道："我听说，那热玛吉的原理跟铁板烤肉是一样的，做的时候也会发出肉香和'吱吱'的烤肉声，不知道是不是真的？"

周乔伊做作地一挥手，挤眉弄眼道："玉姐快别开玩笑了！我是美容医院的院长，不是烧烤店老板！这东西要是不好，我

第二章 危机四伏

怎么会推荐给向南呢？"

玉姐冷笑道："向南还不到三十岁，做这种项目太早。乔伊啊，你可不能为了拉生意，就把我们当小白猪宰。"

玉姐五十多岁，一头干练短发，越发显得她天庭饱满、英姿飒爽。她是有底气和周乔伊叫板的。玉姐就是"玉姐"，不是"张太"也不是"李太"，二十年前她自主创业，从开饭店做起，后来投身房地产，打下一片江山。

玉姐这样的人，"名媛会"里有，但是不多。她参加"名媛会"的目的也很简单：一、维系人脉；二、打发寂寞。到了她这个层次，能坐在一起闲聊两句的人，其实已经很不好找了。

玉姐在周乔伊的美容医院里做过几个美容项目，效果都不是很好，所以她只要见到周乔伊又在那儿费尽心思地拉生意，就忍不住要揶揄两句。周乔伊虽然知道玉姐已不再是她的"回头客"，但碍于身份，她不得不忍着，不敢彻底得罪玉姐。

"玉姐，您就别调侃我了！现在咱们圈子里的人，谁不做医美？真别说，您最近做的这个去眼袋手术，又自然又服帖，看起来年轻了许多，一点儿也看不出是五十五岁的人！来，玉姐，您疼我，把医生电话给我，回头我去请他！"

几句对话，刀光剑影。

向南刚入会的时候，这些话是真听不太懂，但见识了几回，也就差不多心领神会了。她今天是带着任务来的，不想介入"名媛"们没有硝烟的战争。

其实"名媛会"的"派系"很好划分：靠老公的一类，比的就是谁的老公更有钱，谁的老公更疼爱自己；靠家世的一类，拼的就是谁老爸的级别更高，实权更大；剩下的，就是玉姐这样靠自己的，不屑和人攀比，谁惹自己不爽，就直接怼谁。

前两类人之间往往会有重叠。家世显赫、背景深厚的，多半会找个门当户对的联姻，若是高攀不上，那便阶层下移，找个极其有钱的，强强联合。

向南则属于"名媛会"里的阔太太们最不屑的那一类，被认为是靠年轻和容貌上位的，而且多半不是原配。

向南想着，江家巧和她是不一样的，商人家庭出身，又是江宏斌的亲妹妹，在有钱人的婚恋市场里，应该还是拿得出手的，于是她鼓起勇气说道："玉姐、乔伊姐，说到这个，我正有事儿求你们呢。"

向南一句话，如同在玉姐和周乔伊的"厮杀"中喊了个技术暂停，将话题移向平和处。

"什么求不求的，大家都是好姐妹，有事儿你直接说呀！"周乔伊的话和表情一样透着爽直，但内心就不一定了。

玉姐也给向南面子，抿了口香茶道："你说。"

"说到医生，我正想问问，乔伊姐，你们医院有没有单身的青年才俊？"说完，向南又客气地转向玉姐道，"玉姐，您见多识广，认识的优秀人才肯定也不少，有没有二十五岁到三十五岁的单身男性推荐啊？"

周乔伊不知向南是在替江家巧打听，一听这话，连那浓妆下的眉梢眼角都有些收不住轻蔑的神色了。她心想，这向南就是得寸进尺，也不知道用光了几辈子的运气才嫁进江家，怎么还想着"一人得道，鸡犬升天"，把自己家那些穷亲戚也弄进有

第二章　危机四伏

钱人的圈子？简直是白日做梦！

玉姐倒是热心，问了一句："怎么，你家里还有没结婚的姐妹吗？"

向南莞尔一笑："嗐，我是家里的老幺，两个姐姐都嫁人了，我大姐孩子都有了，我是替宏斌的妹妹问的。"

一听是江宏斌的妹妹，周乔伊眼里立刻放出光芒，来了热情，她迫不及待地问道："江总还有妹妹呢？没怎么听说呀？她多大了？现在在哪儿上班？"

向南道："工作倒是挺好的，在一家4A公司当品牌总监，年龄嘛……"她顿了顿，下意识地抿了抿唇："今年二十八岁。"

周乔伊一听"二十八岁"，刚亮起来的眼神又黯淡了下去。她这个人向来是无利不起早的，管不好的闲事，从不会往身上揽，于是她权当没听见这茬儿。

玉姐倒是热心，对向南说道："有合适的，我会帮着留意的。"

向南脸上露出惊喜的神色，连忙掏出手机："谢谢玉姐了！我还没有您的微信呢，可以冒昧地加一下吗？"

"这有什么不能加的？你们家宏斌前两天还和我一起参加行风会议呢，"玉姐道，"我们熟得很。"

"噢，是吗？他生意上的事儿不太和我说。不过没关系，能在这儿认识玉姐这么优秀的女性，也是我的福气。"

"你客气了。"

向南和玉姐你来我往地客气寒暄。周乔伊眼见两个自己不喜欢的人抱成团，心里有些愤懑，于是故意说起一个向南不知道的新话题："玉姐，您今天来，不是为了一个重要的主题吗？

您快给向南也介绍一下,她是新来的,别一会儿都不知道怎么跟人家打招呼。"

重要的主题?向南迟疑了一下,顺着周乔伊的视线望向身后,只见紫檀长桌上放着一只硕大无比的蛋糕,透明的蛋糕盒子上,还系着粉红色的缎带。她认得这个蛋糕牌子,一磅就要上千元。

怎么,今天不仅仅是例行聚会吗?难不成还有什么重要的活动,或是要迎接什么重量级的大人物?

13

到底是什么了不起的大人物,能让"名媛会"如此隆重对待?向南嘴角上扬,若无其事地继续微笑着,心里却开始暗暗好奇。

玉姐一笑,搁下茶杯,对向南道:"今天确实是有主题的,为了迎接明蔚,她呀,是'名媛会'上一任的会长。"

"上一任的会长?"向南挑了下眉角,表示对这个人一无所知。

周乔伊端起桌上的起泡酒喝了一口,心里冷笑,你个丫头片子不知道的还多着呢。

"这'名媛会'就是明蔚一手创办的,后来她为了陪女儿上学,去了加拿大。现在女儿大学也快毕业了,她嫌国外冷清,又回来了。"玉姐耐心地对向南解释道。

女儿都快大学毕业了,那明蔚少说也该有四十岁了,向南

第二章 危机四伏

想，待会儿叫声"姐"得了。

"明蔚的爸爸可是大领导……"周乔伊凑过来，故作神秘地压低声音给向南透风。

向南心想，投胎还真是个技术活儿。

"听说，明蔚有意回国发展，今天连女儿都一起带过来呢。"赵太道。她戴着英伦宽檐礼帽，挺直脊梁，端着骨瓷杯的样子，让向南有种在看《唐顿庄园》的错觉。

"她女儿也就二十岁吧，我记得是和第一任老公生的。"李太暧昧地笑道。

李太不是这群人中最有钱的，长得也不怎么好看，甚至连她的穿着打扮都透着些许土气，可偏偏人家是白手起家，年轻的时候与老公蹬过三轮，摆过地摊儿，甚至为了养家，还去别人家当过钟点工。李先生性格坚韧，后来搭上了改革开放的春风，一夜暴富，成了亿万富豪。圈子里的人提到李先生，总是对他"糟糠之妻不下堂"这件事津津乐道。

"不是，你记错了，是第二任。"钱太拿扇子掩着嘴说道，"摆酒的是第二任，听说之前还有一个，只领了证，没摆酒。"

"这样啊……那我见过的是第二任，听说她那次婚姻特别不幸福，丈夫喝醉了酒回来还敢打她，她是忍无可忍才出的国，前脚刚出国，后脚就离了。"

"那后来呢？她在国外找的那个，也很有钱吧？"

"那当然喽！"

未见其人，先闻其事。

众说纷纭中，向南努力捕捉着每一个人的表情，越发对这个叫明蔚的女人好奇起来。大家似乎表面上都很看重她，却又因为各种各样的理由而对她不屑。

这时，一辆黑色轿车缓缓驶到大门口。所有人都站了起来，走到门口迎接。穿着西服的服务生忙不迭地走下楼梯，小跑着上前拉开车门。

只见一条秀美白皙、纤细笔直的腿，先从车里伸了出来，一只穿着菲拉格慕（Ferragamo）的脚，轻点在灰白色的地砖上。

向南站在人群里，忍不住往前探出头去，想看看这条腿的主人究竟是一个怎样风华绝代的美人。

随着车门拉开，向南看清了，这是一位穿着黑色迪奥套装的女人，气质高贵，发量惊人，五官艳绝，眼神凌厉深邃，轻轻一个转身便带出万种风情。

向南本以为被那群"名媛"谈论得热火朝天的女人，一定是花枝招展、千娇百媚的，直到见到真人，才算长了见识，真正的盛世美颜，无须世间任何色彩的点缀，黑色套装搭配白色真丝衬衫，再加一枚香奈儿山茶花胸针，便足够动人了。

向南不自觉地倒吸了一口凉气，这哪里是一个孩子都快大学毕业的中年妇人？她那摄人心魄的美，确实只有大富大贵之家才能滋养出来。

明蔚走出几步，抬起皎月般的面庞，礼貌性地冲众人微笑。一笑过后，她回头对车里的人道："Mavis（梅维斯），别玩游戏了，先下车！"

随着一声不耐烦的"OK"，只见一个穿着露脐装的欧美风女孩儿从车上磨磨蹭蹭地挪了下来。

第二章 危机四伏

女孩儿的妆很浓,向南离得远,看不清她的五官,可光看气质,这个叫Mavis的女孩儿就和明蔚的冷艳高雅丝毫不沾边儿。这真是她的亲闺女吗?

"明蔚!就等你了!"周乔伊第一个热络地迎了上去,然后浮夸地强行挽起明蔚的手臂,穿过众人,有说有笑地往大厅里走去。

"乔伊,好久不见!"

"可不是吗!明蔚你真是一点儿都没变!这儿风大,咱们快进去聊吧。"

她们已经走出去好远,那个穿着白色热裤、梳着脏辫儿的Mavis,还只顾抱着手机玩游戏,落在后面。

"哎,小心台阶。"向南在人群最后,Mavis埋头经过她身边的时候,她好心提醒了一句。

Mavis虽然抬了脚,可眼皮都没抬一下,向南的好心提醒对这个女孩儿来说,好像可有可无似的。

向南无所谓地笑笑,她早已习惯了这种态度。

进屋以后,各人按照原来的位子落座。只是,方才向南被周乔伊硬拉着坐下的C位,此刻顺理成章地归了明蔚。

向南识趣地走过去,想悄悄拿走自己的包。她起身的瞬间,明蔚突然瞥见了她手上的腕表。腕表上的黄金和钻石在水晶灯的照射下,瑰丽璀璨,显得格外耀眼。

"你这是……Mains d'Or(黄金之手)?"明蔚抬起眼眸,对向南问道。

向南怔了怔,没想到明蔚进门后第一个说话的对象竟然是自己，一时间有些拘谨，不知道该如何作答。

周乔伊很不悦，明蔚竟然一下子就注意到了向南这个小丫头片子，于是抢着插嘴道："不是'Ma'什么，她戴的是梵克雅宝！"

向南一愣，赶紧看向众人。她不知是不是只有她一个人发现了周乔伊的孤陋寡闻。

"黄金之手"是梵克雅宝工艺大师的代称，周乔伊这个愚蠢的回答，可谓将自己没文化的暴发户本质暴露到家了。向南发现，除了明蔚微微蹙了一下眉，其他人都毫无反应，又或许是假装毫无反应。

向南尴尬地笑笑，低声回应道："是啊，我挺喜欢这种金属融合宝石的设计，这种搭配再现了锦簇的花园。听说这款表还有个浪漫的说法：时间过隙于璀璨花海，春日微风依然记叙着年复一年的诗意与浪漫……"

明蔚听向南这么说，又打量了一番她的外表，感觉向南虽然穿金戴银，但清纯中透出一种"腹有诗书气自华"的文艺气质。

"你……"明蔚很好奇，问向南道，"我以前好像没有见过你，你是谁的女儿？"

明蔚觉得向南像个刚毕业的大学生，如此青涩的年纪，却佩戴着价格如此高昂的首饰，周旋于这样的场合，一定是和自己一样，托了父母的福，有着深厚的背景。

周乔伊带头"嗤嗤"地笑了起来，其他人也都心照不宣，她们方才议论明蔚时暧昧不明的神色，此刻又浮现了出来。

第二章　危机四伏

"嘻，明蔚！你别自己有了女儿，就看谁都像'女儿'！"周乔伊就是有着一张王熙凤似的巧嘴，玩笑间戳破了向南的身份，"她是江宏斌的老婆。"

"哪个江宏斌？"明蔚问。

周乔伊笑道："还有几个江宏斌啊？当然是洪江集团的江总了。"

明蔚很明显地愣了一下，再看向南时，方才那种略带欣赏的眼神，立刻黯淡了下去。

"老夫少妻"，向南又长得如此明艳可人，不用想也知道他们是怎样的一对夫妻。

"明蔚姐，幸会啊！"向南放下包，重新找位子坐下，主动打了个招呼。

可明蔚似乎对她再也没有丝毫兴致，连敷衍都不愿敷衍，直接转头和其他人聊天去了，把向南尴尬地晾在那儿。

明蔚这样的千金小姐，完全看不起向南的出身，直接将她划为"捞女"。她像是自幼在宫里长大的皇族公主，早就见惯了身边各种靠美色上位的女人。明蔚的母辈，几乎全都折在这些"小妖精"手上，断送了后半生的幸福，所以她天然地对向南这样的人有着深深的敌意。

14

"明蔚啊，从国外回来一切还适应吗，尤其是饮食上？"几位太太围着明蔚聊天，向南和Mavis则坐在外边。

向家的女儿（上）

"其实我对吃是无所谓的，倒是回来之后，夜里总也睡不好，都两三个月了，还有种在倒时差的感觉。"明蔚轻声慢语，纤细白皙的手指，随意地捻着骨瓷杯的把手，这漫不经心的姿势，显得优雅非常。

"明蔚，你开玩笑的吧？都回来两三个月了，还倒时差呢？"钱太笑道，"我看啊，是年纪到了。不光是你，这女人只要过了四十，睡眠都好不到哪儿去。要不要我介绍个老中医给你？那个老中医调理内分泌，绝对的一把好手！这内分泌调理清爽了，睡眠肯定好的呀！"

明蔚不动声色，轻轻放下手里的茶杯，从她精致的眉眼间，向南读出了不悦。她能理解，已婚女人都不爱提年龄，可明蔚那么大一个闺女摆在那里，猜也能猜到她如今多大岁数。

"哎哟，我上一次见Mavis，她还只有桌脚这么高吧？这一晃，都长成亭亭玉立的大姑娘了！"孙太夸张地冲Mavis投去惊异的目光，转而对明蔚道，"明蔚啊，这过日子真是不能回头哦！我记得Mavis出生的时候，我去产科看你，你还跟我讨论给她起什么名好呢，你还记得吗？"

李太插嘴："怎么不记得？那时候不是还有部电视剧，里边的女主角长得很像明蔚，我们聊得好开心噢。"

明蔚笑笑："是啊，我也没想到，时间一晃就过去了。青春短暂，真不知道我的青春都挥霍在哪儿了。"

周乔伊朗声笑道："还能在哪儿？挥霍在温哥华的空气里了呗！明蔚，你出国那会儿，我刚和我老公谈恋爱，当时可羡慕你了！"

第二章　危机四伏

"有啥好羡慕的，"明蔚拢了拢额发，"在哪儿都是过日子。我啊，是用自己的经历证明了外国的月亮未必就圆。这不，混不下去了，逃回来了呗！"

"呃……啊……"周乔伊本想夸赞明蔚的"洋气"，没承想，当事人似乎并不领情。

众人瞥向明蔚落寞的神情，又彼此交换了一下眼神，大概也都猜到了，她这些年在温哥华过得大概并不如意。

这时，玉姐开口道："明蔚啊，不管怎么说，你把Mavis带出去读书，受到的教育还是跟国内不一样的，这也是收获嘛！"

"对对对！"周乔伊连忙跟屁虫一样地应声。玉姐这话补得极好，有多少人出国不是为了孩子？今天明蔚把Mavis带来，不也是为了显摆一下这些年的成果吗？

周乔伊以为场面又给圆回来了，谁知，耿直的李太此刻突然抛出一个奇怪的问题，瞬间惊呆了全场："对了，Mavis今年才二十岁吧？怎么，在国外，二十岁就大学毕业了？他们入学没有年龄限制的啊？"

向南一想，是啊，二十岁，这在国内，应该就是大二的年纪吧？国外虽说和国内学制不同，可二十岁就本科毕业，确实有点儿奇怪。

众人暗暗瞟向Mavis，她却一脸淡定地跷着二郎腿，继续打游戏。反倒是明蔚的神色有些不自然，她干咳了两声，食指弯曲，蹭了蹭鼻头道："这国外……每个学校的情况不同……所以……"她越是解释得磕磕巴巴，众位太太越是对这件事起疑。

现在大家出趟国就跟去趟郊区一样简单,现场好多太太的孩子都曾在国外留过学,或者正在国外就读,还没回来。就算是那些孩子还小的太太,也都知道出国留学是怎么回事儿,没吃过猪肉还没见过猪跑吗?知识共享的时代,只要在网上搜一下,什么信息都搜索得到,这就让说谎变得越来越困难。

明蔚垂下眼睑,脸上的表情越发局促,与方才淡定优雅的样子判若两人。"那个……Mavis她……年纪小,有自己的想法,她是从魁北克退学的……"她声音极小,显然很不愿意当着众人的面再说这个话题。

向南倒是觉得无所谓,她听说比尔·盖茨等很多成功人士都是从名校辍学的,每个人有每个人的选择,不能要求人人都按照标准流程"出厂"。可"名媛圈"里,像向南这样单纯通透的人,毕竟是少数。年过四十后,阔太太之间最爱拿来攀比的,不再是包包、首饰或老公,而是孩子。

"辍学啊……"李太嚼了嚼字眼,又隐晦地和一旁的钱太对视了一眼。

气氛变得十分微妙。

周乔伊还想替明蔚找补,于是尴尬地笑道:"嘻,退学就退学呗!能从魁北克大学退学,那也是高才生了。其实在大学里学到的东西也就那样,未来的路主要还是靠实践。"

明蔚红着脸,赶紧跟着点了点头。

向南侧目去看Mavis,只见她稚嫩的脸上满是不羁的表情。

很显然,刚才周乔伊和明蔚一起偷换了一个概念。明蔚说Mavis是"从魁北克退学的",但话到了周乔伊的嘴里,却成了

"从魁北克大学退学"。反正无论哪种说辞,都掩盖不了明蔚这些年并没有将女儿培养成名校毕业生的事实。

"Mavis,各位阿姨在和你说话呢,你那个游戏能不能停一会儿?"明蔚无奈地看向自己的女儿。

Mavis嚼着口香糖,仿佛压根儿就没听见亲妈的话,明蔚直接走过去拍了拍她:"Mavis,要有礼貌,大家在谈论你的事儿。"

众人望着Mavis,没几个人看得惯她的穿着、举止,她"吧嗒吧嗒"嚼口香糖的样子,像极了街头巷口的"非主流小太妹"。

"谈论我的事儿吗?"Mavis终于停下手里的操作,抬起头来瞥了明蔚一眼,然后很大声地说道,"那你有没有告诉她们,我压根儿就没读过大学,我在国外读的是技校!没错,我就是从魁北克的技校辍学的!她们还有什么想问的吗?"

"Mavis!!"现场的气氛一下子从安静转为肃杀,明蔚的脸色如同窗外的树叶,瞬间灰暗下来。

李太和钱太尴尬地咬着手里的曲奇,玉姐目瞪口呆地握着手机,周乔伊则坐立不安地想着怎么圆场。她必须想办法哄好明蔚,虽说明蔚家现在已经大不如前,但瘦死的骆驼比马大,明蔚爸爸那里透出来的一点儿风声,都可以让她老公在股市里大捞一笔。

"那个……要不咱们切蛋糕吧!"周乔伊站起身,向后抖掉自己肩头的羊绒大衣。

她卖力地拍着手,千方百计地活跃气氛:"哎呀,这蛋糕可不好订!送来的时候人家就说一定要在两小时内食用,才能保证最佳口感。我们移步到长桌那边,让明蔚给我们切蛋糕如何?"

明蔚脸上挂着尴尬的笑,缓缓起身,众人就像池子里的游鱼般,一齐往长桌那边会集。Mavis还是一动不动。

向南因为和她坐得近,轻轻捅了捅她的胳膊道:"去吃蛋糕吧。"

Mavis冷着脸,什么话也没说,反而重重地推了向南一下,意思是谁爱去谁去。

向南望向长桌前的明蔚和众人,一时间进退两难。她若是不去凑这个热闹,显得怪怪的,以她的身份,在这里是没有资格不合群的;可她若是就这么抛下Mavis走了,那沙发区就只剩下小姑娘一个人了,怪可怜的。小姑娘面上看着什么都不在乎,其实心里是很敏感的。

这时,Mavis微微一个侧身,向南突然瞥见她白色热裤边缘似乎有一抹殷红。

"看什么看?!"Mavis发现向南这个陌生人总盯着自己,没好气地怼了一句。

向南凑到她耳边小声对她说了一句话,Mavis吓得赶紧站了起来。

"Mavis,你快过来!妈咪在等你一起切蛋糕呢。"那边,明蔚见Mavis终于站了起来,赶忙热络地冲她招手。

Mavis望着她妈妈身旁如同生日蜡烛般围了一圈的人们,她一时情绪焦躁,慌了手脚,还是向南替她答道:"大家先切吧,Mavis不舒服,我陪她出去透透气。"

第二章 危机四伏

明蔚极度失望地挥了挥手,任由她们而去,切蛋糕的流程继续进行。

向南拉起 Mavis 就往厕所跑,等 Mavis 从隔间里整理好出来,她们俩都松了一口气。

"还好我包里常备着卫生巾,"向南拉过 Mavis,让她转过身看了看,"可你的短裤已经脏了,这里也没有干净衣服替换……"

"你出去替我跟她们说一声,我先走了!要不是我妈逼我,鬼才愿意来参加这个莫名其妙的派对!"Mavis 依旧冷着一张脸,也没有任何对向南表示感谢的意思,说话的口气反倒透着被人撞破自己丑态的烦躁。

"哎,这怎么行呢?"向南拦住她,"今天可是为你妈妈专门准备的派对,你中途走了,她会很没有面子的!更何况,你现在要走,也要走得掉才行啊!从这里到车上,且不说路上有没有熟人找你说话,就是保安、服务生、司机,少说也有十几双眼睛,万一被人看见了……"

"那你说怎么办?!"Mavis 抱头转身,一脸不耐烦。

"这……"向南叹了口气,冷静地想了想,然后从自己的脖子上解下前天刚买的那条芬迪(Fendi)围巾,给 Mavis 系上,又扎了个漂亮的结,看起来就像她穿了条焦糖色的流苏裙一样。

Mavis 一时间有些发怔,然后大惊小怪地叫起来:"你疯啦?这条围巾要八千多!你这样给我围了,以后就不能要了!"

向南直起身,调侃她道:"你小点儿声,是一万多!不过先这样吧,过完这个下午再说。"

15

"哼,反正你嫁了个有钱人,花钱当然阔气了!"Mavis抱着胳膊不屑地瞥了向南一眼。

"你们家不也有钱……"向南歪着头说。

Mavis脸色一变,这时,只听卫生间外传来了赵太、钱太说笑的声音。Mavis不想和她们打招呼,翻了个白眼,抖了抖腿,浑身流露出不耐烦。

向南一把把她拉进隔间,反锁上插销。

"你干吗……"Mavis瞪圆了眼睛,嫌向南多事儿。

向南做了一个"嘘"的手势,贴着隔间的木板,然后小声说道:"等她们走了再出去。"

Mavis白眼翻上天,她什么时候跟做贼一样躲过这些人?这些人就算在社会上再有头有脸,见到她外公,还不是立马点头哈腰的?只有向南这种没见过世面的人,害怕人前失仪,才会跟老鼠见了猫似的躲她们。

赵太和钱太显然是进来补妆的,她们连隔间都没有进,外头的水池边传来她们的说话声。

只听赵太说:"哎哟,这几千块钱的蛋糕也不过如此!甜是甜,可是腻死人!真搞不懂,为了这么个明蔚,周乔伊干吗搞这么大阵仗?"

"呵呵,你快别说风凉话了!这也就是现在,要换了十年前,明蔚这样的人,请都不一定请得到呢!"这是钱太的声音,

"人家爸爸可是大领导。周乔伊那人,估计也是为了打探消息才这么费力地讨好她吧。"

"大领导又怎么样?还不是五年前就退了。"赵太不屑地接道,"明蔚一把年纪了,现在还想拿家世摆谱儿?"

赵太似乎是在补粉,向南屏住呼吸,听见粉饼盒"咔嗒"一声合上了。紧接着,赵太又道:"你没看明蔚今天穿的那套衣服都是多少年前的旧款了?同期的衣服,我早就送给我们家保姆了!"

钱太轻笑道:"别说衣服,你看没看见她戴的那些首饰?说得好听点儿叫经典款,说得不好听点儿,是早就过时了好吗?倒是那个江宏斌的小老婆,你看见没?一整套的梵克雅宝,还都是新款,少说上百万!"

向南和Mavis躲在狭小的空间里,贴着冷硬的隔板,听着外头的两人议论她们。Mavis早就气不过,几次想冲出去,都被向南奋力给拦下了。Mavis被外面俩人气得假睫毛都翘起来了,向南还在咬牙坚持着。

赵太继续说:"还有明蔚那个女儿,你看见没?啧啧啧,她那个衣服暴露成那样,也不怕丢人!"

钱太说:"穿倒还在其次,这Mavis怎么长得一点儿都不像她妈?又黑又瘦的,不说她是从加拿大回来的,我还以为是从非洲回来的呢!"

外头的人极尽刻薄,Mavis气得丰满的胸脯不停地起伏。

向南脸上露出难受的表情,内心不停地念"阿弥陀佛",希望外头的两个人赶紧补完妆离开,别再嚼舌头了!

可她们偏偏不走,赵太又用神秘的语气对钱太说道:"这明蔚,听说又离婚了,还输了官司,国外那个老公一毛钱都没分给她,她是'赤条条'地带着女儿回来的。"

"真的啊?看她今天那副趾高气扬的样子,你不说,真是一点儿都看不出,挺能装的。"钱太说道,"不过再怎么说,'烂船也有三斤钉',你看这明蔚,不还在咱们这圈子里吗?"

门外传来幸灾乐祸的嘲笑声,Mavis瞪着向南,意思是,现在咱俩可以冲出去了吗?

向南做贼似的按住她,轻轻摇了摇头,意思是再等等。

果然,又是一声粉饼盒合上的声音,说话声继续:"哎,也不知道这明蔚后不后悔,当初要是跟了江宏斌,也不至于现在这么灰头土脸地回来!"

听到"江宏斌"三个字,向南的心"咯噔"一下,仿佛蹦极时身体出现了失重反应,心脏"怦怦"地直跳。显然,对面的Mavis也不知道这一茬儿,眼珠子都快要飞到向南脸上了。向南提起心神,屏住呼吸,趴在门后,认真地听外面接下来的对话。

"嗐!你翻老皇历干什么?那都多少年前的事儿了。当时江宏斌就是一个给明蔚爸爸开车的马仔,说句不好听的,就是人家养的一条狗,明大小姐能看上他才怪!"钱太似乎对这里面的事情很清楚,对赵太娓娓道来,"明蔚四十二岁,江宏斌四十岁,俩人虽然年纪差不多,可出身却差了十万八千里。当年江宏斌未必就没动过'癞蛤蟆想吃天鹅肉'的心思,可那也要明蔚看得上他啊!明蔚交的男朋友,不是帅的,就是有钱的。你

第二章 危机四伏

说,当时的江宏斌占哪头?"

"说得也是。哎,江宏斌那小老婆不知道他和明蔚的关系吧?"

"估计不知道。但你刚才看见明蔚看她的表情没?那眼神儿里头老多故事了……"

两位太太说相声一般地一唱一和,然后声音渐渐远去了。

待她们八卦的声音彻底消失在空气中,Mavis用力一踹门,"砰"的一声,门被踹开,她如离弦的箭一样一下跳了出来。向南跟在她身后。

"你刚才干吗不让我出来?!这俩老妖婆,气死我了!"Mavis把手指关节捏得"嘎嘎"直响。

反倒是向南很淡定,她劝道:"就算你刚才冲出来,又能怎么样?和她们当面吵架吗?你也知道,来这里的人都是什么背景,事情闹大了,你就不怕给你妈找麻烦?"

Mavis眉毛一挑:"怕什么?!我妈从来就不怕麻烦。她要是怕麻烦,就没那么多男人了!"

向南摇了摇头,推着Mavis往外走:"行了,别这么说自己亲妈。多一事不如少一事,咱们出去吧,蛋糕还没吃呢。"

Mavis甩开向南的手,把怒气都发泄在她身上,质问道:"你这种女人,是不是只要给钱,啥都能忍?!刚才她们也说你老公了,你怎么不生气,还这么淡定?!是不是钱给够了,你就两眼一闭,心甘情愿地当木偶?"

Mavis的话的确有些刺激到了向南。结婚后,向南确实不太管江宏斌在外头的事儿,但那是因为她对自己老公有信心,觉得他不是那么没有分寸的人。不过，今天听赵太、钱太说起他和明蔚的前尘往事，向南的心里还是有些纳罕的。她不知道，自己枕边的男人，究竟还有多少秘密往事是她所不知道的。所幸，钱太方才也说了，过去的明蔚未必看得上江宏斌，从这点出发，俩人应该是没事儿的。

"怎么哑巴了？被我说中了？"Mavis扬眉挑衅向南。

向南则继续推着她往外走："吃蛋糕去！"

在外头不惹事是向南的处事原则。她所求不多，能跟江宏斌过好当下的安稳日子即可。其他的，就像电视里的新闻，再惊天动地，也不过是过眼烟云。

晚上，向南筋疲力尽地回到家。

江宏斌正好从外头应酬回来，满身酒气，见到向南就一把将她搂进怀里。他的胡楂儿在向南的脖颈里磨蹭着，突然他听到向南冷不丁地问了句：

"你……认识明蔚吗？"

江宏斌立即停下动作，几秒钟后，他默默放开向南，扯了扯衬衫的领口，往卫生间走去："我去洗澡！"

"你还没回答我呢……"向南委屈地望着江宏斌的背影。

江宏斌向后摇了摇手，示意向南不该问的别问。

这也是他们夫妻间的相处之道，向南可以问江宏斌任何问题，但情感上不能越界，不能企图掌控这个男人。

向南对他俩的关系本没多少好奇，可江宏斌的这种态度，不禁让她心头涌上一股说不出的愤懑。

第二章 危机四伏

向前带领团队奋力公关了三天。她的脑袋都快想破了,可绿城那边的Peter就是水泼不进。向前心里着急,如果绿城这边真的流单,那下半年加的五千万的任务,就只能另辟疆土了。可是重新发展客户,哪有那么容易?小单子得凑到什么时候才能凑满五千万?这个城市就这么大,她能想到的大客户,对手盈润肯定也能想到。再说,公关一家新的公司,没有一年半载根本谈不下来,她的KPI(关键绩效指标)等不了。

下午三点半,向前急匆匆地从公司往外走。柴进敞着西装,一路快跑从后面追了上来:"向前,你等等!"

向前知道他要和自己说什么,于是毫不停留地继续疾步往门外走。

"你等等!"柴进一把拉住她的胳膊,"我有话和你说。"

向前看了看自己的胳膊,然后抬起头,狡黠地一笑道:"柴总,我是可以等你,可幼儿园的老师能等我吗?"

柴进被她说得一愣。

向前冷漠地抬起另一条胳膊上的腕表,在他眼前晃悠了一下:"三点半,接孩子!我当初做销售,不是你和我说的吗?销售,工作时间灵活,可以兼顾家里。我现在正在按照你说的做呀。"

"向前……"柴进似乎仍不想放弃,"我真的有急事找你。"

"那电话说吧。"向前急急忙忙地往地下车库走去。

柴进望着她果决的背影,抿了抿唇,一跺脚不服气地追了上去:"我坐你车!车上说总可以吧?"

"随你便!"向前拉开车门,一下跨了上去。

柴进拉开副驾驶的门,向前直接冲他一瞪眼:"坐后面去!"

柴进无奈,只好关上车门,乖乖地坐到后座上。

向前脚踩油门,往左左、右右的幼儿园方向开去。

"向前,我想过了,绿城那边基本上是没戏了,所以……"柴进坐在后座中间,一只手扶着前座的靠背,探着头和向前说话。

向前撩了撩短发,无动于衷地把墨镜架在鼻梁上。

"所以,你是不是应该考虑一下我之前就和你反复提过的……洪江集团。"

"吱——"刺耳的刹车声响起,向前的车子死死地停在一盏红灯前。

红灯变绿灯,她仍旧冷着一张脸,丝毫没有要起步的意思。

16

"柴进,你什么意思?"向前把着方向盘冷冷地侧目问柴进。

柴进叹了口气,下巴往前抬了一下:"你先开车。"

向前咬唇,一踩油门,车子又向前行驶起来。

"我知道,洪江集团的老板江宏斌是你妹夫,所以你一直不愿意去跑这个口子。"柴进道,"可是商场如战场,我们现在不去争取洪江集团,盈润早晚会出手的。到那时,被他们占了先机,我们只会更被动。"

向前不说话。

柴进继续道:"绿城的事儿,董事长很生气。虽然我已经

第二章 危机四伏

竭尽全力说明了事情的经过,但是董事长认为,我们消息闭塞,也是失职。他给我们六个月的时间追业绩,否则就要重新调整公司的组织架构。"说完,他抬眼去看后视镜里向前的反应。

"嘀——!嘀——!"正逢一个路口,一辆车强行变道加塞,向前猛按了两下喇叭,又摇下车窗,探出头去,破口大骂道:"赶着去投胎啊!实线变道,找死是不是?不会开车别开!"

柴进被向前的气势吓住了,一时不敢再说话。向前却淡定地摇上车窗,扭头对柴进道:"你继续说。"

"洪江集团势头正盛,股价一直在涨。他们最近扩张了好几个项目,动作都挺大的,据业内人士判断,三年内,洪江就会成为下一个绿城。所以这个客户,无论用什么方法,我们滨江都要拿下!"柴进信誓旦旦。他也知道向前一直不愿意碰这个项目,就是因为她和江宏斌的姻亲关系。

"柴总,"向南终于开口了,她摘下墨镜,放在挡风玻璃后面,"当年我刚入行的时候,是谁教我,事业是事业,私人关系是私人关系,二者不能混为一谈的?又是谁告诉我,越是亲近的关系,越是不利于谈生意,一旦掺入利益,任何关系都会变得不纯粹的?"

柴进脸红了,呼吸明显急促起来。

向南继续淡淡地说:"当年的事儿,你忘了,我没忘。没有你柴总的谆谆教诲,又怎么会有今天意志坚定的我?所以……不是我不答应你,而是我不想让自己对你的崇拜陷入悖论。"

"此一时彼一时嘛……"柴进松了松袖扣,又伸手抚了把自己的额头,也许是刚才追向前追得太猛了,他额头上沁满了细密的汗珠。

向前口中"当年的事儿",指的是十年前的某天,她在大庭广众之下,手捧玫瑰花向柴进公开求婚却被拒绝的事儿。

十年前,向前初出茅庐,过五关斩六将进了滨江,柴进是她的师兄,也是她的引路人。还没被现实毒打过的向前,就像是一张纯洁的白纸,她钦佩、崇拜着自己的上司,对柴进言听计从,完全就是他的"脑残粉"。

柴进英俊、帅气,在商场上又有着杀伐决断的手腕,见过他的女人很难不被他的魅力所吸引。向前也不例外,她那时不过是一个长得漂亮点儿的普通人罢了,她的阅历与才智,完全不足以读懂和领悟柴进这个"海王"的深沉心机。那年,向前二十三岁,柴进二十八岁,他们相遇在彼此最好的年纪。

柴进也不是不喜欢向前,但比起一棵"木秀于林"的树苗,他更爱整片森林。他在众目睽睽之下,狠心拒绝了手捧玫瑰花的向前,用一句话彻底浇灭了她的满腔热血。他说道:"Business is business, you can't lose your senses, and don't be too emotional either."(生意就是生意,你既不能失去理智,也不能感情用事。)

那一晚,向前万念俱灰,从此和那个不谙世事,怀抱着纯真理想的小女孩儿彻底诀别。她用尽全部力气走出了九十九步,但她所爱的人,竟然连往前迈一步的勇气都没有。

半年后,向前赌气和第一任丈夫闪婚,不久又闪离。再然后,向前收起了心中所有柔软的感情,一心扑在事业上,成了商场上人人称道的女强人。

第二章 危机四伏

直到遇到高平,向前才重新找回对爱情的信心。

那些尘封的往事,吹去灰尘后露出的原貌,总能刺伤回忆者的心。

向前不想和柴进扯这些,可话赶话说到这儿了,她就不得不提醒他:她不可能再把事业搅进自己的生活,这是她的原则和底线。

爱情尚经不住利益的考验,何况是更为脆弱的姻亲关系。不管是多大的诱惑,她都会坚守住这条底线。向前只有向中、向南两个妹妹,向南的情况还更特殊一些,所以她不可能拿大家的幸福去冒险。

"向前,过去的事儿是我不对,我不是人!"浸淫商场多年的柴进,一副能屈能伸的样子。但向前和他一样都是能拿奥斯卡金像奖的"演员",不会为对方的演技所感动。"我后来不是意识到错了吗?我让你跟我过,你又不肯。"柴进强词夺理。

向前眼看着前面还有一个路口就到幼儿园了,于是用决绝的口气对柴进说道:"以后,我不想再听你说这句废话!我们俩很早以前就已经是普通同事关系了。至于洪江的项目,你手底下业务员多的是,让谁跑都可以,就是不能把我给牵扯进去,也不许打着我的旗号,去跟江宏斌套近乎。你那么有心机、有能耐、有手段,肯定会成功的,加油,我看好你噢!"

向前的最后一句话,摆明了就是在挖苦柴进。

柴进一直想从向前这边拉出个豁口,打通和江宏斌的关系,无论向前怎么拒绝他,他都百折不挠。今天向前索性打开天窗说亮话,省得柴进继续惦记她的"人脉"。

向家的女儿（上）

"到了！你在车里，我下去接孩子。"向前把车停在路边，挂空挡，拉上手刹，便拿起包下车去接左左、右右。

柴进也从车后座上下来，背倚着向前白色私家车的车窗，看天叹气。

"柴叔叔！"向前领着左左、右右出来，两个孩子一见柴进，竟然热络地跑了过来。

"慢点儿，小心车！"向前在他们身后焦急地提醒着。

"柴叔叔！"右右是小女孩儿，她看见柴进便扑上去要抱抱。

柴进宠溺地笑着弯腰，一把将右右这个软绵绵的小肉团儿抱起来，然后点了点自己的左脸，示意她"亲亲"。右右甜甜地"吧唧"一口，亲得柴进笑逐颜开。

不知道的人看见了，还以为这是甜蜜幸福的一家四口。

左左和右右喜欢柴进不是没有理由的，从他们出生，除了直系亲属，就属柴进对他俩最好。每逢过节、过生日，柴进都要给这对双胞胎买玩具、买衣服；一得到迪士尼的票，也首先会给左左、右右送来；更别提帮他们联系好的幼儿园，孩子生病时帮他们找好的儿科医生了。

"柴叔叔，今天怎么是你和妈妈来接我们？"右右搂着他的脖子奶声奶气地问。

柴进看了向前一眼，笑道："我有事儿和你妈妈说，所以就一路跟过来了。"说完，他轻轻放下右右，又搂过左左，把俩人放在一起并排看了看，然后，开始从西装内袋往外掏东西。

"你……别！"向前看出他的这个动作意味着什么，连忙发声阻止。

但柴进不受影响，从钱包里掏出厚厚一沓钱。他把钱随手分成两份，分别塞进左左、右右的围兜口袋里，又捏了捏他们的小脸儿，道："叔叔今天来得急，没给你们买东西。这点儿钱，回头让妈妈给你们买好吃的！"说完，他便站起身，拉开车门，帮向前把左左、右右抱了进去。

柴进关上车门，向前看他并不上车，奇怪地问："你不跟我车回公司？"

柴进的头发被风吹得有些凌乱，他拧着眉说："不了，你直接带孩子回家吧，我打车！"

"这……你不方便吧？"

"没什么不方便的。向前，我和你说的事儿，你再好好考虑考虑。"柴进最后道，"左左、右右还这么小，为了养孩子，咱们跟什么过不去，都不能跟钱过不去。"

17

"我回来了。"向前"当啷"一声，把车钥匙丢进玄关的瓷碗里，领着左左、右右进了屋。

"哎！左左，换鞋！"向前光顾着埋头给右右脱粉色的小棉靴，一不留神，让调皮的左左逮了个空儿，穿着运动鞋直接冲进了客厅。

向前忙不迭地换上拖鞋，左右脚都穿反了，就着急地追了进去："你这孩子，什么臭毛病！说了多少次了，回来要先换鞋，就是不听！信不信我揍你……"

向家的女儿（上）

刚转过半透明屏风，向前就瞥见一个年轻女孩儿和高平、高平妈坐在自家沙发上说话。

女孩儿留着"黑长直"发型，穿着奶白色高领毛衣和淡蓝色牛仔裤，身材瘦削，长相甜美可人。她几乎没有化妆，只抹了淡淡的豆沙色唇釉，整个人散发出一种我见犹怜、人畜无害的气息。

向前看得怔住了，与忙了一天蓬头垢面的自己相比，坐在沙发上的女孩儿简直就是一朵出水的白莲，清新养眼多了。

女孩儿听见动静，轻轻抬眸，和向前四目相对。向前看见她偌大的眼睛黑白分明，眼珠似琥珀一般透亮。向前瞬间觉得，这个女孩儿有一双猫的眼睛。

"这位是……"向前一阵尴尬，也顾不得去管左左，看向高平问道。

高平站起身，热情地指着女孩儿介绍道："老婆，这是李书，我们院的硕士。之前咱们不是商量过给左左、右右请家教吗？今天我就把人给带回来了。"

向前暗暗咬了咬嘴唇，"把人给带回来了"，高平的这句话，成功地挑动了她敏感的神经。怎么有点儿登堂入室的意思？一个家教而已，何必将话说得如此暧昧？

"老师是吧？请坐请坐。"表面上，她还是客套着，然后不动声色地褪去身上厚重的外套，露出向家三姐妹都引以为傲的凹凸有致的身材。

"向前啊，这个李老师还和咱们是老乡呢！"高平妈兴奋地抢话说。

第二章 危机四伏

向前是个地缘意识淡薄的人,她相信任何地域都是好人、坏人各占一半。"老乡见老乡,两眼泪汪汪"是没错,可生意场上,折在老乡、亲戚手里的悲剧,她见得太多了。

"噢?你是哪里人?"向前装作好奇的样子问女孩儿。

女孩儿说了一个地名,向前勾起嘴角,不易觉察地冷笑了一声。

高平来自国内某人口大省,李书说的那个地方,和高平出生的县城差了十万八千里,若是在韩国,他们都不能算是一个国度的人了。

高平妈被高平接到城里来之后,因为普通话不标准,常常被小区里的一些本地大妈看不起,久而久之,她便只和小区里那些操着方言的非本地大妈打交道,以至于现在她只要听说谁和她来自同一个省,甚至是相邻的省份,就觉得亲切得不得了,立马掏心掏肺,强行把人家列为"一个战壕里的战友"。

"呀!左左,快过来,给奶奶看看!"虽然正说着话,也丝毫不妨碍高平妈眼尖,她很快发现了左左围兜里的一沓红钞票。

高平妈娴熟地把孩子们拽过来,掏出钱,用手沾着唾沫"哗哗哗"一点,而后笑盈盈地顺手放进自己的口袋里,问:"今天这又是谁给的?正好当这个月的买菜钱。"

向前没说话,心里却想:什么时候他们家的菜钱一个月要四五千了?

家里的肉、牛奶、鸡蛋、水果,都是向前从网上下单,店家送货上门的,高平妈每个星期只需要去一次菜市场买点儿菜就行了。就这么点儿钱,她也好意思这么斤斤计较,把这个钱据为己有？

当着李书的面，向前不好发作，只转头瞅高平。

可谁知，此时高平的注意力都在李书身上，他们俩正热火朝天地聊着实验室里的事儿。

向前不悦，跷起二郎腿直接打断他们，说道："李老师，既然是请您来给孩子当家教的，那在商言商，不如先把工资的事儿谈一下。"

李书转过头，脆脆的一声："可以啊！"

"那……"向前还没来得及报价，话头就被一旁的高平打断了。高平笑道："老婆，你不用这么一本正经的！李书是我师妹，我们是一个实验室的，平时挺熟的。她来就是纯帮忙，不图钱。"

向前纳罕：不图钱？这年头还有这样的好事儿？她难以置信地瞥了李书一眼，打量了一下李书的穿着，虽说不上寒酸，但也绝不是那种可以视金钱如粪土的人，给师兄的孩子当家教还不收钱，这个女孩儿图什么？

"这不太好吧……"向前不喜欢将生意和人情混为一谈。家教嘛，说穿了就是拿钱买人家的学识和时间。谈钱的买卖，钱清事了，从此大家各不相欠；但是一开始说免费的东西，最后往往就得用数不尽的人情去还，没完没了。向前觉得，这么一件芝麻绿豆大的小事儿，能用钱解决，没必要搭上人情。

"这样吧，李老师，咱们就按市价。我一个小时给您一百五，您每天来俩小时，一周来四天，这样每周就是一千二，一个月就是四千八，咱们四舍五入，直接算五千一个月，您看怎么

第二章　危机四伏

样？"向前脑子一转，直接报出了价格。

　　这个价，她觉得已经是看在熟人的面子上给的友情价了。若是去中介找个大学生家教，一小时一百二也能谈下来，说不定还有很多人抢着做呢。

　　"向前，你这是干什么？"高平还没来得及说话，高平妈先不悦了，她操着老家话说道，"人家老师都说了，不图钱。咱老乡之间互相帮助，你怎么一点儿人情味儿都没有，成天就知道钱钱钱的？"

　　谁成天就知道钱钱钱了？向前斜了一眼高平妈鼓鼓囊囊的睡衣口袋，心底阵阵发笑："妈、高平，李老师肯来帮咱们看孩子，就已经是帮忙了。高平平时课业压力那么重，还要写论文，李老师虽然是硕士，平时肯定也不比高平清闲多少。咱们占用人家那么多时间，不付工钱说不过去的。再说，这当家教又不是一朝一夕的事儿，就是高平的导师请他的学生干活儿，每到期末不是也要发点儿钱意思意思吗？……所以，李老师，您别嫌少，我也就是意思意思。"向前已经尽量把话说得委婉动听，让三方都好看了。

　　但高平妈和高平似乎仍不满意，高平频频看李书的表情，似乎很怕得罪她。倒是李书，别看她从向前进来之后就没怎么吭声，但从她灵活的眼神里，向前读出，这绝对不是个白干活儿不要钱的傻妞儿。

　　"姐姐说得对！"李书莞尔一笑，"行，工资就按您说的来吧。您不想欠我人情，我心里明白的。您放心，左左、右右我会照顾好的，就和带亲侄子、亲侄女一样。"

向前听了李书的话，看了看她那张青涩未褪、朝气蓬勃的脸，不禁感慨，明明是她收了高于市场价的薪酬，却说得好像是她为了向前着想似的，真是有水平，不简单。

"那好吧。咱们哪天开始？"向前想尽快把这个李书给打发走。

"听师兄的吧，他让我哪天来，我就哪天来。"李书说完，羞涩地冲高平浅浅一笑。

"那就下周一开始吧！"向前一拍膝盖，站起身，便回屋去换衣服了。又过了好半天，高平和高平妈才热热络络地把李书给送走了。

高平回身刚进房间，就见向前脸色铁青地坐在床沿上。

"你把家教带回来，怎么不提前跟我说一声？"她拧眉质问高平。

高平拉开窗帘，毫不在意地回答："我今天在实验室碰见她了，就叫车一起回来了。"

"叫车？"向前猛地抬头，"你钱多闲的？干吗不坐地铁？"

高平莫名其妙："我不是天天叫车吗？我们实验室到地铁站远，不是你让我别天天走那么远的吗？"

确实，高平说得没错，当初她为了能让高平安心做学问，几乎扫除了影响他学业的所有障碍。

高平的时间宝贵，又要学习，又要写论文，好钢要用在刀刃上，向前宁愿花钱买轻松。因为请家教的事儿，是向前和高平之前就商量好的，现在老师还未上任，向前一时间也挑不出人家什么毛病，不好无故发作。

于是她试探性地问了句："非得找熟人吗？去中介找一个不行吗？"

高平道："这不是熟人更放心吗？李书是我师妹，再怎么样，她也不会趁我们不在，对左左、右右做什么坏事儿。真要请了外面的人，且不说学历是不是真的，回头再遇上个不负责任的，真出点儿什么事儿，我们连人都找不着。"

向前低头沉思了一番，又把新闻里各种相关的恶性事件在脑海里过了一遍，终于同意让李书先试试。

"对了，我还正想问你呢，"高平捋了捋自己清爽的发型，想起什么似的问道，"今天左左、右右兜里的钱是谁给的？"

"还能有谁？出手这么大方的，想也知道了。"向前正心烦意乱，语气就显得有些不耐烦。

"柴进？……他又给了啊！"高平自问自答。

18

"他的钱，哪一次是好拿的？"向前淡淡地从床上起身，绕过高平去卫生间卸妆。

高平低头品了品这话，表示赞同："也是。"

人和人之间的感觉是相互的，柴进不待见高平，高平同样也不喜欢柴进。

高平不喜欢柴进，倒不是担心自己老婆和这位"前前男友"余情未了，他心眼儿没那么小，智商也没那么低。毕竟，拘留所三十天，谁待过谁知道，是一辈子无法抹去的痛苦记忆。这

向家的女儿（上）

类似于巴甫洛夫效应，柴进就是那个铃铛，一听见他的名字，向前就会条件反射般地回想起那些天的黑暗与绝望。

高平心疼向前，对着卫生间说了一句："要不明天给他退回去吧，咱们家也不差这点儿钱。"

向前一只眼睛敷着卸妆棉，就像捂着伤口，从卫生间里走出来，叹了口气道："算了吧，你以为我不收他这个钱，就能不替他办事儿了？还不是一样。"

"办事儿？办什么事儿？"高平好奇，想听听柴进这次又出什么幺蛾子。

"呵呵，他想着通过我拉关系，跟江宏斌做生意。"向前仰着头，用力揉了揉眼皮。

"你答应他了？"高平不放心地追问。

"我哪能答应他？"向前把卸妆棉揭下来，换了个面儿又敷在另一只眼睛上，"咱们家这亲戚关系以后还处不处了？"

听到向前给出的答案，高平竟然有一种如释重负的感觉。

向家这三个连襟——高平、邓海洋、江宏斌之间的关系，可以说是真正的"相敬如宾"。都说妯娌关系难处，其实男人未必就比女人简单，连襟关系也很微妙。江宏斌对高平和邓海洋都很客气，应该说对高平更客气一点儿。他之所以对这两位比自己小几岁的姐夫这么客气，并不是给向南面子，而是觉得他们有用，有利己的因素。

高平是大夫，江宏斌考虑到自己如果哪天身体欠佳了，那时与其落在一个素不相识的大夫手里，不如把命交给高平。再说，就算他一生康泰，一位熟悉的医生也是人脉里必不可少的

第二章　危机四伏

一环。所以，他对高平一直很客气。

至于邓海洋，江宏斌一开始对他也是客客气气的，礼遇有加。江宏斌做实业，偶尔账上会有些闲钱，做生意的人都明白"鸡蛋不能放在同一个篮子里"的道理，所以为了自己的家业能够"千秋万代"，他也想过投资点儿高精尖科技产业来拓宽一下盈收渠道。奈何他的文化水平着实有限，在向家几次酒足饭饱之后，邓海洋从唾沫横飞一路讲到口干舌燥，江宏斌还是听不懂什么叫"神经网络"，什么叫"深度学习"，他感觉自己很难入门。自己不懂的东西，还是别瞎投资为妙，他对邓海洋的信任，还没有达到能撒手不管的地步。久而久之，因为找不到合适的"短平快"的变现项目，江宏斌对邓海洋也就疏远起来。

对高平的人情"投资"，江宏斌倒是一直持续着，逢年过节，封给双胞胎的红包都是每人五位数。但高平未必就领他的情，内心深处也并未完全认可这个妹夫。

在高平这个知识分子眼里，江宏斌就是"士农工商"里最末流的商人。商人都是"无利不起早"的。高平骨子里是清高的，内心很不认同"有钱就能为所欲为"这种思想，他还是觉得，自己只要成绩优秀，哪怕其他地方有硬伤，也还是优秀的。

高平搞不清楚状况，以为他只要醉心学术、对金钱无欲无求，就可以和江宏斌平起平坐。他很享受这种感觉。而如果向前真的从江宏斌那里拿到了订单，情况就会发生变化。"吃人家的嘴软，拿人家的手短"，知足常乐地守着"老婆孩子热炕头"过太平日子，有什么不好吗？高平想。

向前想的却不是这些，比起面子和无谓的尊严，她更担心

向家的女儿（上）

向南的处境。

　　向南本就是凭年轻和美貌嫁入江家的，随着时间的流逝，江宏斌的财富仍在增加，而握在向南手里的筹码却日益贬值。如果这时候向前低头，那么就会让江宏斌有种向家人靠他吃饭的错觉。为了向南的日子能过好，有些钱向前这个当大姐的宁愿不挣。

　　"唉，不过柴进既然动了这个心思，怕是不好打发……"向前带着忧心，将用过的卸妆棉随手丢进垃圾桶，转身去卫生间洗脸。

　　高平追上去，抱着胳膊，斜倚着卫生间的门，劝慰她："你也别太大压力了。要实在不想做，就歇歇呗。"

　　向前对着洗脸池，将清凉的水往脸上扑，高平这句话就和流水声一样，在她耳边转瞬即逝。

　　歇歇？向前眯着眼睛，转头看了高平一眼，心想：哪天我要是不干了，咱们家一个月五万多的房贷怎么办？你还啊？

　　向前现在住的这个三室两厅，总价一千多万，另外她还按揭了一套学区房，五十多平方米，为左左、右右的未来做打算。日常开销就更不用说了，向前一家子连上婆婆，每年五十万打底。而这些开销，到目前为止，都是向前一个人累死累活地在扛。

　　噢，对了，今天又多了一笔，以后每个月还要多出五千块请家教，一年又是六万。这六万块从哪儿挪出来，向前还在拼命动着脑子。

　　"弄好了？来，我给你按摩，放松一下。"高平俯下身，给向前揉捏肩膀。

好在，有失就有得，老公还算体恤她。

若不是这次的"奶茶事件"，向前对高平的表现还是满意的。他挣不挣钱无所谓，只要有学问、有社会地位，对这个家庭的贡献就是一样的。她总是这般强行自我催眠。

但今天李书的到来突然让她心存芥蒂，怎么看怎么觉得高平的这些常规表现都像做了亏心事以后欲盖弥彰的样子。

王玉溪来了两个礼拜，向中明显感觉轻松不少。他和以往的那些实习生不同，业务上只要向中轻轻点拨一下，他立马就能成为熟手，并把相应的活儿给接过去。而且王玉溪嘴甜，一口一句"谢谢师傅""多亏了师傅"，让向中十分受用。

向中对他的态度也渐渐从傲慢冷淡变为平和亲近。谁会真心和帅哥过不去？

这天，向中正和王玉溪接洽业务，正巧杨姐打旁边经过，于是拿他俩调侃道："哟，师傅带徒弟呢？向中这么认真哪，小心教会了徒弟，饿死了自己。"

向中和王玉溪正专心致志地讨论，被人这么一打扰，同时抬起头来。

杨姐笑得更暧昧了。

向中绯红着脸回道："杨姐，快别开玩笑了。当年你带我的时候，也没怕教会了我就饿死了你嘛！可见咱们单位的，都是胸怀坦荡的好人。"

杨姐冲向中眨了眨眼，意思是茶水间会合。

向中这几天总和王玉溪在一起,都快忘了办公室还有其他人了。杨姐这么一召唤,她赶紧丢下手头的活儿,起身跟了过去:"小王,公式给你了,你自己用计算器算吧,我走开一下。"

"好嘞,师傅!放心吧。"

向中拿着自己的马克杯,来到茶水间,杨姐果然已经接好一杯热气腾腾的咖啡,在那儿守株待兔了。

"怎么样?"杨姐脸上挂着笑问向中。

向中走过去,弯腰接咖啡,假装听不懂地问:"什么怎么样?"

"当初你还不要人家,现在尝到甜头了吧?"杨姐挤眉弄眼地嗤笑。

"尝到甜头?"向中一惊。她心头"咯噔"一下,警惕地直起身,有种被人撞破私情的惊慌失措。

杨姐却满不在乎地继续道:"是啊,年轻人嘛,便宜又听话,你要完成的任务尽管交给他们干,自己不就清闲了?明面上还可以说是给他们'创造锻炼的机会'和'提供充分的试错空间',一举两得嘛。"

原来……是这个意思。向中悬心归位,重重松了一口气,也半开玩笑道:"杨姐,当初你是不是就是这么对我的?"

杨姐自知失言,先愣了一下,而后哈哈大笑:"我可不敢!你杨姐我多厚道啊!哈哈哈哈……"

向中也不深究,过去实习期的事儿早忘得一干二净了,这几年反倒是多亏了杨姐,在单位陪她说说笑笑,让这个枯燥的班儿没那么无聊。

第二章 危机四伏

"咦?向中,你这条裙子是新买的吧?"杨姐绕着向中转了半圈儿,突然讶异地说。

第一次听杨姐品评自己的装扮,向中有些不自然地将裙摆往下拉了拉。

"别拉别拉!你还真别说,这裙子真就是越短越好看!难怪男人永远痴迷迷你裙。你看你这长腿,平时穿长裙真是可惜了,又白又直的。"

向中不好意思地笑笑,但愿某人也能看得见。

"你这口红色号也是新的吧?"杨姐自从发现了新大陆,就下决心要深入,又盯着向中的嘴唇不住地研究。

向中赶忙假装撩头发,低下头,一阵心虚。

"你这是蜜桃豆沙色吧?哎哟,今年最流行的色号呀!"杨姐为了表现自己还没落伍,忙不迭地抓住话题显摆起来,"你不要觉得杨姐老土,时尚潮流我也是关注的!你这个颜色,那些美妆博主怎么形容来着……对,'又纯又欲'!"

一句"又纯又欲",听得向中面红耳赤、心跳加速,她再没勇气抬起头和杨姐对视。

杨姐是不是看出了点儿什么,在这儿旁敲侧击?还是自己哪里做得不周到,露了破绽?又或者,"姜还是老的辣",杨姐就是在故意敲打她?向中以前没做过这种事儿,没经验。近来,哪怕别人不经意的一句话,都能让她产生某种被人看穿内心私密的心虚。我这是怎么了?向中扪心自问。

其实答案早就不言而喻,只是她不愿意承认罢了。

19

向中近来总有些心不在焉，有时候在单位虽然对着电脑，心思却早就飞到爪哇国去了。而且，她变得越来越不爱说话，只要不和别人交流，就能避免尴尬。她沉浸在某种不可言说的幻境中，舒适又陶醉。

这几日下了班，她对邓海洋也是淡淡的，虽然以前也没热络到哪儿去。每天她都尽量早睡，避免同床的尴尬。

"向中，想什么呢？"杨姐从后面拍了向中的座椅一下，就这么一个日常的举动，居然把向中吓了一跳。

她绯红着脸，局促地转过身："没……没想什么。"

杨姐握着茶杯，端详了一番向中的脸色，关切而又八卦地问道："你是不是最近家里有什么事儿啊？脸色看起来不太好。"

"可能……昨晚熬夜了吧。"向中低头搪塞。

"哎哟，你也三十了吧？女人不能总熬夜的，以为自己还是玉溪那样的小年轻啊？"杨姐嘴上没个把门儿的，说话分贝还极高，生怕整个办公室有人漏听了似的。

"三十"对向中来说，本就是个敏感词，当着王玉溪的面喊出来，那就是超级敏感词，必须立刻屏蔽掉！

可惜，王玉溪已经听见了。他笑着转过座椅，大大咧咧地接过杨姐的话道："杨姐，我现在也不敢熬夜，熬不动，生活方式还是健康一点儿比较好。"

杨姐听了，笑嘻嘻地捶了王玉溪一下："你倒是蛮健康的嘛！小伙儿就是精神！"

这手劲儿极大的一捶，让向中瞬间明白了什么叫坦荡。反倒是她自己心里有鬼，便越来越避讳和王玉溪有超出安全距离的身体接触。向中心烦意乱地对着电脑屏幕打了几个字，终于感知到自己最近状态不对头，不能再这么下去了。

这时，她电脑屏幕下面草绿色的图标闪烁起来，她无意识地点开，弹出的对话框居然是王玉溪。

她吓得赶紧把对话框最小化，又警惕地留意了一下四周的环境。在确认身边半个人影也没有之后，她才手心冒汗、紧张兮兮地点开对话框。

她之所以如此小心，是因为她心里知道，如果是工作上的事儿，王玉溪完全可以直接找她。女人对这种事儿总是异常敏感的。

王玉溪果然不是找她谈工作，只有一句简单的问候："姐，你还好吧？"

向中竭力抚平内心被吹皱的一池春水，定了定神，一字一字地敲道："好啊，有啥不好的？"

王玉溪回："杨姐说你脸色不好。"

向中对着对话框沉默良久，不知道该怎么回复。她已经告诉了杨姐是熬夜熬的，此刻王玉溪又跑来问，显然是不相信向中给的答案。

此时王玉溪的对话框上一直显示"对方正在输入"，但就是一个字也没有弹出来。

一个办公室，背靠背的两个人，就这样对着各自的电脑，

向家的女儿（上）

陷入了沉思。

向中不喜欢感情世界里兵荒马乱的感觉，对现阶段的她来说，"情"和"欲"就是最大的"利"。利空利好，全在她的一念之间。

良久，向中极其敷衍地回了一个怎么解读都可以的微笑表情，然后便端起杯子独自去茶水间透气。

以王玉溪为圆心，三米为半径的圆以外的地方才是安全地带，圆以内的地方都是如盘丝洞般的危险区。

向中抿了口水，长长地舒了口气。松弛下来的她，给大姐向前发了条消息："晚上有时间见个面吗？"

向前回："有事儿？"

向中说："算是吧。"

"行吧，你定好地方，我过去找你。"向前实在太忙，超过三个字的消息，她都习惯用语音回复，"要不要叫上向南？"

"别了，就我俩，吃个饭，说会儿话。"向中低头对着手机小声说道。

突然，一个清冽的声音响起："师傅晚上约了谁呀？"

向中被惊得猛回头，只见王玉溪低垂着眼眸，眸子里铺满温柔，正低头微笑着看着自己，显得极其暧昧。

"圆心"竟然自己追过来了！向中仿佛看见显示着"危险中"的红色信号灯开始疯狂闪烁。

"是跟男朋友二人世界吗？"他没说"老公"，说的是"男朋友"，似乎在刻意避讳那个词。王玉溪假装漫不经心地走过去弯腰倒水，背对着向中。他喜欢穿米色、大地色的毛衣，隔着

第二章 危机四伏

那些毛茸茸的网眼,肌肉轮廓明晰可见。

向中喜欢这样温柔的色系。

"呃,不……不是……"向中下意识地端起桌上的水杯,慌乱地解释道,"是约了……姐姐。"

"姐姐?"王玉溪挺直了身体,转过身,再次逼近,"亲姐姐吗?"

"嗯……你打听那么多干吗?!"向中愠怒地怼了一句,然后落荒而逃。

坐回到座位上,向中心情平静下去,内火反而翻涌了上来。这世道真是变了,她凭什么要惧怕一个新来的小屁孩儿?!自己也太弱、太不堪了。

晚上,向中和向前见了面。

向前满身疲惫,刚被客户狂轰滥炸了一通,对方将价格压得极低,利润空间小得她根本得不到提成。饶是这么着,为了保住手底下的人,向前还得把业绩全算在"徒子徒孙"头上,自己空赚吆喝。

可向中看起来比向前还累,一副心力交瘁的样子。

向家三姐妹之间从来没什么秘密,向中和向前之间更是无事不可言。

向中红着脸,将事情的前因后果小声说了。

向前饿着肚子听她说完,不管向中说得多么含蓄,她这个过来人还是能听明白的。

"你对人家有感觉?"向前特别直接地问。

"你小声点儿。"向中蹙眉,做出个警告的表情。

向前翻了个白眼,明明自己声音不大,在这种地方,做贼心虚个什么劲儿?紧接着,她直接泼了向中一盆冷水:"你可是结了婚的人!别忘了,家里还有个邓海洋呢!"

向中的脸更加火辣辣起来,却也没法为自己开脱,索性不说话,只低头看菜单。

知妹莫如姐,就算所有人都被向中乖巧的外表给骗了,向前这个姐姐也是心如明镜,自己的妹妹可不是什么吃素的"乖乖女""傻白甜"。

向中上中学时就开始早恋,交往的还都是学校里的风云人物和社会上的混混。只是她瞒天过海的技术很高超,除了向前和向南,很少有人知道她过去那些"花边"。她倒也有本事,搞得定自己喜欢的人,谈的时候瞒得滴水不漏,事后也能将对方的嘴封得死死的,片叶不沾身。恋爱里,向中完全不像青春期的女孩儿那么莽撞、懵懂又高调,她老辣得很,可以说是占尽了实惠。

向中觉得恋爱是很私人的事情,两个人两情相悦,没必要让第三个人知道。泄了天机,就是泄了情分,恩爱不可秀。只是随着年龄的增长,向中的战斗力有所下降,这回她选择对向前吐露心声,看来是真扛不住了。

"先吃饭,你也别急。"向前缓和了口气,劝道,"爱美之心,人皆有之。这是正常现象。"

向中不说话,翻了一页菜单。"正常吗?"她嗫嚅道。

向前没想到向中今天约她,竟然是如此棘手的事儿,一点儿思想准备都没有。

第二章 危机四伏

"特别正常。"向前这个当姐姐的开始信口胡诌,"你上班不是还有想摸个鱼、打个盹儿的时候吗?婚姻里也是一样的。想精神、情感高度集中,那是不可能的。你呀,就是和邓海洋在一起久了,平淡了,疲劳了,所以外界有一点儿刺激,你就兴奋了,迷失了……何况是二十一岁的小鲜肉,换我,我也喜欢!"

向前说的都是竭力安慰妹妹的话,恰巧最后一句被上菜的男服务员听见了,只见这个眉清目秀的小哥哥竟意味深长地瞥了向前一眼。

向前一愣,服务员走后,她立刻努了努嘴,继续对向中道:"看见了吧,现在的'小奶狗'就喜欢舔'小姐姐',连你姐我这样的,都有人想往上贴……你呀,自己别拿它当回事儿,那它就不是个事儿!"

向中绷不住笑了,不敢出声,拿餐巾纸用力掩着嘴。向前见向中笑了,便知道她放松了,便也放了心。俩人又说了点儿家里的事儿,开开心心地用完了餐。

吃过饭,不知怎的,向前提了一嘴柴进想让她找江宏斌谈生意的事儿。谁知,向中的反应比高平还激烈,立马摆出抵死不同意的架势。她不是不同意向前去找江宏斌,而是压根儿就不愿意亲姐再给柴进那浑蛋卖命。

"姐!柴进他想钱想疯了吧?当年把你搞进拘留所的事儿,我到今天还跟他没完呢!还想从你身上压榨剩余价值,做他的春秋大梦去吧!姐,我就不明白了,你怎么就这么想不开,非得跟这种人合作呢?你那么有本事,换家公司做不行吗?"

当年向前从里头出来，是向中去接的她。姐妹俩在铁门外相拥而泣的经历，两人一辈子都忘不了。为这，向中这么温和的人，都忍不住冲进柴进办公室，铆足劲儿甩了他一耳光，替姐姐出了一口恶气。

这一巴掌，所有人都永生难忘，唯独向前雁过无痕，事情处理完了，又高高兴兴跑去上班了。

"我得吃饭吧？还有一大家子得养活呢。"向前无奈地撇了撇嘴，不想旧事重提，随即又不无担心地对向中道，"也不知道向南最近过得怎么样，她也不跟我们联系，不知道江家的人最近有没有为难她。"

"为难是肯定的。"向中明知向南那小丫头片子习惯报喜不报忧，但也没办法，权当没有消息就是好消息吧。

其实，刚结婚那会儿，向南也曾有过一受委屈就回娘家哭诉的阶段。每每哭得全家人义愤填膺，父母姐妹心疼不止，却终究解决不了任何问题。况且姐姐们也都各自成了家，谁没点儿烦心事儿，何苦总拿自己的痛苦去给别人添堵呢？

三姐妹都是这样想的，渐渐地，大家心里有什么痛苦，不到万不得已，就都自己咽了，忍了。

"行了，我叫车回去了。你自己的事儿，自己掂量着，邓海洋是个好人，人家可没对不起你。日子还是得好好过！走走神儿就当放风了，可千万别陷进去。"向前站在马路牙子上，冒着寒风，不放心地最后叮嘱向中。

向中抿了抿唇，含羞点头。

"有事儿给我打电话，别憋在心里！"向前说着，钻进了

第二章　危机四伏

车里。

向中一个人，裹着羊绒大衣，冲车窗挥了挥手，如风中摇曳的落叶，孤独地向远处的地铁口走去。

猛然间，一串音乐声响起，手机屏幕骤亮，竟然是王玉溪的语音通话申请。

向中呆住了，伫立在萧瑟的冷风里，手臂僵直。

20

向中觉得突兀，都这么晚了，有什么事儿不能先发一条消息说，而要直接语音轰过来？她想起向前的话，狠狠心，把屏幕摁灭了。就当没接到好了。

"为什么不接？"

向中受到惊吓，猛一回头，果然是王玉溪那张清晰明媚的脸。

"你怎么在这里？！"向中张了张嘴，很讶异。她的第一反应是：难道他在跟踪我？

这时，几个和他一样青春明媚、朝气蓬勃的脸从向中面前一闪而过。

"玉溪，拜拜！"

"先走了，拜拜！"

"下次再聚！"

一个男生搡了王玉溪一下，瞥了一眼他和向中，脸上带着如夜色般暧昧的笑，嬉笑着远去。一群人有男有女，似乎都和王玉溪很熟的样子。

"我在附近跟同学吃饭,没想到会在这儿碰上你。"王玉溪好奇地看了看向中的身后,"跟姐姐吃完饭了?"

向中想起方才和王玉溪挥手告别的几个女生,她们洋溢着青春活力的脸庞如饱满的蜜桃一般,突然从心底腾起一股莫名其妙的怨气。

"你管得真多。我姐回去了,我现在也要回去了。"向中赌气地往前走。

王玉溪却一把拉住她的胳膊,硬生生将她的身子拽了回来:"这个给你。"说着,他递给向中一个半透明的塑料袋。

"什么?"向中疑惑地和他对视了一眼。

"你气色不好,我给你买了个保温杯,本来想着明天带给你的,没想到在这儿遇到了。"王玉溪穿着白色毛衣和米白色外套,颜色太过浅淡,背着光的脸,在昏黄的路灯下,一时间辨不出是何种表情。

"给我的?"向中吃惊反问,却没有伸手。

无功不受禄,她不能平白无故拿实习生的礼物,这点儿理智她还是有的。有所付出,就必然有所求,向中虽然是王玉溪名义上的"师傅",但其实在单位里无职无权,许不了他任何事,也帮不上他任何忙。

"这不太好吧?我怎么能白收你东西?你是不是……"向中的话还没说完,就被王玉溪直接掐灭了。

"你就收着吧!"说完,王玉溪强行把塑料袋塞在向中手中,便掉头淹没在身后的人群之中。

第二章 危机四伏

向中半天才反应过来,自己这是……受贿了?不不不,没那么严重,只是一个轻巧的保温杯而已。从职场礼仪上来看,也许王玉溪就是想表达一下"尊师重道"之情。可是向中拎起袋子,看着半透明的塑料袋里装饰着粉色小花的可爱保温杯陷入了沉思。

"杯子"谐音"辈子",所以这玩意儿是不能乱送的,容易引发收礼人的误会。不不不,王玉溪一定不是这个意思,他刚才的语气,听不出一丝一毫的暧昧。那么,杯子难道是"杯具"的意思?他是想暗示自己已经到了保温杯里泡枸杞的年纪了?也不大对,自己和他井水不犯河水,他没有揶揄的必要。自己老不老的,碍着他什么事儿了?

向中的思维像是陷入了三岔路口的大转盘,左转右转,独独避开了中间那一座茂密又苍翠的"花坛"。难道是王玉溪对自己有好感?这个最昭然若揭的答案,她却不敢去"揭"。

向中心思复杂地走着,路口驶过来一辆出租车,绿莹莹的"空车"灯打断了她的思绪。

"去哪儿?"

"老地方。"

向中的手机亮了,又熄灭。

现在不是纠结这件事儿的时候,向中跟向前分手后就打定了主意,今晚有更重要的事儿要去办,天打雷劈她也得去办。

"老地方"是一家酒吧,叫MIX。向中拎着东西径直走了进去,轻车熟路地来到最里面的一个卡座。

只见柴进穿着一件黑色衬衫,敞着领口,大大咧咧地瘫坐在沙发上左拥右抱。周围不停地有人过来给柴进敬酒。

这个场面,向中太熟悉了。她抱着胳膊直接走到柴进面前,目光凌厉地盯着他搂着的一个吊带女孩儿。

向中真佩服她,外面零下的温度,里面也不甚暖和,这小丫头片子居然就穿一件挂脖吊带,为了勾引男人,果然是拼了。

吊带女孩儿当然没那么容易让位,要知道,为了抢到柴大少身边的C位,她可是连厕所都不敢去,凭什么因为一个陌生女人的冷眼,就放弃自己一晚上打下的江山?

向中不依不饶,继续瞪那女孩儿。

女孩儿仔细打量了向中一番,见她的穿着打扮并不是"夜店咖",而是很像公司白领,一时间竟有些怵了,以为是柴进的"正主"来了,不情不愿地往旁边挪了挪地儿。

向中管不了那么多,见女孩儿腾出了一丝缝隙,立马毫不客气地坐了进去,羊绒大衣裹挟着的一身寒气,直接怼到柴进的左胸上。

柴进手里的威士忌晃荡了一下,他瞥了一眼怀里的向中,淡然道:"姑奶奶,什么风把你给吹来了?"

向中冷笑:"我想跟你说句话,如果你不介意这么多人听,那我可就要说了。"

柴进盯着向中看了一会儿,敛起放荡不羁的神色,轻轻挥了挥手,其他人立马作鸟兽散,消失得无影无踪。

"你为什么要让我姐去找江宏斌?"那些人走后,向中憋着气问。

"为了钱啊!"柴进无耻地一摊手。

第二章 危机四伏

"你能不能不要搅和我们家的事儿？当年你把我姐搞进拘留所，害得我们还不够惨吗？！我求求你，别可着我们一家坑，偶尔也换换人行不行？"向中目视前方，不与柴进对视。

可柴进似乎能捕捉到向中的视线似的，把脸竭力往她眼窝子里戳："怎么，心疼你姐啦？"

"你明明知道，你让我姐去找江宏斌，这亲戚关系以后就会变得不好处，我姐在家多高傲的一个人，怎么能……"向中越说越激动，一扭头，灯红酒绿之下，她的鼻尖正抵着柴进的鼻尖，吓得她立刻后退。

柴进的嘴角掠过一丝诡异的笑容，纤长如玉的手指随意敛了敛领口："当年的事，我跟你解释过千百回了，我也是被逼无奈。"他一副百口莫辩的样子。

"我不信。"向中不给他狡辩的机会。

"你那一巴掌打也打了，还不过瘾吗？"柴进身体后仰，又恢复到瘫坐的姿势，满脸的不屑和浪荡。

"不过瘾，我恨不得将你碎尸万段！"向中咬牙道。

"那请你在把我碎尸万段之前，先和你姐解释清楚咱俩的关系。"柴进冷哼，"你得告诉她，你那一巴掌，不仅是为了她出气，也是为了你自己出气。"

"柴进！！"向中厉声喝断这个不是人的东西。

柴进不以为意，继续玩世不恭地说道："你不是也不敢告诉你姐，当初你曾经背着她和我交往过吗？当时你不觉得亲戚关系难处，现在我让她去找你妹夫要两个单子做做，怎么就成了我难为她了？"

"你无耻！闭嘴！"

和柴进的那段交往，是向中心底最不堪、最见不得光的隐痛。

向前和高平刚结婚的时候，向中还是单身，机缘巧合之下，她和柴进有过短暂的暧昧关系。她明知柴进是姐姐的上司，但就是控制不住自己。

"向中，我了解你。我俩是一路人，我们都太容易向欲望屈服。"柴进语气略微缓和下来，递了杯酒给向中。

向中一仰头，将杯中酒饮尽。

"但是你姐姐不一样，她是个……'固执'的人。江宏斌这单生意，我只有交给她去做才放心。"

柴进口中的"固执"包含了很多含义，比如执着，比如原则性强，比如有时还有点儿"憨"。

"可我们是亲戚！"向中道。

柴进冷冷地一笑，把玩着手里的杯子："亲戚又怎么样？我们滨江做的是正经买卖。江宏斌需要建材，我们负责供货，你姐是销售，走了单子拿提成，哪一条不是合规的？难不成你还觉得，就江宏斌那只老狐狸，能看在你们所谓'亲戚'的面子上，给我们抬价吗？他照样会把我们的利润压得死死的。在商言商，我只是想促成这单生意。"

"那你手底下那么多业务员……"

"他们是他们，你姐是你姐。有肉的地方，就有人急着揩油。洪江集团是我们和盈润博弈的最后筹码，这个秤砣，必须足斤足两地握在自己人手里。"柴进幽幽地望着缓缓旋转的灯球，慢慢说道。

向中叹了口气，感觉有些失望，她知道自己今晚是没有能力说服柴进了。

柴进也轻轻叹了口气，放下杯子，侧脸对向中道："大局为重，你姐会接这个项目的。"

向中气哼哼地站起来，拎起手边的保温杯，然后顶着一张寡淡的脸，冲身边已经进来的妖艳女孩儿恨恨地说："我走了！你坐回去吧！"

柴进身边恢复了歌舞升平，他抿唇望着向中翩然远去的背影，觉得自己的话没有说错。

欲望是最难抵御的，有第一次就有第二次。他戒不了女人，向中一直不要孩子，他们都一样，终归戒不掉那颗竭力掩饰的游戏人生的心。他分不清当初和向中暧昧，到底是出于对向前的报复，还是执拗于她们姐妹俩身上重叠的幻影。

无论怎么说，他挨那一巴掌，纯属活该。

21

向前带着一身的疲惫回到家，才九点多，家里就熄了灯。她踢掉脚上的靴子，蹑手蹑脚地走进次卧，发现高平妈带着两个孩子已经睡着了，被窝里传来此起彼伏的鼾声。

向前觉得奇怪，高平妈睡得早不足为奇，可她家那两个小祖宗，就是两台永动机，浑身上下都是使不完的劲儿，每天都要闹到十一二点，最后都是在向前的"大棒政策"下，才心不

向家的女儿（上）

甘情不愿地去睡觉的。今天他俩居然这么早就睡了，这是太阳打西边出来了？

关上次卧的房门，向前又伸手去推主卧的门，主卧里同客厅一样黑漆漆、冷冰冰，一看就没有人气儿。都这个点儿了，高平不在家？不合常理。高平是个比较宅的人，结婚前是实验室、食堂、宿舍三点一线，结婚后更是简化成了实验室、家两点一线。

"嘀——！"一声轻微的电子音传来，向前听出是密码锁的声音。她闻声而出，在黑咕隆咚的门口，她跟进来的人互相把对方吓了一跳。

"你回来怎么不开灯啊？！"高平抱怨道。

向前莫名其妙："我以为你在家。"

摁亮了客厅的吊灯，一时间灯火通明，他们这才看清了对方的脸。短暂对视之后，向前才把目光移向别处，发现客厅的茶几上铺着一张报纸，上面撒满了瓜子皮。看那分量，没两三个人，还真造不出这个量。

"呀！你怎么把我这罐小青柑给开了？！"向前还没来得及问瓜子皮的事儿，目光就转向了一个包装精美的罐子，不由得快步走了过去。

"不就一罐茶叶吗？"高平换好了鞋，带着不以为意的神情，也凑了过来。

"一罐茶叶？"向前盯着手里这罐小青柑，这是柴进拿给她送给重要客户的，因为那个客户最近一直在出差，她就把这罐茶叶先拿回家收起来了，高平是怎么翻出来的？

第二章 危机四伏

向前有些郁闷地把小青柑的罐子狠狠地蹾在茶几上,她有一种不好的预感,指着那些食物残渣质问道:"这是怎么回事儿?"

"什么怎么回事儿?"高平边脱外套边笑道,"家里来客人了呗,招待人家一下。"

"客人?谁啊?"

"李书啊!"高平弯腰去收拾那些瓜子皮,"你忘了?今天她来给孩子辅导,辅导完陪我妈聊了会儿天。她们俩聊得投缘,不知不觉就多嗑了点儿……"

向前的心重重一沉,她来不及生气,敏感地高声质问高平道:"你不要告诉我,你这么晚回来,是去送她了?辅导不是到八点就结束了吗?"

"是到八点结束,她这不是和我妈又聊了四十多分钟吗?她一个小姑娘,也没啥钱,不可能叫车回去。她说坐公交车,我怕她不知道公交车站在哪儿,就出去送了她一程。这不是人之常情吗?"

人之常情?!向前内心一阵抓狂,这是哪门子的人之常情?

"那上次她来我们家是飞过来,又飞回去的吗?"向前气愤地和高平争辩起来,"又不是第一次来,你用得着这么殷勤吗?"

高平见向前语气不对,便收了声,不和她正面冲突,只是低头收拾茶几。

"再说了,我们为什么要请家教,不就是为了节省我们夫妻俩的时间吗?让我能有更多的时间去跑客户,你能有更多的时间写论文搞科研。现在怎么本末倒置了,反倒是你这个主人去

向家的女儿（上）

服侍一个长工？"

"李书不是长工。"高平道。

"我就是打个比方！"

"那下次不送了。"高平赌气把最后一片瓜子皮扫进垃圾桶。

"本来就不应该送！"说完，向前心疼地重新拿起那罐开过的小青柑，收回客厅的立柜里，嘴里忍不住嘀咕着，"开哪罐茶叶不好，偏开这一罐！一千多一罐的茶叶，就这么被你们糟蹋了，这是柴进给我送客户的！连我爸问我要，我都没舍得。你们倒好，随意糟践别人的东西……"

向前是真心疼，因为在这个家里，一草一木，甚至一片烂菜叶子，都是她辛辛苦苦打拼回来的。这罐一千多块钱的茶叶，向前原本可以用它创造出一万多块钱的产值，她越想越心疼。

"咚！"一声巨响。

向前侧身从立柜边探出头，只见高平怒气冲冲的，拧着眉抱着胳膊，狠狠地踹了脚边的垃圾桶一下。

"你还有理了？！你不挣钱，不知道柴米贵。家里不是什么东西都可以随便拿来招待人的，有的东西我还有用呢！"向前在家就是个直肠子。

也许是在外头打拼，浸淫了太多的尔虞我诈，耍了太多的心眼儿来经营人际关系，所以她对待亲近的人，便自然而然地选择了简单粗暴的沟通方式。她以为高平是理解她的。

"钱钱钱，你眼睛里除了钱还有什么？"高平不悦地说道。他最反感向前谈钱。

所有人都知道，他们夫妻俩，是向前挣钱给家里花，他本就有些自卑，偏偏向前隔三岔五还喜欢把这事儿拿出来说道。

"没钱我们全家人喝西北风啊？！"向前和高平陷入了寻常夫妻的吵架模式，所有的鸡毛蒜皮最后指向的都是这个家庭平日里竭力掩饰的痼疾。

客厅里一阵沉默。

良久，向前主动选择了休战。她太忙了，忙到没时间和高平冷战。她今天还能早回家，但明天项目一启动，可能十天半个月都顾不上高平，长久下去，夫妻关系的裂痕只会越来越大。所以，她是个没有资本冷战的人。"唉，这次就算了，以后注意点儿。"向前主动给高平台阶下。

高平冷着脸，没有立即接茬儿，但他走进主卧的时候，冲向前甩下一句："既然是柴进给你的好东西，你就该供起来！别给我们摸着！"

向前追进去解释道："我不是说你们开茶叶不对，而是……算了，就当我没提这茬儿。"

其实向前想表达的是，问题不是出在茶叶上，而是出在高平对待家教的方式上。高平没有在企业待过，不懂得管理学；同时，他也是个极其不了解人性的人。他总是喜欢把所有人都预设成好人，诚心诚意地和别人相处，而后一旦别人做了伤害他的事儿，他又完全接受不了，立刻拉黑别人。这样周而复始，结果就是高平身边基本没什么朋友了。

而向前不一样，向前的处事方式是，她觉得这个世界上没有绝对的好人和坏人，在利益面前，好人有时会变成坏人，坏人有时也会变成好人。所以，不要去鉴定他们的人品，考验他们的人性。"升米恩，斗米仇"，向前不希望高平把别人的胃口先喂大了，最后倒霉的还是自己和孩子。她真不是舍不得那罐小青柑，就算是整罐送给李书，也不是不可以，可应该送对时候，比如一个学期结束，如果李书确实将孩子照顾得很好，那就应该感谢人家。向前会在年前把茶叶送给她，并且告诉她这罐茶叶的价值，让她回家过年也有值钱的年货孝敬父母或是招待客人。这样皆大欢喜，总比现在这样不明不白地把好东西糟蹋了强吧？付出不能盲目，送礼也要根据情势而定。

但高平想不了这么深，他躺在床上赌气，觉得向前这个"管家精"太小气，连一罐茶叶都要斤斤计较。

"对了，今天妈和宝宝们怎么睡这么早？"过了一会儿，还是向前主动和高平说话。

"睡得早不是挺好吗？可能是李书白天陪他们玩捉迷藏，小孩子太累了，所以沾枕头就着了。"高平转过身回答。

"捉迷藏？！"向前刚刚平复下来的心情又立刻起了波澜，"你让一个医学院的硕士来陪孩子捉迷藏？你们家杀鸡用牛刀，还是打蚊子用炮轰的？"

"捉个迷藏又怎么不好了？"高平不服气，翻身坐了起来，气哼哼地盯着向前。他刚才见向前主动搭话，都想原谅她了，此时面对她剑拔弩张的质问，郁气又积聚起来。

"李书是医学硕士，英语好，数学好，"向前耐心解释，"我们花钱请人家来教孩子，就要将利益最大化。你可以让李书带他们练练英语听力，做做逻辑思维的题目，学学拼音……再不济，把'幼小衔接'那套题给做了嘛！"

高平道:"左左、右右还小,学那么多哪儿记得住?这么大的孩子,不就该多玩玩吗?你要想让他们学这些,直接送外头的辅导班多方便。"

向前被他噎得无法辩驳,心想:送辅导班,你以为老娘不想吗?!要不是你妈出了小区连东南西北都不认识,你成天就知道憋论文,孩子没人接送,我早就钢琴、英语、击剑、轮滑、乐高、跆拳道、跳舞……通通给他们安排上了!

教育理念相悖,一直是横亘在向前和高平夫妻之间的隐形矛盾。这个矛盾只能缓和,无法消除,他俩谁也说服不了谁。

22

向中回到家,进了门才意识到,自己在酒吧待了那么一小会儿,身上的羊绒大衣就沾上了酒味儿、烟味儿和廉价香水味儿。她厌烦地低头嗅了嗅自己的肩膀,无奈地脱下衣服挂在一旁。

客厅里的味儿也没比衣服上好闻到哪儿去,曲面液晶屏荧荧泛光,刚吃过外卖的邓海洋,一如既往地窝在电竞椅里奋战。不过今天还算好,听见向中回来的动静,他倒是乖觉地退出了游戏,趿拉着拖鞋迎了过来。

"咋这么晚?"邓海洋来这边近十年了,可还是改不了他老家的口音。

向中抬眼去看他的体形和毛发,感觉好像出现了返祖现象似的,俨然梁山上下来的彪形大汉,手里就差两柄板斧了。

向家的女儿（上）

"约了我姐来着。"向中懒得搭话，顺手把塑料袋甩在玻璃茶几上，发出"咚"的一声。

"啥玩意儿？"这一声动静，把邓海洋给惊着了，他忙扒拉开塑料袋，翻出里面的保温杯端详起来。

"别……"向中心中一紧，一晚上波澜起伏的情绪，此刻更是被邓海洋的一个动作惹得差点儿没控制住。

邓海洋看了看杯子上的卡通图案，又拧开瓶盖闻闻里面，然后把杯子倒过来，仔仔细细地研究杯底的产品信息，抬起头来说道："你别告诉我，这玩意儿是你姐送你的？"

向中望向邓海洋讶异的眼神，刚想点头。邓海洋却兀自鄙薄起来："啧啧！要说你大姐一个月挣得也不老少，怎么送你这么个杯子？连牌子都是没听说过的，不像是正规厂家的产品。"

邓海洋又随手敲了敲保温杯的不锈钢外壳，听响声十分浑浊，继续道："媒体早就曝光过，这些不合格的保温杯里，铬、镍、锰之类的金属含量严重超标，长期拿来喝水，人会重金属中毒的！"

"有你说的那么夸张吗？"向中一把夺过邓海洋手里的杯子，半信半疑地也仔细端详起来。

"这入口的东西还是仔细着点儿吧，就算是你姐送的，你也别用，扔了吧！回头再喝出问题来，医药费够买几卡车这种杯子了。"邓海洋进入中年之后，渐渐有了碎碎念的毛病。

"扔了？"向中抬起头，下意识地握紧手里的杯子。

邓海洋还以为是向前送的，所以她舍不得。"要不这样，我听说有个鉴定方法，把柠檬汁涂在保温杯的表面，十几分钟后，

第二章　危机四伏

擦干柠檬汁，如果表面留下明显的痕迹，就说明保温杯质量不好，如果没有，就说明质量过关。"邓海洋提议道。

向中蹙了蹙眉，犹豫不决，仿佛邓海洋提议的这个试验，不是要测试保温杯质量是否合格，而是要测试送杯子的人是否真心。

和太阳一样无法直视的，就是人心。向中胆怯，方才王玉溪真诚的脸和无法考量的人心，在天平的两端不停摇摆。

"测什么测？家里哪儿有柠檬啊？"最终，向中心虚不敢测验，搪塞邓海洋道，"这杯子不是我姐送的，是一个同事送的。你既然担心它质量有问题，那就先收起来，我不用就是了。"

谁知，邓海洋平时看着憨厚木讷，此时却智商在线，手脚麻利，只见他在手机上一通操作猛如虎，很快，便举着自己的手机给向中看："这款杯子，团购网站上十三块九包邮！造型和你这个一模一样！话说，你这同事可真够抠的啊！至少送个二十三块九的嘛，哈哈哈哈……"

向中怔怔地望着邓海洋手机里的图片，感觉自己一颗丝绸般的心，此刻仿佛被什么利器给划烂了，碎成一片一片的，在她的世界里漫天飞舞……

半晌，她铁青着一张脸，冷冷地对邓海洋说道："你笑够了没？"

邓海洋一愣，这才"嘿嘿嘿"地收起手机，走过来揽住向中的肩膀邀功道："笑够了笑够了。行了，别不开心了！职场嘛，就这么回事儿……你要真想要个杯子，回头我托海外部的同事从日本给你代购一个。"

向中僵僵的，一动不动，邓海洋的话如同往她体内塞进了一整个柠檬，胃里是酸的，心里是苦的。

入夜，向中辗转反侧，她脑海里一会儿是柴进的脸，一会儿是王玉溪的脸，交替往复。她一翻身，又看见了邓海洋那张油腻腻的大饼脸，于是厌烦地蒙上头选择视而不见。

滨江集团。

"小李，你这是……"这天下班，向前驻足，打量着抱着纸箱子的小李，疑惑地问道。这个小李，五年前就跟着向前打拼，是她手下的得力干将。

小李抬头意味深长地瞟了向前一眼，然后迅速垂下眼睑，似乎有什么难言之隐。

向前看他的样子，像是要离职，于是气不打一处来，在楼道里就吼起来："小李！你翅膀硬了，厉害了是吧？！跳槽都不跟自己上司说一声吗？还当不当我是你姐？"

小李十分委屈地低着头道："姐，你就别喊了。不是我想走，是柴总说我这个月的业绩不达标，让我另谋高就。人事那边催得紧，我手续都办完了。"

"什么？！"向前的声音在原有的基础上又高了八度，"滨江现在都这样开人的吗？我是你的直接主管，没有我的签字，你哪儿也不能去！"

小李轻轻扯了扯向前的袖子，劝她淡定："姐，柴总找我谈的时候，我就想明白了，'胳膊拧不过大腿'……算了，我走，省得叫姐为难。我最近的单子确实少了点儿，我也怀疑自己能

第二章 危机四伏

不能胜任这份工作。现在公司还赔了点儿钱,这不是挺好的结局吗?"

"什么'胳膊''大腿'的?!"向前很不服气,似乎故意说给旁人听,"我是不知道,在滨江,谁是胳膊,谁是大腿?大家都是打工的,哪有手把脚砍了的道理?!"

她正想去找柴进理论,不想此时柴进人模狗样地追了过来,接过向前的话茬儿,硬声硬气道:"我就是大腿,怎么了?怎——么——了?小李这个月业绩不达标,我给钱请他走人,有错吗?有——错——吗?现在不光小李要走,我柴进在这儿明说了,以后我的部门,只要有人业绩不达标,甭管干了几年、关系多硬,都通通给老子卷铺盖卷儿滚蛋!"

向前气恼极了,真想用最脏的话问候他八辈儿祖宗。但很快她就冷静下来,面无表情地默默摘下工牌,然后狠狠摔在地上,讽刺道:"行啊!柴总管理严明,雷霆手段!我相信,在你的铁腕之下,滨江必将蒸蒸日上!你今天能随便开了小李,明天就能随便开了我,老娘也不干了!不过柴进,你可别忘了,没有我们这群人卖命,哪有今天的部门,今天的滨江?!小李上个月业绩是不好,可为什么不好?还不是盈润搞事儿!你这个老大自己摆不平绿城,就拿下属撒气,这样单子就能回来吗?!"

"不能!"柴进也针尖对麦芒地和向前吼上了,"但这口气我必须出!要么小李滚蛋,要么你把洪江的单子撬来,让盈润眼红到死,我才算是大仇得报!"

"说来说去,你还是要逼我?!"向前气得脸红脖子粗。

"你刚明白过来？"柴进瞬间又心平气和了。

向前望着他歹毒的眼神，瞬间觉得，暴风雨中突然的平静才是最骇人的，就像台风眼。若是她继续坐以待毙，那么迎接她的，将是下一场风暴。

"行！你不就是想逼我去洪江吗？"向前咬破嘴皮，冷笑道，"来！走着！你去开车，咱俩现在就去！"

"真的？"

"走着！"

柴进将信将疑地转身去开车。

向前双手叉腰，仰头对着天花板深吸一口气，而后猛然回头怒啐小李道："还杵在这儿干吗？！还不去人事退钱！就算你真想走，人事赔的那点儿钱，够你们一家五口吃一个月的吗？"

"是！姐！我错了，都听你的。"小李畏畏缩缩地又把箱子抱回去了。

一路上，向前满面冰霜，坐在柴进的车里一声不吭。

柴进这时觉得自己有些过分了，似乎确实把向前逼得急了点儿，于是主动放低姿态，没话找话道："刚才我就是做做样子，给下属看的，没真吓到你吧？"

"呵呵。"向前不理他，把脸扭向另一边，"我是被吓大的。"

柴进抿了抿唇，他相信，既然向前愿意和他一同去洪江，就证明她已经想通了。作为回报，柴进从车扶手箱里掏出一个洒金的红包，递给向前。

"什么时候滨江改了规矩，变成先给提成了？"向前懒得理他。柴进拉拢人向来就这两招儿，要么给钱，要么出卖色相。

"什么提成啊？"柴进心虚地打了一把方向盘，"这是给向中的。"

"给向中的？"向前疑惑地眨了眨眼，又拿起那个硕大的红包掂了掂，里头绝对得有两万。

"平白无故干吗给她钱？你忘了她甩你一耳光的事儿了？"向前莫名其妙道。

"一看你就忘了，下个月月初是向中生日！你这个姐姐是怎么当的？什么都不记得！"柴进道。

"向中生日？"向前脱口而出，"你怎么知道？！"

"我……"柴进语塞，而后缓了口气，道，"我托人专门查的啊！上次向中为了你那么拼命，看起来这辈子都拿我当仇人了。我可不想当她的仇人，说句肉麻的话，你向前的亲人就是我柴进的亲人，你妹妹当然就是我妹妹。这点儿钱，就拿去让她选个自己喜欢的包吧。"

耳朵里灌满了柴进的"妹妹"，向前翻过来掉过去地掂量着那个红包，虽然疑惑柴进的"好心"，却还是觉得，他不过是为了洪江集团的单子在拼命讨好自己罢了。

好在下个月是向中的生日，要是碰上向郅军的生日，柴进说不定能把整个望海楼包下来，请向前家的七大姑八大姨吃海鲜。柴进这个人为了生意，绝对做得出来。

第三章 自家的生意

第三章　自家的生意

23

　　这是向前第二次来洪江集团，第一次是向南结婚前，"大logo"江宏斌有意要显摆自己的财力、实力，特意邀请向家人来公司转了一圈儿，看看公司规模。

　　"您好，麻烦找一下江总。"向前和前台小妹打了个招呼。

　　"请问您有预约吗？"水灵灵的小妹恪尽职守。

　　"预约就不用了。我叫向前，是江总老婆的大姐。我妹妹托我来给他送点儿东西。"

　　向前娴熟地打开聊天软件，点开与江宏斌的对话框，里面有一些他们的日常对话，又滑开一张过年时拍的全家福，给小妹确认。

　　"这……"小妹很为难。趁着她踟蹰的空档，向前赶紧拉着柴进闪身往江宏斌办公室的方向走去。

　　"怎么不让人打个电话？"柴进不解地问，"我们就这样贸贸然地冲上去，回头那前台小妹肯定会挨骂的。"

　　"你倒是怜香惜玉。"向前无所谓地摁亮电梯顶层的按键，"我们就是要杀江宏斌个措手不及。别小看咱们上去的这一会儿工夫，足够江宏斌想出说辞来打发他的大姨姐了。"

　　柴进对着电梯门捋了捋西装领子，笑道："看来你没啥家庭地位啊！"

向家的女儿（上）

向前冷眼回击："你们家家庭地位是论资排辈的啊？还不是谁混得好，谁有钱，谁说了算！"

柴进耍贫道："我没有家庭。"

向前给了他一个大白眼。

俩人走出电梯，直奔江宏斌的办公室。向前在门口站定，和柴进对视了一眼，柴进很有默契地去敲门。

最后的礼貌还是要有的，好歹人家江宏斌也是一个上市集团的老板，直接闯上来已经逾制了，若没有这层亲戚关系，向前再生猛，也不敢这么有恃无恐。

"谁啊？！"果然，门内传来江宏斌不耐烦的粗吼。

"我，向前。"

里头半天没动静，而后江宏斌拉开门，十分热情地把向前和柴进迎了进去。

"哎哟，今天真是贵客临门，什么风把我姐给吹来了？"江宏斌满脸热忱，一脸的意气风发，和方才那个低沉、阴冷、不耐烦的声音判若两人。

"坐，快坐！哟，柴总也来了！你们都是平时请都请不到的贵客啊！"江宏斌边把俩人往里迎，边埋怨道，"这楼下前台都是干什么吃的，也不打个电话上来！我该亲自下楼去迎接你们的。洪江管理不严，还请二位不要见笑啊！"

江宏斌用官方的废话不停地和柴进寒暄着，但眼尖的向前却一眼认出了江宏斌会客沙发上坐着的女人。

向前相信柴进也看见那个女人了，一种不好的预感裹着空调的暖风，瞬间往向前心里袭来。

第三章 自家的生意

"哎哟,不好意思,我这儿刚好有个客人。来来来,我来介绍一下……"江宏斌看了一眼会客沙发,热络地想要介绍那位穿着蕾丝丝绒连衣裙的美女给大家认识。

"呵呵。"向前在会客沙发边站定,抱着胳膊冷笑两声,而后直接打断江宏斌道,"江总不必介绍了,'寒江孤影,江湖故人,相逢何必曾相识',盈润建设的销售头牌季纯小姐,业内有谁不认识呢?"

季纯撩了撩耳边的碎发,极其不情愿地拿起手边的玫红色大衣和橘色包包,站了起来。她走到向前身边,在和向前擦肩而过的瞬间,压低喉咙,用只有她俩能听到的声音在向前耳边恶狠狠地揶揄了一句:"冤家路窄。"

说完,她一个转身,浓黑的大波浪卷发甩了向前一脸。只听她娇滴滴地冲江宏斌妩媚告辞:"江总,合作的事儿,我过两天再来。刚我们谈得挺好的,您建议的有些细节,我回去再更改一下。"

向前摸了摸生疼的脸,望着季纯踩着十厘米的细高跟往外走的背影,不禁又想起她是怎样一个人。

季纯本来也是柴进的手下,痴恋柴进多年。可柴进这个花花公子,从来就不会只在一处留情,季纯若是安分守己,那估计她现在在滨江的位置仍居于向前之上,同时也会和柴进保持亲切友好的"partner"(伙伴)关系。

可世事弄人,她错就错在对柴进用情太深,求之不得,便心生怨恨,之后更是在羽翼丰满时,一气之下从滨江直接跳槽到盈润,并一路升到了销售副总。

说来也怪，这滨江和盈润是多年的死对头，双方之间有个不成文的潜规则，就是职员不可以在这两家公司之间来回横跳。说白了，就是滨江不要的人，盈润也不要，大家互相看不起对方的墙脚。

但这个季纯，也不知道是使了什么手段，愣是说动了盈润的吴总，给她特批了一道"圣旨"，开了后门。当然，滨江的董事长也不是吃素的，季纯从和滨江签劳动合同的那一天起，身上就背着竞业协议，就算有柴进保她，她也不可能拍拍屁股走得这么潇洒。

季纯走后，向前在滨江才真正坐上了"两人之下，万人之上"的位子。"两人"是指柴进和一年中有半年都在温哥华打高尔夫的董事长。

向前看向季纯方才坐得凹陷下去的沙发，心里除了担心竞争对手抢单，更多了一份对向南的忧心。

这季纯自从离开滨江，就彻底放飞了自我。她凭借着成熟妩媚的姣好面容，在市郊的各个度假村里，"接待"过大大小小各种客户，自此事业青云直上。她不仅擅长交际，还有着超强的谈判能力，这几年盈润崛起，并逐渐有压制滨江的势头，她功不可没。

"哎呀，你看我这高兴得……"江宏斌重新坐下来，又粗声粗气地喊门外的秘书，"小王，进来！给滨江的柴总、向总沏杯茶！"

很快，向前便坐在了季纯的位置上，茶几上沾着口红的一次性杯子也被人移走了。

第三章　自家的生意

柴进笑了笑："江总，向前非得拉我一起过来跑这一趟。我想着也是，自从上次在区'十佳青年'的颁奖大会上见过您一次，小弟一直没主动来登门拜访您，是小弟的失误，有点儿忒不懂事了。"

"哎呀，你今天这不是来了吗？"江宏斌和柴进都开启了八面玲珑模式，"向前是我老婆的大姐，在家我也得叫她一声'姐'，有什么事儿，你们打个电话就行，何必亲自跑一趟？小王啊，去，晚上订个江景包间，我要宴请重要客人。"

"别！"向前赶在秘书答应前拒绝道，然后敛起神色，严肃地对江宏斌道，"江总，我们今天是来谈工作的，吃饭还是留到以后吧。"

秘书为难地看向江宏斌，江宏斌却淡然一笑："也好也好！小王，你先出去。"他又伸了下手掌，示意向前："那咱们就直奔主题，开始吧。"

"江总，听说世纪城的项目已经进入招标阶段了，凭洪江地产的实力，拿下紫金山脚下那块地，应该是没有任何问题的。"向前道，"所以，世纪城的项目一旦开工，江总有想好要用哪家的建材了吗？"

"这个，到时候具体再招标吧。"江宏斌长袖一舞，向前抛过去的球，连个影儿都没留下，就给挥了回来。

这句话让向前感到了危机：江宏斌这是要公事公办了。果然，盈润先下手为强，对江宏斌还是有影响的。

"那我们滨江也想参与招标，不知道江总看不看好我们？"向前赔笑道。

向家的女儿（上）

江宏斌"呵呵"干笑两声，跷起了二郎腿："这个自然，我们是亲戚嘛。"说完，他还拿手在他和向前之间比画了一下。

柴进亦感到不妙，此刻他已化进攻为防守，本着少说少错的原则，沉默寡言，让向前打头阵，先探探底。

"妹夫，那我大胆猜测一下，刚才盈润的季小姐，也是为世纪城的项目来的吧？"向前声东击西。

江宏斌放下二郎腿，自然而然地坐直了身体，吐槽道："向前，你是不知道这女人有多能缠，来了四十多分钟，我头都给她绕大了！偏她回回来都喷这么浓的香水，差点儿没熏死我！"

向前一直都很确定江宏斌是只老狐狸，他这看似轻描淡写的一句话，已经透露出盈润在他这儿下了不少功夫。他现在"头大"，向前和他说啥，他都未必听得进去。既然如此，向前也不能恋战，硬上的后果，就是更加降低滨江在江宏斌心里的好感值。

"嗐，女人嘛，都爱臭美的。"向前看了柴进一眼，计划撤退，"有几个能跟我们家向南似的，清水芙蓉，从来不喜欢打扮？她平时喷那点儿橙花香，还是我送的祖马龙，逼着她才肯用的。"

柴进立刻也在鼻前挥了挥空气，接道："别说，是呛人！虽说'闻香识女人'，可这味道，别说江总不喜欢，我也有点儿受不了。"

"行了！别挥了！既然受不了，那咱们就先走吧！"向前假意去怪柴进，"省得待会儿又痒得跟猪头似的……"

"向前，怎么跟柴总说话呢？"江宏斌配合着她演戏。

最后，"影帝"柴进无可奈何地一摊手："江总见笑了，平时我就这个地位。"

"有你这么平易近人的领导，是我大姨姐的福气。"

"那我们就先告辞了。"

"慢走慢走，等二位空了，咱们一定要约顿饭，我请柴总喝酒！"

"一言为定，告辞。"

24

"行了，你就别哭丧着脸了。"向前上了车，柴进忙安慰道。

其实，向前原本以为，凭她和江宏斌的这层姻亲关系，只要她开口，江宏斌肯定会给她个面子。

滨江不是小公司，而是业内数一数二的头部企业，妹夫手指缝里稍微漏一点儿，就够向前吃一整年的了。她不想接手这单生意，本来只是觉得拉不下这个脸，不想欠这个人情。可今天被柴进逼着跑了一趟，她才发现，压根儿不是那么回事儿。

她被现实狠狠泼了一桶凉水，还是从头到脚透心凉的那种。江宏斌明明白白地在商言商，倒显得她在自作多情。她之前在柴进面前耍的狠、夸的口，此刻均成了啪啪打脸的笑话。向前的好胜心被激发到极限。

"不哭丧着脸，难不成我现在还笑得出来吗？"她怼道。

"笑不笑得出来,日子都得往下过。"柴进一边从容地打着方向盘,一边递了瓶水给她。

这时,向前才瞬间清醒:原来柴进一直催她才是对的。

"现在这种情况,你有啥高见?"向前低头拧开瓶盖,口气立刻软下来。

柴进默不作声。

"嗯?"向前追着要答案。

柴进叹了口气,假模假式地说道:"我说了,你会听吗?"

"哎呀,你先说嘛。"向前彻底服软了。

柴进看了看她,徐徐把车停到路边,开双闪,拉手刹,然后才缓缓开口:"我的想法是,你还是得从向南那儿想想办法。"

"还是靠亲戚关系啊?!"果然,向前又是一蹦三尺高,柴进停车是有先见之明的。她最不屑的,除了"爱情买卖",就是靠亲情绑架来做生意。

"亲戚关系,也是'关系'。"柴进苦口婆心地劝道。

"可我们家不一样……"情急之下,向前把真心话脱口而出。

"有什么不一样的,家家都有本难念的经。"柴进不以为意。

"老柴,我跟你说句掏心窝子的话吧。"事已至此,向前决定开诚布公地和柴进谈谈,"我俩在这一行打拼也快有十年了吧?什么大风大浪没见过?什么棘手的案子没做过?这混着混着,刀磨剑砍出来的一套本领,最后还是抵不过'亲戚关系'?我向前缺这一单两单的,要靠妹妹?"说出这话,向前自己都觉得丢脸。

柴进想了想，很认真地看着向前的眼睛，说道："这有什么，'最高端的食材往往只需要最朴素的烹饪方式'。"

向前眨巴了一下眼睛，没想到这句话还能用在这儿。

"既然你和我说心里话，那我也把心里话告诉你，其实洪江那边我已经布局很久了，如果不是水泼不进，我也不会逼你。"柴进说道。

"很久？多久？"向前惊讶地抬起头。

"从我见江宏斌第一面开始。"柴进看向挡风玻璃，"他可不是池中之物，他能做到今天这个规模是早晚的事儿。"

"可我听说，江宏斌很少用固定的供应商。他好像也并不挑供应商的规模，这些年和他合作过的商家有中等体量的阳光、明达，也有小公司，叫……叫……"向前想了很久，才一拍脑袋，"叫启星！"

柴进抿唇拧眉，默不作声，只用食指有节奏地轻敲着方向盘。

向前看着他的手势，突然恍然大悟，她讶异地提高嗓门儿问道："所以，启星不会是……"

柴进点了点头，默认了启星就是他自己的公司。

向前知道，只要是有能力的销售，在外面多少都会搞点儿"飞单"来做，而大东家一般也会睁一只眼闭一只眼。大家相安无事，才能专心搞钱嘛。可柴进已经到了高管级别，又有滨江的股份，完全没必要这么干，可见他有多重视洪江的业务。

"所以……"向前想听结论。

柴进眼睛一转,侧过身用沉静的口气回答道:"江宏斌这个人心思很深,他越是对品牌、价格、质量等没有特别的要求,越会在其他方面有所图。我利用启星和他合作过一次,从项目开始就不停地号他的脉,但是……"

说到这儿,柴进的脸色突然有些落寞,没有继续往下说,而是话锋一转说道:"启星能做进去,完全是瞎猫碰上死耗子。所以,这一次,无论我们也好,盈润也好,谁能搞明白江宏斌的真正意图,谁才能吃下世纪城的大单。"

向前默默听完,良久没有说话。专业上她相信柴进的直觉,可是越相信柴进,她就越为小妹向南担忧。与虎谋皮,尚且如此费心劳力;小妹夜夜与"狼"共枕,日子过得该是何等的殚精竭虑?

向南从"名媛会"回来以后,便忘记了那些事,安安心心地在家待着。

这天,她突然接到一个陌生的电话。她不认识那个号码,就给掐了。电话又响,她又掐了,心想八成是推销的。如此折腾了几次,对方仍然执着地打来,她才迫不得已地接了起来。

"你怎么不接电话啊?!"对面的人劈头就抛来质问。

向南完全听不出对方是谁,于是礼貌地问道:"请问您是哪位?"

"连我的声音都听不出来了吗?"语气里,三分不羁,两分

第三章 自家的生意

做作，还有五分的漫不经心。

谁啊？向南拿开手机，重新看了一遍号码，还是不认识。

"我，Mavis。"

"Mavis？"向南十分讶异，"你是有什么事儿找我吗？"

"没事儿就不能给你打电话啊？谱儿真大！喂，我跟你说，明天下午三点，宝格丽下午茶！"话音刚落，Mavis就挂了电话，摆明了不给向南任何拒绝的机会。

莫名其妙！向南憋着气，挂了电话。

这时，电话又响了起来。向南气哼哼地看了眼手机，如果还是Mavis打来的，她绝对不会再接。

这次却是向前。向南一看名字，立刻手忙脚乱。

"大姐？"

"南南，明天有空吗？我想和你见个面。"向前道。

"明天？"向前一时竟有些犯难。明天？Mavis的约，到底要不要去？

"怎么，你有事儿？"向前感觉到了她的犹豫。

"没，没……"向南连忙否认，"要不我们约个午饭？就去你最爱的那家餐厅。"

"好。"向前习惯性地说完事情就想挂电话。

"哎！姐！"向南急急叫住她，"姐，明天你能早点儿来吗？咱们约十一点半行吗？我下午……可能还有事儿。"最后一句，向南声音低了下去，语气有些迟疑，她还不确定要怎么办。

"好。"向前挂掉电话。

"约好了？"向前办公室里，柴进伸着一条大长腿，几乎是

向家的女儿（上）

斜躺在会客沙发上。

"嗯。"向前刻意对着电脑屏幕，装作很忙的样子，不和柴进对视。

柴进坐在她对面，低头玩手机。

向前心烦，探出脑袋，道："你能不能回你自己办公室玩儿？你在这儿，我觉得闹心！"

柴进不听，继续边玩边说道："明天你别指望一下子就能从你妹嘴里套出话来，你就去好好放松放松，和你妹唠唠家常，说不定她的某一句话，日后就会给我们很大的启发。你可千万别顶着现在这副苦大仇深的脸去，再吓着她。"

"你在教我做事？"向前斜过去一眼。

柴进终于识趣地坐起身，滚了。临出门时，他抓着手机，又补了一句："你们吃饭、喝茶、看电影，该开票开票，不用给我省。"

谁想给你省？向前好气又好笑，继续"噼里啪啦"地敲打键盘，修改这个季度的业绩报表。

次日中午，向前极其守时地出现在饭店里，向南却比她还早，已经到了。

"姐，今天我请，你想吃什么随便点。"向南举着菜单，一个劲儿地往向前眼前送。

向前撇了撇嘴，揶揄了她一句："知道你现在是有钱人家的太太了，出手阔！可你想想，跟你大姐在一起吃饭，什么时候要你付过钱？"

"姐！"向南不好意思地低下头。

第三章 自家的生意

向前坦然地接过菜单,大大方方地开始挑最贵的点:"你放心,今天咱们这顿饭,有人买单。"

"谁啊?"向南眨巴着一双水灵灵的眼睛,好奇地问。

"柴进。"向前不打算瞒她。

"就是你那个长得特别帅的上司?"向南隐隐约约有些印象。

"东星斑刺身、鲍汁扣鹅掌、海胆刺身,再来一个腊味炒饭。"向前像没听见一般,合上菜单交给服务员。

"你最近和江宏斌还好吧?"向前开门见山地问道。

向南一愣,随后微微叹气:"有什么好不好的,还不就那样。"

向前笑道:"多少女孩子削尖了脑袋想钻进豪门,可你怎么每次说起豪门生活,都一副无精打采的样子?"

向南耸耸肩,苦笑了一下。

向前也直言不讳:"南南,你别怪姐多嘴,你家那位,你可得睁大眼睛给看紧了。我上次去他公司,有个女销售,差点儿都坐他大腿上去了,啧啧啧,那画面……要是高平,我早对着那女的一巴掌呼上去了。"

向南一笑:"姐,你也就是嘴硬,真要有女的坐高平大腿,你肯定也是自己生闷气,把自己气死!"

"呵呵。"向前尬笑。

季纯坐江宏斌大腿这事儿,确实是向前的脑补。但向前仍觉得自己还是有必要把画面描述得骇人一些,给向南提个醒。

25

"我哪儿管得了他啊!"向南一向不是江宏斌的对手,不过她也懒得深究,一来拿人手短,二来她也管不住。她还能二十四小时跟着江宏斌不成?

向南对夫妻关系的期许很简单:只要江宏斌天天晚上回来睡觉,不带别的女人登堂入室就行。至于其他的,她眼不见为净,权当自己是只鸵鸟,把头埋在沙子里就是了。

"管不了也得管!"向前想起季纯的种种传闻,提醒道,"你别光顾着在家照顾婆婆和小姑子,把自己累个半死,她们肯不肯在江宏斌面前说你半句好话,还得看她们的心情。这种投入的回报率太低,而且主动权并不掌握在你手上。你还不如把心思花在打扮自己和缠住江宏斌上。"

"嗐,姐!"向南又是一声喟叹,"你以为我不想啊,可是……"

"可是什么?"向南越是面露难色,向前就越想要刨根问底。

"江家说大不大,说小不小,从早上开始,家里就又是钟点工,又是花匠,又是司机的,院前院后七八个人叽叽喳喳。江老太太防人跟防贼似的,他们做事,都要我看着。完了,我还得伺候江宏斌吃喝。他回来又没个准点儿,我就得干等着,有时他也不说一声,在外边吃了饭,晚上十一二点才回来,我只能把餐桌收拾了。还有江老太太指派的杂活儿,江梓涵周末再一回来,我忙得就跟个陀螺似的,哪有闲心去哄江宏斌?体力也不够啊！"向南憋屈得连珠炮似的吐槽。

"这怎么行？！"向前一听就火了。

向前本来觉得自己成天跟个狗似的被柴进吆来喝去已经够苦的了，现在看看亲妹妹，这活儿干得都已经不止是"九九六"了，简直是"零零七"的高压配置。都说全职主妇是高危职业，现在看来果然如此。

向前面对着一桌子菜一点儿胃口都没有，她又专门给向南点了盅人参乌鸡汤，让她补补身子。

"好了，姐，不说我们家这些破事儿了，这也不是一朝一夕能解决的。"向南看出大姐在为自己抱不平，忙又乖巧地扯开话题，"你今天约我吃饭，是为了啥事儿？不会特地跑来告诉我女销售坐江宏斌大腿的事儿吧？"

向前回过神，愣了愣，想着向南艰难的"豪门"生活，越发不敢把此行的真正目的说给她了。

"可不就是这件事儿吗？"向前决定适可而止，"你自己有分寸就行。别在江家辛苦耕耘了这么久，让其他女人钻了空子，为他人作嫁衣裳。"

"知道了，姐，啰唆。"向南虽然嘴硬，心里却热热的，她总能从大姐这里获得满满的温暖，"不过，姐，我最近倒确实遇上一件事儿，总觉得心里七上八下的。"向南用叉子叉了一块白灵菇，停在嘴边。

"你说吧。"

"江宏斌他……"向南干脆放下叉子，红着脸对向前说道，"他好像有个初恋情人，最近从国外回来了。"

"初恋情人？"向前讶异，江宏斌这样声色犬马的人，还能记得初恋情人吗？

果然，男人都是滥情又专情的动物，就像他们沉迷于"白幼瘦"的少女人设一样，初恋永远是他们心中的白月光。

"我其实也不确定，只是听说，早年江宏斌是给她们家开车的。"向南介怀的是明蔚，从第一眼看到她开始就有种异样的感觉，于是转述了"名媛会"上听来的八卦。

"开车的？"向前一愣，早一批的企业家中，司机出身的确实不少，她没想到江宏斌也在此列。

"嗯，好像是给大领导家开车，大领导家有个女儿……"向南道。

这种"长工恋上小姐"的故事，只要开个头，后面的情节靠脑补都能猜个八九不离十。向前暗暗在心头记下一笔。所谓"工夫在诗外"，柴进说得对，有些消息看似和商业无关，其实最后才是决胜商场的关键。

"疑心生暗鬼。"向前安慰向南，"你也不要瞎猜，初恋的时候一般都不懂爱情。她要是能成事儿，江宏斌早就娶她而不是娶你了。"不过，安慰归安慰，向前还是十分担心，这个"初恋"能让向来眼睛里揉满沙子的向南上心，可见非同小可。

"噢！对了！说起这个……"向南突然兴奋起来，迅速打开手机，小声地对向前说道，"姐，你赶紧入这几只基金，江宏斌说有内部消息，三个月之内肯定能翻一倍！"

向前默不作声地当场每只基金入了十万块钱。她不指望能

第三章 自家的生意

翻一倍，只是想验证一下江宏斌所谓的"内部消息"到底准不准。

"你这个账户……是你的，还是老江的？"合上手机，向前问。

向南又低了头，方才脸上兴奋的神色一扫而空，声如蚊蚋道："账户是江家巧的，我只是帮她打理。"

"什么？！"向前这回是真气得浑身打战了，"你干吗不用自己的账户？！"

向南不说话。

向前蹙眉数落她道："我和你说了多少回了，女人在家一定要管钱！你不管钱，男人就能把你拿捏得死死的，想抛弃时就像丢一条用过的旧抹布一样！但你手里捏着钱就不同了，捏着钱，就掐住了夫妻关系的喉舌！"

向南委屈地抬眼看了向前一眼，小声顶嘴道："姐，你捏着钱了，那你掐住高平的喉舌了吗？"

"我……"向前语塞，软了气势，"那……每家每户的情况不一样。"

"姐……"向南长长地叫了向前一声。她的苦衷谁又能知道？是她不想管钱吗？那也要江宏斌肯让她管哪！

江宏斌把钱看得比自己的命都重，除了自己谁也不相信。家里所有的资产都是他一个人的名字，若是有类似于买基金这种事儿，他不方便亲自出手的，也都是以江家巧的名义。江家巧永远是他有着血缘关系的亲妹妹，而向南，呵呵，不过是一纸婚书强行捆绑的亲属，完全不足以信任。

除非……除非向南有了孩子，那样她和江宏斌之间才算是真正有了血缘的牵绊，看在孩子的分儿上，江宏斌说不定会多少给她一点儿。

向前很快也想通了这一点，她用手指按了按自己的太阳穴，替妹妹头疼。

一顿饭吃得憋闷，向前结完账带着郁闷的心情回了滨江。一到公司，她就把发票甩在柴进脸上，算是泄愤。

柴进此时倒是脾气甚好，笑嘻嘻地将飘落在地板上的发票捡起来，放进桌上的文件夹里。

向南出来之后，就赶紧往宝格丽酒店而去，结果一路上堵车严重，紧赶慢赶地刚好在约定的时间到达。

经过门廊的时候，向南看见很多伪"名媛"扎堆儿在酒店前拍照，她不禁嗤笑一声。

Mavis却守株待兔似的，早早就猫在一个窗边的景观位，坐等向南前来赴约。

向南走近Mavis，发现她也在自拍。对于向南的到来，Mavis完全一副不以为意的态度，既不起身迎接，也不招呼她坐，只顾着自己拍照、修图，忙得不亦乐乎。

向南坐下要了一杯咖啡，安安静静地坐在对面等她。咖啡喝了一半，小丫头才抬起头来，冷傲地抛过来一句："你来了？"

向南心想，不是你硬约我来的吗？

"你找我，是有什么事儿吗？"向南刻意和她保持距离，这里又不是"名媛会"，她不需要假装亲近。

Mavis还是穿得像只金刚鹦鹉似的，指甲五颜六色，"嗒嗒"两声，敲了敲面前的一个纸盒子。

向南疑惑地掀开盒子的盖子，看了看，是一条博柏利（Burberry）的格子羊绒围巾。

围巾是暗红色格子的款式，商标、吊牌齐全，可就是有一股子浓重的樟脑丸味儿，隔着桌子，向南都觉得呛鼻。

"这……"向南不解。

Mavis满脸不屑地说道："上次把你那条围巾弄脏了，这条是还你的！"

"不用了吧……"向南只觉得尴尬，要是Mavis不提，她早把那事儿给忘了。当时回去她就跟江宏斌说新买的围巾丢了，江宏斌骂她败家，然后就没有然后了。现在她平白无故地拎一条新围巾回去，万一被江宏斌知道了，又要追问是谁送的或者在哪儿买的，反而多生事端。

而且，这条围巾虽然是博柏利的经典款，但吊牌早已泛黄，一看就是很多年前买的，在家中柜子里存放了很久。向南年轻，也并不喜欢这种经典款。

"还你就还你！谁还没点儿奢侈品？"Mavis的语气酸溜溜的，虽然她态度表现得不屑又强硬，但越是这样，向南越是看出她的外强中干和不自信。

向南又想起在厕所里阔太太们背后嘲讽明蔚家道中落的对话，看着Mavis不舍的眼神，越发确定她是在打肿脸充胖子。

26

"好了，东西还你了！我走了。"向南还没反应过来，Mavis就起身离开，像一朵乌云一样飘远了。

这……向南对着满桌子的咖啡、甜品无所适从，蛋糕架上五颜六色的糕点，在她看来就像鸡肋，食之无味，弃之可惜。真希望此刻能有下一拨儿"名媛"来接盘啊！

"小姐，您好！一共消费一千一百五十六元。"服务员毕恭毕敬地将账单捧给屁股刚抬起来的向南。

向南莫名其妙："刚才那位小姐没付吗？"

估计这家酒店的服务员也是见惯了那些伪"名媛"间的互相推诿逃单，于是眨巴着一双明亮的眼睛，用力摇了摇头："没付！"

向南心底腾起暗火，Mavis真是太过分了！

"小姐，请问您需要打包吗？"向南付完账后，服务员向她询问道。

"打包吧。"向南看了看桌子，目光停留在那条围巾上。"等一下！"她突然灵光一闪，叫住正欲打包的服务员，"我还要再坐一下。"

服务员听话地缩回手，露出习以为常的笑容。

向南气哼哼地甩下手里的东西，先是把盒子打开，挑了一个比较好的角度，给围巾单独拍了张实物图。而后，她又拿起那条围巾围在脖子上，然后学着Mavis和那些伪"名媛"的样

第三章 自家的生意

子,借着酒店的背景,变换着姿势,"咔咔咔"地拍了几张"网红照"。

做完这一切,向南开始疯狂修图,将围巾的颜色调亮一点儿,围巾的商标和旁边蛋糕上酒店的 logo 露出来。

然后她果断地将自己戴围巾拍的那几张照片上的脑袋部分通通裁掉,只留下脖子部分,最后再调一下明暗,就大功告成了。

"全新博柏利羊绒围巾,吊牌在,正品国外入。九百九十九元包邮,可小刀。"向南在自己的二手平台账号上飞速编辑好"宝贝"的标题,配上照片,然后一键发送。

做完这些,她长长地呼了口气,如释重负地一扬手,再次喊服务员过来打包。

她想,在这种环境里拍出来的"宝贝",别人应该更愿意相信是正品吧。这么做,也是为了将利益最大化。

与此同时,江宏斌坐在车里,他的手机弹出一条短信:"您的账户于×月×日×时×分在特约商户发生快捷扣款,人民币一千一百五十六元"。

江宏斌拧眉盯着短信,而后默不作声地点开电子银行账单,宝格丽酒店的消费记录跃然入目。不当家不知柴米贵,江宏斌冷哼一声。他虽有钱,但最讨厌身边"不劳而获"的女人乱花钱。账单,就是他考验她们的成绩单。

江宏斌的手放在笔挺的西裤上,食指轻轻敲打膝盖,而后装作若无其事地问前面开车的老马:"我老婆最近有用车吗?"

老马憨厚一笑,对着后视镜回答道:"夫人您还不知道,除了回娘家，很少坐我的车。就上个月坐了一回，还在车上说想喝奶茶来着。"

"奶茶……"江宏斌面无表情地咀嚼了一下这两个字，对向南的鄙视又加深了一分，而后隔着墨镜，将凌厉的目光抛向窗外。

回去的路上，向南挂在二手网站上的"宝贝"已被人拍下。她心满意足，又点开朋友圈，恰好看见Mavis秀出的宝格丽九宫格自拍，妖娆无比。

向南淡然一笑，关上手机，也望向窗外。

世人慌慌张张，不过为了碎银几两，偏偏这碎银几两，可解世间万种惆怅。向南已不想去计较Mavis究竟是真的想来还她人情，还是以还东西之名来坑她买单。

其实，人只要肯动脑筋，都能得到自己想要的。Mavis想要的是虚荣，而向南想要的，是随时能补上华美袍子下被蛀虫咬破的窟窿。

冬日漫长，微雪浮光。

向中老老实实地上了几天班，自从"保温杯疑云"之后，她开始有意无意地疏远着王玉溪。王玉溪也有所觉察，不知何故，又不好直接问。

这天，向中拿着自己的杯子去茶水间接水，王玉溪立即也拿着杯子"不经意"地跟了上去。

向中弯腰接水，王玉溪凑在她身后很乖巧地小声问："姐，你怎么不用我送你的杯子？"

第三章　自家的生意

向中默默接完水，直起身，回头看了他一眼，举了举手里的杯子："我一直用这个喝水，习惯了。"

"可是……"王玉溪垂眸看了看向中手里外观冰冷的不锈钢保温杯，有些不甘地争辩道，"姐，这灰不溜秋的杯子和你气质真不太搭。"

"不搭吗？"向中假装疑惑地说，"可我这个是××牌的呀！质量好，还是我老公三年前从国外给我买的呢。"

听了她的炫耀，王玉溪立刻不再接话。他的脸瞬间从阳光灿烂变为乌云密布，而后一言不发地接完水，就从向中眼前走开了。

向中抿了抿唇，盯着手里的杯子安慰自己，她刚才说的都是实话。这只杯子就像邓海洋一样，质量、保温效果一流，唯独外观过于质朴，看上去显得有些过时。但杯子首要的功能，不就是装水和保温吗？

下班后，向中习惯性地一个人蹲在园区深处撸猫。她微鬈的长发斜斜地披在肩头一侧，羊绒大衣和背包下是满地焦糖色的梧桐叶，一只白色的小奶猫正乖巧地蜷缩在她的手掌下。

邓海洋坚称自己对猫毛过敏，所以向中一直想当"猫奴"而不得。

向中边撸着手底温热的小奶猫边忖度，邓海洋还对它过敏？这"喵星人"不知道比他那猪窝干净多少呢！他无非就是懒得给猫铲屎和梳毛罢了。

向中越摸越觉得小猫可爱，不自觉地就往自己包里去掏，看有没有什么食物可以喂它。她好不容易从包里搜罗出一根火腿肠，正要喂给小奶猫，只听身后传来一个熟悉的温润的声音："猫咪是不能吃火腿肠的噢。"

向中蹲在地上，转头仰起脸，四目相对间，她看到的那双眸子比猫的眼睛更吸引人。她曾在不经意间被这双眼睛吸进去过，所以立刻垂下头，回避了。

"火腿肠盐分很高，如果猫咪摄入过多的盐，不仅会中毒，还容易给肾脏造成负担。"王玉溪走了过来，在向中身旁蹲下，娓娓地解释道。

向中默不作声地继续撸猫，王玉溪不知从哪里变出一把猫粮，撒在地上，小奶猫立刻乖巧地舔舐起来。

"你这是哪儿来的？"向中疑惑地问。

王玉溪一笑："我家里也有一只，所以身上备了些，专门来喂它的。"

"羡慕有猫的。"向中的言下之意，除了羡慕王玉溪有猫，还羡慕他是无拘无束的单身，只要自己想要，就可以随心所欲地拥有。

王玉溪也伸手来撸小奶猫，向中来不及抽手，昏暗中，两只手不经意间触碰了一下。向中的脸一下全红了，从鼻尖到耳根。

她感觉到他的手是温热的。而王玉溪感觉到的却是，她的手那样凉。

"天不早了，明天再来吧。"王玉溪率先站起身。

"嗯。"向中有些恋恋不舍。

花坛深处，王玉溪把自己的手套递给向中："戴上吧，你

第三章　自家的生意

手凉。"

向中瞥了一眼他手里的男士手套，没有伸手接，尽管他的目光是那般诚恳。

王玉溪不由分说，一把抓过向中的手，任凭她怎么挣扎，硬是把手套套在了她手上。

向中瞬间慌乱，忙看向不远处主干道上的行人，她的胸口一阵小鹿乱撞，心脏仿佛就要从喉咙跳出来一般。

"放心吧，没人看见。"说完，王玉溪就先走了。

向中望着他颀长的背影，他的影子被拉得老长，向中落在他的影子尽头，一时间有些手足无措。

他为什么要触碰自己？向中低头问自己，也问那只猫。

在这个园区里上班的人多了，这只猫唯独喜欢黏着向中。到了向中下班的点儿，它总会适时地从路边蹿出来，然后用那双异瞳死死盯着向中，仿佛要勾引她去到百花深处。莫非，这就叫缘分？

向中把手插进兜里，从草丛里走了出来，她既不想摘下手套，也不想被别人看见。

不知哪里来的勇气，向中追上王玉溪，两人并肩在路上走着。

"喂，什么时候有空？我想去你家看看……猫。"

"随时欢迎。"

"那这周六？"

"等你。"

说完，向中雀跃地抢先几步，走了。

王玉溪俊秀的脸上看不出任何表情，他停了一下，然后重新压了压肩上的背包。他的斜刘海被风吹下一绺,掠过一双乌黑深邃的眼眸,让人捉摸不透。

27

向前把柴进给的两万块红包,从手机上转给了向中。听说是柴进给的,向中二话不说就收下了。姐妹俩在坑柴进这件事儿上,态度出奇地一致。

这些天,向前一直在为业绩的事情奔走,绿城的口子不堵上,手底下的人还是会害怕丢饭碗,每天寝食难安。绿城这样的大单子,需要几个甚至几十个小单子,才能把缺口给堵上。向前身先士卒,天天不是拜访客户,就是在拜访客户的路上。仅仅一个礼拜,她的腿就活生生地细了一圈儿。

这天,向前筋疲力尽地回到家,刚来到走廊,就见自己家大门没关,里面溢出的灯光中夹杂着欢声笑语。

高平妈有个习惯,就是不喜欢关大门。用她的话说,在他们农村,家家户户都敞着门,邻居来了在门口喊一声,就直接迈腿进来了。

向前在门前驻足,只听里面热闹非凡。她瞬间有点儿恍惚,突然有种不认识自己家的感觉。

因为向前和高平妈关系紧张,在家里说不上几句话,高平夹在中间难做人,故而也是少言寡语的,所以,平日里的向前家总是安安静静的,大家各忙各的。可今天晚上,向前还没进门,就闻到一股浓浓的烟火气,像过年一样。

第三章　自家的生意

她冷着脸，挪动酸胀的双腿，推开门。

刚进去，向前就闻见饭香满屋，高平妈、高平、左左和右右都有说有笑地围坐在餐桌前，一派母慈子孝的景象，简直像电视上的公益广告。但这一切却在向前进门的瞬间，像是被按了暂停键一样，所有人同时愣住，目光都停驻在她身上。

就在这时，李书从厨房里钻了出来，系着向前新买的还没来得及穿的碎花围裙，手里端着一盘热气腾腾的炒菜。

向前愣住了。

李书和向前撞了个照面，也很尴尬，但很快，她就热情温柔地招呼向前道："向前姐，你终于回来了！就等你了！快洗洗手，入座吃饭吧。"

吃饭？！向前弯腰脱了鞋，心里像被扎了一下，这到底是谁的家？自己明明是主人，怎么反而有种做客吃席的感觉？

"嗯哼。"向前斜了餐桌一眼，敷衍地应了一声，就直接进卧室换衣服去了。

高平想要追过去，高平妈却一把按住他，夹了一筷子菜放进他的碗里，道："吃饭！"

倒是李书低下头，一副坐立难安的样子，嗫嚅道："向前姐这是怎么了？好像不怎么高兴的样子。"

高平妈嘬了嘬筷子，厌烦地一挥手，一副满不在乎的样子，道："别管她！她不高兴的事儿多了，谁知道今天又是哪一件？"

李书小心翼翼地又拿眼睛去瞟高平。

高平心中忐忑，回避着她的眼神，而后还是扔下筷子，不放心地站起来道:"我还是进去看看吧。"

高平妈看着他的背影,吼了一句:"饭都不让人好好吃!"然后又赌气似的对李书说:"李书,今天你是客人,还亲自下厨,有的人不识好歹,有现成的饭不吃,还作妖!外头受了气,回家耍脾气!你随她去,咱们吃咱们的!"

这段话,向前在卧室听得一清二楚。

"老婆,怎么了啊?"高平进来的时候,约莫知道向前的情绪从何而来,于是语气略显心虚。

向前也丝毫没有跟他客气,指了指屋外,问道:"这什么情况?登堂入室啊?"

高平忙解释道:"今天李书给孩子辅导完,我妈硬留她吃饭,她推不过,就留下来帮忙烧饭了。我妈那个人,你也知道的,一个人待在大城市,平时和小区里的人又聊不来,她也挺寂寞的,难得和李书投缘,就热情了些。"

向前白天陪着客户神吹海聊了一天,早已身心俱疲,此刻着实无力再用同理心去理解婆婆。

她对高平怒目道:"叫她走吧!她是家庭教师,又不是钟点工,也不是烧饭的保姆,职业边界不要随便打破好吗?她留下来烧饭、吃饭的时间,咱们还要不要给她算钱?你们怎么成天干这种赔本儿的买卖?!"

"不是钱的事儿,你怎么就听不懂呢,是我妈她……"高平还想辩解。

这时,向前突然发现,高平今天穿的卫衣,自己竟然没有见过,好像是新买的。她尚未来得及询问,就听门外一个脆生

第三章 自家的生意

生的女声道:"我可以进来吗?"

说话的是李书。

向前刚想直接回"不可以",谁知高平已然起身把门打开了。

"高平哥,向前姐,不好意思,伯母让我过来叫你们去吃饭。"李书永远一副怯生生的模样,"还有,刚才你们俩说的话,我不小心在门口听见了。"

向前想不通,一个受过高等教育的女孩子,怎么会有一种受气小媳妇儿的样子?要说她不是"绿茶",谁信呢?向前瞬间意识到了什么,鄙夷地冷哼了一声:"你听见什么了?"

"向前姐,我知道您是做大生意的,所以钱算得比较清。"李书侧身走进来,低头道,"其实我来照顾左左、右右,一方面是为了工资,另一方面,我也是高平师哥的师妹。师哥最近写论文压力大,我作为师妹,给他帮帮忙,分担一下也是应该的。向前姐,您放心,我留下来不是为了混时间,纯粹是同学间帮忙,我不会多收一个小时钱的,您可千万别紧张,也别误会。"

"紧张?误会?"向前眼里揉不进沙子,除了客户,从不惯着自己看不顺眼的人,"你如果不想让我误会,就做好你的本分。你是家庭教师,不是保姆!烧饭做菜这种事儿,你真没必要越俎代庖。你要真想帮忙,就把左左、右右带好,他们俩今天的任务完成了吗?逻辑思维作业做了吗?英语听力听完了吗?"

"向前姐……"李书竟然立刻红了眼眶。

果然又是啥都没做完。向前冷眼看着她,毫不退让。

"行了！"高平突然怒了，站起身道，"向前你过分了啊！今天是我妈硬要留人吃饭，你何必让李书难堪呢？左左、右右还在外面呢，你这么闹，让孩子们怎么想？他们以后还要不要信任老师了？"

向前凝视着高平的眼睛，憋闷死了，但碍于面子，她不愿在李书面前发作，她觉得李书还不配。

想到左左、右右，向前稳了稳情绪，竭力克制自己，而后站起身道："行。走吧，吃饭。"

这顿饭，向前和高平吃得各怀心思，倒是高平妈情绪高涨，跟李书相互夹菜，很是热络。

"左左、右右，吃完赶紧做作业去。"向前不动声色地抬头催促双胞胎。

高平心里有些理解向前，但又碍于情面，进退两难，逮了个空隙，给向前夹了一筷子菜，算是示好。

向前丝毫不给面子，直接甩了回去："我不喜欢炒青菜里面有生姜。"

李书忙又道歉："向前姐，对不起，姜末是我放的，不知道您不爱吃。只是我听中医说，有的青菜是寒性的，所以炒的时候，要放暖性的姜中和一下，对身体好。"

"哎哟喂，姑娘，你懂的真多！"高平妈一听连连点头赞许，"我就说吧，这大料得放，不然菜没味道。可有的人非说，菜要清淡、少盐，不相信医学，尽相信那些歪论！"

向前从不是委屈自己的主儿，听了这话，直接一放筷子，对李书道："李书，你吃完了吗？吃完就赶紧走，今天我累了，

第三章 自家的生意

就不留你了。"

"哎,你怎么往外轰客人啊?有没有点儿家教?!"高平妈瞪着两只眼睛,也放下碗,替李书打抱不平。

向前就跟没听见一样,直接拉起高平,坐到沙发上。

李书臊红了脸,解下围裙,委屈巴巴地走了。

高平妈忙不迭地追出去送她。

李书一走,向前就压着心头的怒火,对高平道:"要不还是换个男家教吧,我也安心点儿。这温香软玉的,谁受得了?"

高平竟然扮起了窦娥:"你这人心眼儿怎么这么小?怎么老往那种地方想呢?我要是对李书真有什么想法,还能把她领进家里来?"

向前寸步不让:"那谁知道呢?说不定你觉得最危险的地方就是最安全的呢!"

"向前!"高平焦急地换了个方向,在向前身边坐了下来,又挥手让左左、右右去里屋玩儿,"她就是我师妹,我们一个师门的!兔子还不吃窝边草呢,我脸皮再厚,也不至于这么愚蠢吧?以后在医院还要不要混了?"

"哼。"向前不以为然,扭了扭身子远离他。

"我求求你了!别疑神疑鬼的好不好?早知这样,我就不找她了!"高平似乎有点儿后悔的意思。

"你本来就不该找她!"

从一开始,向前就对李书没啥好感。有时候,越是"人畜无害"的人设,就越是令人讨厌,这种讨厌不需要理由,而是一种与生俱来的直觉。向前宁愿"无理取闹",也不希望"后知后觉",被人当傻子耍。

她最烦"傻白甜",商场上这种人多了,她瞄一眼,就知道他们是什么心思。退一万步说,就算高平对李书没意思,也难保李书对他这"师哥"没啥想法。

更何况还有高平妈这个"猪队友",一盆火似的上赶着,就跟在深山老林里多少年没见过活人似的,逮住一个,便像至亲骨肉似的。

向前不喜欢过于复杂的关系。

"人和人之间的基本信任总该有吧。"高平自觉问心无愧,便有些烦躁起来,"李书她来当个家教,你就横竖看人家不顺眼,总觉得我跟她有事儿。那你成天和柴进混在一起,我说什么了吗?"

"柴进?"向前愤懑地辩解,"我和柴进啥关系,你难道不清楚?高平,你说这话可就没意思了!"

高平当然知道向前和柴进之间是清白的,他不过是拿这话来刺激向前,好让她相信自己和李书之间也是清白的。

28

"嗡——嗡——"向前和高平正僵持着,突然听到手机振动的声音。

向前拿出来一看,是柴进打来的。真是说曹操曹操到,向前想自己上辈子是不是和这家伙有仇,电话早不来晚不来,偏偏这时候打过来。

第三章 自家的生意

高平看了烦躁的向前一眼,直接把手机抢过来,自己接了。

"喂,向前,出事了!盈润和洪江……"

"柴进是吧?"高平开口打断对面火急火燎的柴进。

柴进先是一愣,舔了舔后槽牙,知道现在不是跟他计较的时候,于是好言好语道:"噢,高平啊!你好你好……能把电话给向前吗?我这会儿有急事找她,是工作上的事儿。"

高平抬手看了一眼表,冷静地对着电话回复:"柴老板,现在是北京时间晚上二十一点四十三分,不管您工作上有什么事儿要找我老婆,都恕不接见。根据劳动法,职工有权拒绝用人单位在下班时间发布的工作指令。现在下班了,我老婆需要休息!"说完,高平就挂了电话,"啪"地把手机给扣在桌子上。

向前刚才还因为李书的事儿气愤难平,此刻高平的一番耿直操作,仿佛一阵风瞬间吹散了她心头的乌云。她又好气又好笑,没忍住"扑哧"一声笑了。她拿回手机看了看,笑道:"你真够可以的,滨江柴总的电话你都敢挂?不怕你老婆丢饭碗啊?"

"不怕。"高平道,"饭碗丢了我养你。"

"你养我?"向前笑了,点了点头,"行行行!我等着你养我。"向前就是拿高平这种憨直的性格没办法。

在这个世界上,大家都身不由己地戴着厚重面具逢场作戏,唯有高平,还没被残酷现实毒打过,能够真实地做自己,这也是向前喜欢他的地方。

高平见向前态度缓和了,忙凑过来,揽住她的胳膊苦苦解释道:"笑了就好。李书的事儿,真不是你想的那样。李书就是我们院的一个贫困生,她在我们家卖力表现,无非是图钱。为了钱,自愿加班,这不是和你一样吗?你说你是真心实意地巴结柴进,还是为了钱,表面上奉承,背后骂他不是人?"

向前很快被高平说动,觉得自己方才可能确实是急躁了,把李书当成了假想敌。

"再说了,老婆,就我这样的,在大城市没钱又没房,纯靠能干的老婆'吃软饭',哪个正常的女的会看上我?"高平为了安抚向前,故意自黑。

这些话向前听得舒坦,却也不敢顺着他的话继续往下说。高平可以自嘲是"吃软饭"的,可若是向前跟在后面附和,那性质就变了。高平说什么不重要,他的态度才重要。

见高平如此,向前也略略放下了戒心,她自己选的老公确实不至于如此饥不择食。

"那你今天这件新衣服是怎么回事?"向前揪了揪他的卫衣。

"这个?"高平低头看了看胸口,"噢,这是我今天去开研讨会,会上发的,我看着质量还不错,就穿上了。你看下摆这儿,还有研讨会的论坛网址呢。"

高平把网址从腰间翻了出来,原来折进去的一截里早就标明了这件衣服的来历。

"噢。"向前红了脸,心里浮起一种冤枉了好人的愧疚感。

这时,高平妈"哐当"一声,甩门回来了。听那甩门的力道,她心里的火气还大着呢。

第三章　自家的生意

向前朝外一努嘴，高平轻轻拍了拍她的手，道："我去解决。"

看着高平的背影，向前有些迷茫了，是不是自己太不自信了，所以才疑神疑鬼的？高平刚才护着李书，不过只是客气，自己怎么就……她坐在床沿上很是懊恼。

带着愧疚，她又走进左左、右右的房间，边坐在地毯上陪他们玩积木，边有意无意地问道："新来的李老师，对宝宝好不好呀？"

左左、右右压根儿不觉得这是个问题，头也不抬道："挺好的呀。"

得到了双胞胎肯定的回应，向前更加自责，也许自己今天真的是太累了，所以才闹了场误会，以后真得沉得住气一些。

李书在公交车上抹了一路眼泪，带着一肚子气回到宿舍。她气哼哼地把背包甩在桌上，拧开台灯，一个人对着灯光生闷气。

研究生宿舍是两人间，室友佳佳正在地板上优雅地练着瑜伽，见李书这副样子，便好奇地爬起来，问道："大宝贝儿，你这是怎么啦？"

李书从桌上抽了张面纸，很用力地擦着眼泪，气恨道："没什么，傲什么傲？有什么了不起的……"

佳佳望着李书那张楚楚可怜的小脸，又好气又好笑地叉着腰，道："亲爱的，你要是这么说话，那咱俩可没法聊下去了。行，我练瑜伽了，你接着哭。"

向家的女儿（上）

李书红着眼，忙叫住佳佳，委屈地说道："好了，姐，我说我说！说完了你可得帮我评评理，我到底哪儿错了！"

然后，李书振振有词地把事情的前因后果说了一遍，佳佳一字一句地耐心听完。

不过，听完之后，佳佳却没有一丝一毫同情李书的意思。她用毛巾擦了擦汗，又弯腰对着镜子仔细打量了一下自己运动后红润光彩的脸颊，才回头缓缓对李书说道："我当什么事儿呢，不就是被高平老婆给赶出来了吗？正常。"

"这还正常？"李书气鼓鼓的，"我真是这辈子都没受过这么大的羞辱！"

佳佳敛起漫不经心的神色，和李书面对面坐在床沿上，严肃地替她分析道："当初咱们决定选择这条路，不就预见到了会有这样的遭遇吗？你要是这都受不了，那不如趁早打消在这儿落户的想法，回老家找个县医院上班，再随便嫁个人，就别做白日梦了！"

一提到落户，李书瞬间蔫儿了，默不作声地继续听佳佳说。

佳佳说道："像咱们这种人，注定了这辈子不会有什么光彩的人生。你要是不服气，就看看我！"

佳佳指了指自己的鼻子，给李书打气："你以为我当初愿意扒着那位肥头大耳的副院长啊？他闺女都快跟我一样大了好吗？和他去趟KTV，他唱的那都是什么年代的歌啊？更别提他家那个黄脸婆了，三天两头去我们学院闹，闹完辅导员闹书记，就差在系里贴我的艳照了。可那又怎么样？我这不还是熬过来了吗？现在婚也结了，户口也落了，博士继续念着，我有啥损

第三章 自家的生意

失啊？"

佳佳是李书的老乡，她俩不是一个系的，但佳佳搞定了宿舍后勤，愣是和李书挪到了一个宿舍，一住就是三年。

佳佳本是她们学院副院长的研究生，进了师门，别人都是泡在实验室，只有她就跟长在副院长家里一样，成天"师傅"长、"师娘"短的，还跟副院长的女儿处成了闺密。可谁能想到，三年后，现在的副院长夫人，已经变成当初那个被"师娘"当成女儿的佳佳了呢？

李书原本还挺单纯的，但奈何现实太残酷，加上受佳佳影响太深，渐渐地也就不似从前那般单纯了。

"你弟明年就要结婚了吧？"佳佳坐在床沿上晃悠着腿，把话题重新扯回李书身上，"你妈管你要多少？"

李书低头抿了抿唇，提起这个，她的心又揪紧了。她伸出四根手指。

"四十万？你凑齐了吗？"佳佳脸上带着不屑问。

李书叹了口气，摇了摇头。

"那你还不抓紧点儿！"佳佳敲打李书，"当初我让你去搞定你们院里那些老教授，你不愿意，非说自己是'外貌协会'的，而且不喜欢岁数大的。那好，现在你找到目标了，就是你师兄高平，也算是称心了，还不快点儿为了自己的幸福好好努力？！"

李书心里也是这么想的，高平博士毕业，肯定能办本地落户，自己如果能把他抢过来，户口问题首先就能得到解决。其次，听系里人说高平老婆很有钱，高平离婚肯定能分一笔，到时候她跟师哥"借"四十万，肯定也不成问题。

　　只要把高平抢过来，李书便能解决明年的燃眉之急，可偏偏现在有个精明能干的向前在前头拦着，怕是没那么好得手。

　　"喂，李书，你这手机该换了！显示屏都碎成什么样儿了？"佳佳拿起书桌上李书的手机看了看，提醒她道。

　　李书瞥了一眼，无所谓道："再说吧！等明年我给我妈买了新手机，我就可以用她淘汰的那个了。"

　　佳佳撇了撇嘴，给她打气道："坚持住！不要管那些不相干的人的白眼，记住你现在想要的是啥！户口、钱！"

　　李书擦干眼泪，盯着桌上的手机，良久，狠狠点了点头。

29

　　高平陪着他妈在厨房里收拾。高平妈铁青着一张脸，就跟地上的瘪茄子似的。

　　高平察言观色了好一会儿，才一边倒洗碗水一边开口道："妈，以后李书再来，您就别留她吃饭了。她是家庭教师，要拿钱的。"

　　高平妈正憋了一肚子邪火，听高平这么说，就跟被点着的爆竹似的，立刻嚷嚷起来："我留人家小姑娘吃个饭怎么了？人家跟咱是老乡！不就是吃个饭吗？怎么就碍着她的事儿了？就跟眼睛里进了沙子似的，一点儿容不了人！"她口中的"她"，便是儿媳向前。

　　高平叹了口气，缓缓地说："向前不是不让您留人家吃饭，

第三章 自家的生意

是怕坏了规矩，大家以后不好相处。"

"有什么不好相处的？"高平妈斜剜了自己儿子一眼，"多个人多双筷子的事儿！你呀，就是被她拿捏得死死的，什么都听她的！她叫你往东，你不敢往西！一个大男人，活成你这样，真是窝囊！"

"妈！"高平见他妈扯远了，忙把话头往回拽，"您再喜欢李书，她也不过是个外人，您何苦为了一个外人，得罪自己的儿媳妇儿呢？李书不过是冲着工资来我们家干几天，回头拿钱走了，估计都不记得您是谁。向前才是您的亲儿媳，以后您要是生病了，还得指望她照顾呢！"

"指望她？"高平妈讥笑道，"我指望谁，也指望不着你娶回来的这尊佛！她成天在外头浪，不着家，孩子也不管，都不知道忙些什么。孩子都不管的女人，将来我还能指望她管婆婆？"

"那不是现在家里的财务还没完全自由吗！车贷、房贷每个月都要还的！"高平跟他妈撂了底儿，"要没有向前在外头拼，咱们家下个月就周转不过来了。到时候，难不成您带着左左、右右睡天桥、喝西北风去？"

听了高平这话，高平妈不吱声了，自知理亏。

沉默半晌，高平妈将剩菜剩饭"咣咣咣"地倒进垃圾桶里，说道："我还真就挺喜欢李书这小姑娘的！跟人说话细声细气的，你问她什么，她就笑眯眯地看着你回答什么。那个耐心，那个修养！到底是读过书的。这样的人品，打着灯笼都难找！不像有些人……"高平妈顿了顿，气闷地将碗沿在垃圾桶边用

向家的女儿（上）

力敲了敲："成天头昂得老高，只拿两个鼻子眼儿看人！"

"妈，向前她没有！"高平竭力替向前辩解，"她就是平时工作太忙了，太辛苦了，她心里对您还是很尊敬的。"

"得得得！"高平妈让高平打住，"咱不说了！这个媳妇儿，是你选的，反正我是不满意。她说什么就是什么吧，以后啊，我也不狗拿耗子多管闲事儿了，白替你们做人情！"

"是是是！我知道您也是为了左左、右右好，跟人家老师客气一下，希望人家能对您孙子、孙女好点儿不是？"高平顺着他妈说。

高平妈一声不吭走出厨房，不再提这茬儿。同一屋檐下，儿子、儿媳妇儿战线统一，她一对二，注定占不到什么上风，不如暂退一步。

高平在厨房里则心生疑惑。他妈是出了名的抠门儿，连大姐高安来了，留不留吃饭都要看她拎来多少东西，怎么遇见李书，就突然转了性，变得大方起来了？这李书到底有什么魔力，能搞定自己的抠门儿老娘？

高平啧啧称奇，不过也没多想，收拾完东西，就回屋继续哄向前去了。

第二天，向前的车刚开进滨江的大门，柴进就得到了消息。他倚着向前办公室的门，准备逮她个正着。

向前晃着工牌，优哉游哉地上楼，猛然瞧见西装革履的柴进正靠在自己门前，立刻回忆起昨天晚上没接他电话的事儿，顿感大事不妙。

第三章 自家的生意

"柴总……早。"向前小心翼翼地打招呼。

柴进低着头,听向前跟他打完招呼,才慢慢抬起眼睑:"哎哟,不敢!向总才早。"

向前知道他有事儿,于是刷卡拉开办公室的门,做了个"请"的手势:"有事儿进来说。"

柴进不动,只低头看表。

向前不解,用疑问的眼神盯着他。

"二十八、二十七、二十六……"柴进看着腕表的秒针,嘴里念念有词。

"一大早的,又闹啥幺蛾子呢?你到底进不进来?不进来我关门了!"向前瞥了他一眼,假意要关门。

柴进一把挡住向前办公室的门,阴阳怪气地说道:"现在是北京时间早上九点二十九分五十一秒。根据劳动法规定,我在工作时间才能踏进女下属的办公室,现在距离上班时间还剩九秒。来,一起倒数,八、七、六、五、四……"

"有病吧你?!"向前没空等他,直接一记无情脚把他踹了进去。

掩上门,向前先道歉:"昨天的事儿是高平跟你开玩笑的,你别往心里去。咱说正事儿吧。"

柴进此时也觉得玩笑开得差不多了,立刻敛起笑容:"你看看这个。"柴进滑开手机,怼到向前眼前。昨天晚上盈润的公众号发布了一篇文章:《奋楫逐浪,迈向更高的辉煌——盈润与洪江签订明年合作意向合同》。

"不过是意向合同,又不是真的签单……"向前瞟了一眼,随口敷衍了一句。但话音刚落,她就觉得哪里不对。不是不对,是邪门儿。

此刻对面,柴进正用无比严厉的眼神瞪着她。

"那个……柴总……"向前的气势低了下去,竭力解释道,"我最近跑了几个单子,虽然不如绿城的大,但总体也能把上半年的损失给补回来,你看是不是……"

柴进的态度毫不退让,冷冷地反问她:"我缺的是单子吗?"

"那你缺什么?"向前也蒙了。

"洪江处于上升趋势,马上就要跻身房地产行业头部企业的行列了。如果洪江这种标杆型企业把单子给了盈润,那下游企业,绝对有样学样。我告诉你,昨天这事儿不仅伤害性极强,而且侮辱性极大!"说到激动处,柴进用指关节着力敲了敲向前的办公桌桌面。

"我知道,我知道。"向前点头如捣蒜,可她也为自己抱屈,"也不知道季纯到底给江宏斌喂了什么药,竟然这么快就签了意向合同。这才几天?我也很想搞定洪江,可是江宏斌那儿撬不进去啊!我是他大姨姐,总不能跟季纯似的,去坐他大腿吧?"

柴进一言不发,他一本正经的时候,分外严厉。他带向前的第一天就告诉过她:只为成功找方法,不为失败找理由。向前把困难说得再严重,他听了也只会当成耳旁风。

"行行行。"向前乖觉地把话转了个方向,"我找我爸!让他这周末找个由头,让全家人都回来吃饭,然后我再探探江宏斌的口风。在家里,他多少应该会好说话一些。"

第三章 自家的生意

"乖。"柴进得到了他想要的，立刻站起来扬长而去，留下向前一人头脑发蒙：自己刚才都跟柴进承诺了些啥玩意儿？好像还把向郅军给卖了。呃……自己挖的坑，哭着也要填完。

不过，向前内心也确实疑惑，这季纯到底是用了什么方法，能说动江宏斌跟她签意向合同？别人向前不了解，但江宏斌绝对不是个会因为美色而昏头的人，其中必有缘由。于公于私，这笔单子都没有给盈润的理由。柴进早就请示了董事长，破例给洪江开了最低价，可他们现在甚至连和江宏斌商谈的机会都没有，太可悲了。

向郅军正在小区里看别人下棋，突然手机振动起来。他一看是向前，便转身找了个无人处，接起电话。

"爸，这周末您招呼全家人一起吃个饭吧，一定要让江宏斌回来一趟！"向前急促道。

"咋？"向郅军一时间没明白。

"哎呀，爸！我找江宏斌有事儿，去他公司说不方便，您把他约到家里来一趟。"

"什么事儿？"向郅军很警惕。

"您就别问了，反正有事儿！"向前没空和她爸磨叽。

可向郅军也没那么容易给向前当枪使，推辞道："你生意上那些烂事儿自己解决！别给南南家添乱！"

"爸！"向前一跺脚，急了。她知道向郅军的心思，很少求他牵线，这次难得开口，老头子还推三阻四的，让她心生不悦。

"你叫我祖宗也没用！你有事儿找江宏斌，自己约他，别拖我们下水！"向郅军态度坚定。

"爸，难道南南是您女儿，我就不是了啊？"向前急躁地说，"我真找江宏斌有事儿！再见不着他，柴进能把我挫成灰扬了！"

"那正好！"向郅军死守底线，丝毫不妥协，"扬了你，我少操些心。"说完，他便强行把电话给挂了。

"爸！爸……"向前碰了一鼻子灰，举着电话，又气又恼。

向郅军的想法再简单不过，当初向南嫁入豪门时，他就知道这个女婿在社会上能量很大，预感到女儿嫁过去之后，肯定会有很多沾亲带故的人上门来求女婿办事儿。为了女儿长远的幸福，他定好规矩：求女婿的事儿，一概不揽，通通回绝，向前、向中来求也不行。他们少沾江宏斌一点儿光，向南在江家就能多一分骨气，头也能多抬高一分。只要向南过得幸福，其他人的委屈就不算委屈，有什么怨什么恨都冲他向郅军来便是。

没办法，向前只得又打电话给向南，让向南去说服向郅军。

向南自不必说，什么都听大姐的。向郅军一开始仍是死活不肯，但经不住向南的软磨硬泡，最终心不甘情不愿地松了口。他对向南说道："这周末是我阴历生日。"

向南："爸，您不是夏天生日吗？"

"我说阴历就阴历！"说完，向郅军"啪"的一下把电话挂了。

然后他回家对着郑秀娥，扯着脖子喊了声："老太婆，礼拜六去菜市场宰只鸭子，捞条鱼，再剁个臀尖肉！"

30

向郅军既然答应了向前的请求，便想办好周末的家庭聚会。他又给向中打了电话，让她周六回家里吃饭。

向中约了王玉溪周六去他家撸猫，午后才去应约，若是赶回来吃晚饭，她在王玉溪家就待不了多久，到底心存不甘。向中一边在电话里"嗯嗯啊啊"地敷衍着向郅军，一边陷入了天人交战之中。

"爸，我回去和邓海洋商量一下，然后再给您答复吧。"向中决定先拖延一下。

"嗯，跟女婿说下。"向郅军挂了电话，又钻进屋里，趴在地板上，琢磨起床下的藏酒。

三个女婿一齐回来吃饭，向郅军这个岳父绝不能小气。摸索了半天，他才扶着老腰掏出一瓶落满了灰的茅台。这瓶酒还是他退休的时候，厂里看在他为单位贡献了大半辈子的分儿上，由工会赠送给他的，既是嘉奖也是留念。

向郅军用抹布仔仔细细地擦了擦这瓶酒。这是他这个当爹的唯一能为女儿向前做的了，希望小女婿会领情。想到这儿，向郅军捧着酒叹了口气，这都什么事儿呀？

向中坐在工位上，琢磨着是否跟王玉溪改个时间，可谁知和王玉溪一说，他却说周日要去参加一个什么培训，只有周六有空。

"姐，你是周六有事儿吗？"王玉溪体贴地替向中着想，"要不改下周？"

"没。"向中心猿意马，嘴里却回答得干脆。

王玉溪疑惑地看了她一眼，转过转椅，回头继续去做自己的事儿。

向中的心像在油锅里煎一样。

晚上，她带着忐忑的心情，把她爸喊他们回去吃饭的事儿跟邓海洋说了。

邓海洋一听有吃的，立刻两眼放光道："爸妈喊吃饭？太好了！哎，你妈炖的那肉肘子，别提多嫩了！还有你爸炒的酸辣土豆丝，简直是饭店大厨级别的！正好我也好久没见高平他们了，是该大家聚在一起好好喝一杯。"

"可是……"向中垂着眼睑，假意摆弄着手机，犹豫道，"可是，我这周末可能要加班……"

她撒谎了。虽然脸红心跳，但她确实是跨越了内心最后的一道障碍，向欲望屈服，对她最亲近的两个男人撒谎了。

从小到大，向中经常骗向郅军，逃课和男同学钻个小树林，去网吧打个游戏，就跟家常便饭一样。

可是，自从前年，向中发现向郅军的鬓角染上了一层白霜之后，便不再故意骗他了。向郅军老了，他最近几年对向中说得最多的一句话就是："别和我耍心眼儿，你过去耍的那点儿心眼儿，还不是跟我学的？你爸老了，你现在再跟我耍心眼儿，我是真看不出来了，由得你去吧。"

至于邓海洋，向中平时也没有欺骗他的必要。他对向中，能包容的都包容了。向中和同事、同学出去泡吧、唱歌，半年间，总有那么一晚不回来睡，他从不过问。在夫妻关系中，邓海洋对向中，早已超越了信任，简直达到了迷信的程度。她说啥就是啥，不是也是。

可这一次，她把他俩都给骗了。

从向郅军打电话的语气里，向中知道他特别看重这次家庭聚会，强行组的局里似乎还夹杂着什么事儿，一定要在饭桌上说的样子，可她……

"加班？"邓海洋很奇怪，"你那单位加什么班？别人是'九九六'，你们是'九五五'吧？朝九晚五，一周五天。"

确实是这样，向中的脸更加红了。她们这单位就是以清闲出名，每天五点半下班，从不加班。

邓海洋内心坦荡，所以压根儿没看出向中心虚，他还在那儿端着茶杯走来走去，啧啧称奇："现在社会已经内卷成这样了吗？连你们那儿都要加班了？太可怕了。"

向中被他晃得心烦，狠了狠心，不再跟他纠缠，一口咬定就是要加班。

"那我咋办？"邓海洋停住问，"我一个人，去还是不去？"

邓海洋确实犯难，虽然他在三个女婿中最得老丈人和丈母娘的喜爱，可他若是单刀赴宴，向前和向南都成双成对的，他会显得既孤单又多余。

"你当然得去了！"向中也不知道哪里来的勇气，竟撺掇着邓海洋独自"回娘家"。

"我爸这次点名了，是全家人聚会！三家人都得到场的。"

向家的女儿（上）

向中噘着嘴道，"我这不是因为加班实在去不了吗？你要再不去，我们老二这一家，岂不是就缺席了？"

邓海洋眨巴了两下眼睛，还是不甚情愿。肘子、土豆丝虽好，但胃自在总敌不过心自在。

向中心里打着小算盘，若是自己周六出门，邓海洋独自在家打游戏，一定会觉得时间特别漫长，总盯着表盼她回来，倒不如直接把他打发到自己娘家去，和大家一起热闹热闹，那样他就感觉不到时间流逝，自己也能在外头待得安心些。

"你去吧！正好年前我单位分了两桶油，你给咱爸妈拿去。"向中开始吩咐了。

邓海洋犹豫了下，看了一眼墙角的油，不置可否。

"哎呀，你放心吧，我要是结束得早，肯定也会赶过去，不会让你一个人落单的！"向中亲昵地搂上邓海洋的脖子，故意扭着身子，温言软语地哄他，哄完，还在他油光光的脑门上"吧唧"亲了一口。

邓海洋哪吃得消向中这么磨，立刻"嗯嗯嗯"地点头答应了。向中现在大多数时间都对他爱搭不理，今天突然这么主动地央求自己，邓海洋瞬间找回了当大男人的感觉，觉得自己又行了。

在滨江，向前进柴进的办公室如入无人之境，连"打劫"的口号都不用喊，就可以从他办公室顺走任何东西，但唯有一样东西不行，就是酒。可向前偏"挟天子以令诸侯"，从酒柜里抽出这瓶掂掂，又抽出那瓶研究研究。

第三章 自家的生意

最后,向前抽出一瓶轻井泽威士忌,柴进当场吐血三升。

"舍不得孩子套不着狼!"向前劝他想开点儿。

柴进一把鼻涕一把眼泪地死死攥住向前的裤脚。

向前把他一脚踢开,直接昂首走人。

柴进这是自作孽不可活,是他自己非要搞定洪江的,这点儿代价,委实不算什么。

一切准备就绪,向前在办公室里将销售的方案和话术又演练了好几遍,她总不能在自家饭桌上现场发挥吧,她必须将滨江的核心竞争力以家长里短的闲谈方式表达出来。她不相信盈润先下手为强就能取得江宏斌的信任,季纯的姿色在江宏斌眼里,也就是一般水平,这背后肯定是许下了承诺。向前要做的,就是让江宏斌知道,滨江肯给的承诺,不会比盈润的少。

向南自从接了大姐的电话,就兴奋得不行。虽然江家和向家在同一座城市,甚至就在相邻的两个区,但她还是没日没夜地想家,想父母,想姐姐。

向南窝在卧室,先搭配好她和江宏斌周末回家要穿的衣服,又钻到地下储藏室,打算扒拉些礼品带回去。向南看了看,架子上的一盒燕窝还有两个月就到期了,便取了下来,又抽出一盒子铁皮枫斗。

向南兴高采烈地提起东西从储藏室出来,往楼上走去,可她却忘了,今天是周五,江梓涵下午三点就回来了。

楼梯上,向南和江梓涵撞了个满怀。

向家的女儿（上）

江梓涵头戴耳机，嘴里叼着棒棒糖，正优哉游哉地双手插兜往下走。她冷不防地被自己的"小妈"这么撞了一下，立刻气不打一处来。

"你走路长点儿眼睛！撞尸游魂，赶着投胎啊！"江梓涵超级大声地骂向南，全然不顾大厅里还有保姆没有出去。

向南想到是自己先撞了人，于是赶紧道歉道："对不起，我光顾着拎东西了，没看见你。没撞到哪儿吧？"说着，向南放下东西，伸手去拉江梓涵，想看看她身上蹭到灰没有。

江梓涵可不是吃素的，她平时没事儿还要千方百计地找向南的茬儿，今天被向南撞了一下，更是得理不饶人，直接"啪"的一声，一巴掌重重打掉向南的手。

"对不起，不好意思。"向南继续道歉，只想息事宁人。

江梓涵却是块爆炭，只要一点就火星四溅，噼啪作响。

向南索性伏低做小，由着她欺负，认为等她折腾得没意思了，自然也就消停了。

但这回江梓涵却没那么容易消停。她冷冷地瞥了向南脚边的两盒东西一眼，立刻竖起眉毛，双手抱胸，阴阳怪气地嘲讽道："哟，这是又把我们江家的东西往娘家搬呢！来来来，正好让我看看，你又顺了些啥！"

向南马上警惕地往楼下看了一眼。保姆们看似都在忙，但向南可以百分之百肯定，她们绝对正竖着耳朵偷听呢。

"不是，我没有……"向南压着嗓子辩解。

"没有？"江梓涵瞪起眼睛，提起那两盒东西就骂道，"你别告诉我，你拿这些东西上楼，是打算自己煮着吃的？！这燕窝，我奶奶都没吃过，你居然要搬回娘家？合着我爸辛辛苦苦挣钱，全是为你们家打工啊！"

"梓涵！"向南再也无法忍耐，呵斥了江梓涵一声，"大人的事儿不用你管，你先回屋做作业。"

"你吼我？"江梓涵心头那股不服向南的劲儿又上来了，直接把东西往楼下一扔，"哐哐"两声，听起来极其惨烈，也不知摔没摔碎。

31

向南被吓坏了，忙往楼下看去，只见燕窝的外包装摔坏了，东西散落一地。向南倒吸一口凉气，正欲收回目光，却见江宏斌从门外缓缓走了进来。

江宏斌穿着黑色风衣，冷着一张脸，双手插在裤兜里，淡定地往事发现场走着。他不动声色，眉梢眼角看不出任何表情，唯有犀利的下颚线若有似无地带着一抹阴鸷的气息。向南即使从二楼楼梯上看去，也能看见他脚上的皮鞋泛着凌厉的光泽。

江宏斌进来后，整间屋子瞬间鸦雀无声，连正在干活儿的保姆都战战兢兢，屏住心神，下意识地放缓了擦拭花瓶的速度，眼皮更是抬都不敢抬一下。

"这是谁扔的？"一个阴森的声音响起。没有丝毫的暴怒，也没有高声的质询，江宏斌仿佛在陈述今天的天气一般，从齿缝间蹦出几个满是寒气的字眼。

向南和江梓涵都被吓住了。向南紧张得一个劲儿地攥自己的裙子下摆。江梓涵则脸上挂着色厉内荏的表情，还故意狠狠瞪了向南一眼。但她的演技实在拙劣，向南都能看穿她强悍伪装下的战栗。

江宏斌用皮鞋轻轻踢了踢散落在地上的盒子，而后缓缓抬起头，目光和向南隔空相接，敏锐中透着狠厉。

向南欲辩忘言，垂下眼眸，以沉默应对。

江宏斌移开目光，看向江梓涵。

江梓涵还想狡辩，急切又振振有词地说道："都怪向南！谁叫她要把这些东西偷回娘家去的？！爸，你在外面那么辛苦，这女人倒好，自己半毛钱不挣，还成天耗子偷米，拿着咱家的东西补贴娘家！"

江宏斌闻言，微微愣了一下。"呵呵。"一声不置可否的冷笑，从他胸腔中震颤出来。

一、二、三、四……

向南手心里捏着一把汗，眼睁睁地看着江宏斌一步一步地拾级而上。她像看悬疑片一样，眼神一刻也无法从他那双锃亮的皮鞋上移开。

江宏斌走到江梓涵面前，缓缓站定，将插在裤兜里的双手从容地拿了出来。

随着亲爹的逼近，江梓涵就是再桀骜不驯，此刻也害怕得瑟瑟发抖。向南看见她的小腿微微打战，肩膀如同秋天的枯叶颤动不止。

"啪！"江宏斌随意地抬起手，一巴掌扫过江梓涵的脸颊。

第三章　自家的生意

江梓涵捂着火辣辣的半边脸，直接摔倒在台阶上。她校服裙下的光腿磕到了台阶，立刻青紫一片。

向南都吓傻了，想要上前扶江梓涵。

江宏斌却微微分开腿，变换了一下站姿，轻而易举地把她给拦住了。他不痛不痒地斜睨了自己亲闺女一眼，唇角微动，冷斥道："'向南、向南'，'向南'也是你叫的？老子花大价钱送你去读书，你在学校里，连最基本的礼仪都没学会吗？！"

江梓涵捂着脸，眼眶里蓄满了泪，却一声都不敢吭。

虽然向南不喜欢江梓涵，但江梓涵到底是江宏斌的亲闺女，今天因为自己闹成这样，她总是于心不安。而且，现在看来似乎江宏斌替自己出了头，但日后江梓涵这笔账还是会落到自己头上。

向南蹲下身，想把江梓涵扶起来。可是江梓涵的倔强劲儿上来，丝毫不领情，一甩手把向南推到一旁。

这么大的动静，很快就惊动了江老太太和江家巧。

江家巧其实一早就听见江梓涵和向南在闹，但她是姑姑兼小姑子，左右为难。于是她选择明哲保身，躲在房里听动静。这会儿她哥发了大火还动了手，她实在没法继续装死，只得也出来了。

"什么了不起的事儿，也值得动手？"江老太太拄着拐杖，颤颤巍巍地从楼上走下来。和江宏斌一样，她满是沧桑的脸上只有冷峻，没有多余的表情。

她经过众人，未看任何人一眼，只是轻轻扶起台阶上的江梓涵，转头就啐江家巧："你是死人啊？！梓涵从小没娘，你这

向家的女儿（上）

个当姑姑的，就是半个娘！平时你不好好管教梓涵，非得闹到她老子动手，叫外人看了笑话！"

江家巧前狼后虎，左右为难，这种情况，不是她的错也是她的错了。江家巧忙认错道："是是是，都是我的错！我没管好梓涵……梓涵，还不快跟姑姑回屋去！"说着，她拼命冲江梓涵使眼色。

江梓涵却不领情，依然气鼓鼓的，像只带刺的河豚。打也打了，她索性捂着脸破罐破摔道："反正东西我也砸了，也没白白便宜了贱人！这一巴掌，值！"

见江梓涵还这么死鸭子嘴硬，江家巧着实吓坏了，赶紧把她拉到自己身后藏起来。

这回，江宏斌反倒没有恼怒，只是微微眯起眼，而后又将手插进裤兜，轻蔑地反问江梓涵："你说值就值？这个家里谁挣钱？是你江梓涵吗？"

面对江宏斌阴冷的质询，江梓涵下意识地往江家巧身后躲了躲。

江宏斌眉头略皱，扫了客厅里的每个人一眼，而后朗声道："江梓涵，我告诉你，你翅膀还没硬，别在老子跟前瞎扑棱！在这个家里，是我江宏斌挣钱！我挣的钱，我想给谁花就给谁花，轮不到你来做老子的主！听明白没有？！"

江宏斌淡定地说完，拢了拢风衣，随手拨开江家巧等人，攥紧向南的手，就往他们的主卧走去。

论耍狠，确实所有人都不是江宏斌的对手。他进来之后，不吼不叫，三言两语就平息了这场闹剧。

第三章 自家的生意

向南胆战心惊地跟他回到卧室，此刻外面再翻江倒海，她也不知道了。

江宏斌就是这点好，总能适时地给向南安全感。可是不知怎么的，向南最大的不安全感，又恰恰来自这个男人。她也说不清楚这是怎么回事儿。

平静下来的向南想向江宏斌解释，她微微翕动着嘴唇说："其实……事情也没那么严重，你今天不该出手打梓涵的。"

"她就是缺点儿教训。"江宏斌和往常一样，若无其事地坐在床边脱袜子。

向南在他腿边蹲下，面带愧疚又急切地想把事情的来龙去脉告诉他。

江宏斌心中早有定论，亲闺女和后妈，无非是那点儿意难平的破事儿。向南喋喋不休，他却心不在焉。他帮谁都无所谓，最重要的是，要让这个家安宁。他简单地"嗯"了一声，然后勾过向南的下巴，瞥了她一眼，就起身去卫生间冲凉。

向南听着卫生间里传来的"哗哗"水声，欣慰之余，心头又掠过一丝寒意。

江宏斌虽然今天当着众人的面，给了江梓涵一个教训，但其实也从侧面震慑了向南：但凡有人挑战他的底线，就算是亲闺女，他也丝毫不会手下留情，更何况是她。

向南回家的喜悦心情，被这么一闹，已然一扫而空。

……

晚上，江宏斌在书房里点燃一根雪茄，将一双细长的腿跷在黄花梨大板桌上。

向家的女儿（上）

江家巧仿佛做错了事的小孩儿，垂着脑袋坐在桌子对面。江宏斌的脚尖，正对着她的鼻尖。

"梓涵知道错了吗？"江宏斌问。

"知……知道了吧。"江家巧心虚至极。

父女俩都是不服输的性子，只是江宏斌更为老辣罢了。

"也是十几岁的人了，遇事这么沉不住气。"江宏斌吐了口烟圈，看向天花板，像是在自言自语，"喜欢谁、讨厌谁，都不该放在脸上。回头你仔仔细细把这个道理给她说明白了。"

"嗯。"江家巧点头。

江宏斌挥了挥手，示意她出去。

江家巧站起身，江宏斌又冷冷地吩咐了句："回头你去储藏室，拿一箱虫草、一盒海参，给你嫂子送去。"

江家巧会意点头。

江宏斌却仍憋不住心中的不满，责备道："梓涵小，可你都三十几岁了，怎么还要我教你做人？"

"哥，我哪有三十几岁？"江家巧小声地抗议道。

江宏斌厌烦地挥了挥手，让她赶紧出去。

第二天，江宏斌如往常的每个周末一样，八点多就出门去打高尔夫，中午在外头吃了饭，又和人喝了茶，下午才坐车回来。

向南早就在家坐立难安，期盼着和他一起回娘家，见江宏斌回来了，她忙不迭地送上自己为他精心挑选的衣服，挽着他的胳膊笑道："老公，你快去洗个澡，换件衣服，我们回家吃饭。"

第三章 自家的生意

江宏斌低头看了看自己身上的运动服,又望了望向南殷切的眼神,半晌,他懒洋洋地说道:"不用了吧,这身挺好。"

自己媳妇儿不就是想让自己给她撑场面吗?他这一身好歹也是高级运动装,就算向郅军、高平不认得,向前和邓海洋总该认得吧。

向南拗不过他,但还是喜滋滋地和他出了门。

江家巧急匆匆地追出来,手里提着大包小包,亲自掀开后备厢,将东西放进去,而后对向南好言好语道:"嫂子难得回趟娘家,我准备了点儿东西,带给伯父、伯母,一点儿小心意。"

"家巧,你太……"向南想起昨天的事儿,不好意思起来。

江家巧却故作大度地道:"嘻,梓涵她还是个孩子,你别跟她一般见识。昨天我说过她了,这些东西,还是她帮我去地下储藏室搬的呢。哥、嫂子,你们早去早回啊!"

"谢谢家巧。"向南拉着江宏斌,心情明媚地侧身上了车。

32

黑色的高级轿车缓缓从别墅门前开走,江梓涵窝在二楼的窗户后面,瞪着一双眼睛,恶狠狠地冲下面啐了一口:"贱人!"

江家巧碰巧回身,看到江梓涵骂人的口型,二话不说,立刻进屋上楼,拧住江梓涵的耳朵,一通耳提面命:"昨儿一巴掌,还不长记性?叫你不要招惹向南,你怎么就听不进去?"

江梓涵挣脱姑姑的手,不服气地"哼"了一声,甩下手里攥着的窗帘,扭头就往自己的书桌前走去。"那贱人要是生了孩子,我能分到的家产是不是就少了一半?要真生个儿子,我爸会不会把我打发到国外去,永远不要我回来了?"她佯装打开课本,嘴巴却一直在嘀嘀咕咕。

江家巧在一旁听得又好气又好笑,她索性拉过一个凳子坐到侄女旁,把话跟她说开。"原来你是担心这个,"江家巧道,"那你就更不应该挤对向南了。"

"为什么?"江梓涵合上书。

"你不就是怕你爸有儿子吗?那正好,这向南嫁过来也一年多了,肚子还是一点儿动静也没有。依我看,她那单薄的身板儿,看着也不像是个能生、会生的。"

听了江家巧的话,江梓涵沉默下来,不再像头暴虐的幼狮似的了。

"你奶奶是一定要抱孙子的!"江家巧继续循循善诱道,"你爸若是娶个能生的,说不定现在你弟弟都抱在手上了。就算他娶个没那么能生但有心机的,人家大不了去做试管婴儿,为了万贯家产,说不定双胞胎都能整出来。也就向南人比较实诚,从来没在这上头用心计,本本分分地过日子,平时还总是让着你。"

江梓涵其实心里什么都懂,就算不听姑姑跟她讲这些,她心里也不会完全想不到。可她就是恨,因为她担心向南随时会生孩子,抛出个定时炸弹来;她更忌妒向南,忌妒她自恃美貌,竟然连生孩子这样的大事儿都丝毫不上心,却还能紧紧拴住她爸的人和心。

第三章 自家的生意

"行了行了,我最后再和你说一次,这向南算是好的了,你要是把她给气跑了,回头你爸娶个浑身是心眼儿的狐狸精回来,你就后悔去吧!"江家巧站起身,抱着胳膊往外走。

"还有,"刚走出去几步,江家巧又回过头来说道,"别什么心思都写在脸上,十几岁的人了,一点儿城府都没有,以后进社会了,可怎么混?你不喜欢向南,你奶奶也不喜欢,你又何必去当这个出头鸟,没事儿找事儿,惹你爸心烦?好了,你学习吧,姑姑去躺会儿,搬这点儿东西把我给累得……"

江梓涵"啪嗒"一声,把书翻开又倒扣在桌上,随后干脆伏在书上继续生闷气。

人的一切痛苦,本质上都是对自己无能的愤怒。

……

车子已经驶出去好一段路,向南还一直把头靠在江宏斌的肩膀上,他的肩膀今天特别紧实、温热。江宏斌那么忙,肯陪她回家,她是很感动的。她们家那个小区,怕是之前都没来过江宏斌这样身家的人。昨天他打江梓涵替自己出头,向南心里虽然惴惴不安,却也很领老公的情。

江宏斌抬起手,轻轻拍了拍向南的脑袋。向南故意将头挨得他更近了。

江宏斌心底明知向郅军组这个局是为了什么,知道向前一定没少花心思,可他越是心知肚明,就越是沉得住气,装作一无所知。

"嗡——嗡——"手机振动的声音。

江宏斌身上一向带两个手机,一个用来处理公事,另一个总是揣在内兜，除了家里人和公司的熟人，很少有人知道这个号码。此时响起的是内兜的手机。

"喂？"江宏斌声音低沉，一听就知道，他肯定知晓对面是谁。

车里很安静，虽然隔着传声筒，可向南还是听出，对面的声音是一个有些熟悉的女声。这声音极有辨识度，向南的头贴在江宏斌的颈边，下意识地竖起了耳朵。

半晌，向南猛地反应过来，是明蔚！她打来电话干什么？

"好，我知道了。"也不知明蔚在电话那头说了什么，江宏斌只是简单地回答了一声，便挂了电话。

向南有些尴尬地朝江宏斌看去，可他神情依旧，干脆利落地把手机揣进怀里。

"老李。"江宏斌平静地对司机吩咐道，"先把夫人送到娘家，然后掉头去莫干山。"

"去莫干山？！"向南再也坐不住了，头一下子离开江宏斌的肩膀，直起了身子。

江宏斌侧目瞥了她一眼，面对向南已经开始失望的表情，只是轻轻捏了捏她的小脸，似哄非哄地说了一句："有事儿。"

"可我都跟我爸还有我大姐他们说好了……"向南急躁起来。

江宏斌不为所动，依然坚持自己的决定。他唇边勾起一丝霸道的笑，勾过向南的下巴，心想：这丫头像只小白兔似的，急眼了。

向南一赌气，转了个身，脸对着车窗外头，再不理江宏斌。

第三章 自家的生意

说好的事儿，突然变卦是什么意思？！她左右不了这个男人，但表示抗议总可以吧？

随着窗外的风景一一掠过，很快到了向家所在的小区。门卫一如既往地热情，在小区围墙侧面，给江宏斌扒拉出一个单独的车位。

车停稳后，江宏斌却丝毫没有要送向南下车的意思。

向南知道自己无力让江宏斌上楼，便赌气自己去拉车门。已然这样了，还能怎么办？向南认命了，打算自己回娘家。

"这个，拿给老丈人去戴。"这时，江宏斌低头随手摘下自己手腕上的表，塞到向南手里。他另一只手轻捻向南的耳垂，又凑近她用力吻了一下。

向南拎着礼品，手里攥着江宏斌给她的手表，眼睁睁地看着老李把车子掉头。透过另一侧的车窗玻璃，她看到里面江宏斌的侧脸，已恢复到平时那副冷峻阴寒的表情。

车窗缓缓关上，向南彻底迷茫了。她到底嫁了怎样一个男人？她低头数着台阶上楼，想利用周围破败的环境来放空自己的大脑。待会儿一开门，无论之前发生了什么，她都必须立刻进入状态，以乖乖女的姿态去面对挚爱的父母和姐姐。

"哟，南南回来了！"郑秀娥听见门响，立刻迎了上来。她满面的热情还没让向南绽开笑容，就又换了一副嗔怪的表情问："车子怎么停在楼下那么久才上来？宏斌呢？"

向南惊觉，他们方才停车的那个位置，从家里的厨房探出头去，是能看到车顶的。她心想：糟了，他们一定都知道江宏斌已经坐车到了家门口，却没下车就走了。

"吵架了？"郑秀娥仍在关切地询问，"宏斌怎么没上来？你俩是不是刚才在车里吵架了？"

"没有。"向南慌乱得连鞋都没换，拎着东西就往客厅走。

见她走了进来，正聚在一处嗑瓜子的向前、高平和邓海洋不约而同地抬起头看她。

向南感觉自己百口莫辩，不知该怎么面对大家，尤其是等待已久的大姐向前。这个该死的江宏斌……

33

见到向南，向前先是一喜，不由自主地站了起来，但随后一看，她身后空空如也，心中立刻腾起一种不好的预感：这个硬攒的局，只怕是要泡汤。

其实从柴进第一次催向前起，她就有种不好的预感。她感觉江宏斌从一开始就不情愿，这次更是刻意躲着她。以她多年做生意的经验，从来没有所谓的好事多磨，凡事只要开端不顺，中途一定也不顺，结局更是很难圆满。但是生意嘛，本来也没有圆满的，做成了最要紧。

来之前，向前对高平千叮咛万嘱咐，让他今天看在帮助老婆事业的分儿上，一定要多多给江宏斌面子。高平自然不情愿，来的路上还不耐烦地抱怨："你要谈公事，就去公司谈，干吗弄到家里来？本来我们几个连襟，大家平起平坐，现在倒要我这个大姐夫伏低做小，去对江宏斌点头哈腰？简直成笑话了。"

第三章　自家的生意

向前不和他争辩，只冲着窗外翻白眼儿。

"我知道，江宏斌有钱，可他有钱关我们什么事儿？我们又花不到他一个子儿，有什么必要对他卑躬屈膝的……"高平一边打方向盘，一边还在嘀咕。

高平这番很有骨气的话本没有错，可这会儿向前听起来，却多少有些刺耳。她想回怼高平，若不是她成天"卑躬屈膝"地求人，她手里的那些单子从哪儿来？难道是从天上掉下来的吗？没有单子就没有业绩，没有业绩就没有奖金。世间的美好是否环环相扣，向前不知道，但世间的利益肯定是环环相扣的。

"真看不起你们这些当销售的，为了几个钱，把自己的尊严和亲情都可以踩在脚底下！"高平还是个"愤青"，一开始抨击现实，就口不择言，喋喋不休，"要我说，明年我毕业了，你就别干了，辞职回家带孩子得了！等左左、右右上学了，我们就搬到学区房去，家里现在这套房卖了得了！"

这话高平已经说过好几十回了，尤其是这两年频率越来越高，但在向前这里就如同说笑话一样。"以后的事儿，以后再说。"向前捋了捋额前的头发，又回头看了看后座上的左左、右右，"今天这戏你想演也得演，不想演也得演。江宏斌这单，必须拿下来。现在已经不是钱不钱的事儿了。"

"柴进那小子又逼你啊？"高平下意识地问。

向前拧开手里保温杯的盖子，低头抿了一口，而后摇头："不是他。"

高平握着方向盘的手明显地放松了一下。

向前紧接着说:"是董事长。董事长下周要回来。"

"董事长?"高平一惊一乍,"他也盯着江宏斌?"

向前示意高平看前面,然后又喝了口水,实话实说道:"我是真不知道。不过,昨天董事长给我发了个消息,说他要回来一趟,还让我别和柴进说。"

"不和柴进说?"高平更疑惑了,"你不是说他俩'情同父子'吗?柴进敢在滨江这么嚣张,不就是摆着'太子爷'的款儿吗?"

公司的事儿向前和高平说得不多,也就是在解释她和柴进关系的时候,和高平提过几嘴,没想到,他竟然记得这么牢。

"所以我说我也不知道嘛。"向前心烦地盖上保温杯的盖子,"下半年冲业绩,我总得尽最大努力吧。现摆着的江宏斌的资源,不用白不用。老公,你就帮帮你老婆嘛!"向前很少撒娇,对高平来说,她的撒娇简直就是种警示,言下之意就是这件事儿不得不干了。

"好吧好吧。"高平勉为其难地点了点头,"待会儿我对他客气点儿就是了。你不是带了瓶酒吗?大不了,待会儿席面上我主动给他倒酒就是了。这都什么事儿啊?"

"谢谢老公!"向前兴奋地坐好,喜不自胜。

这会儿江宏斌没有出现,向前很失望,高平却觉得如释重负。邓海洋不明所以,就在一旁看个热闹。

"老江呢?他咋没上来?"向前接过向南手里的东西问道。

"他……"向南支支吾吾,"他……"

向前疑惑地看着妹妹。

第三章 自家的生意

"他……公司临时有点儿事儿,去莫干山出差了。"向南鼓起勇气道。

"莫干山?"向前心生疑惑,"那不是个度假村吗?周末去度假村出差?"

向南红着脸掩饰道:"嗯……他去开会。"

"那怎么不提前告诉我们啊?"向前顿时气不打一处来,差点儿就脱口而出,早知道这样,她就不来了。

向南下意识地看了邓海洋一眼,然后摸了摸向前的胳膊,算是安慰她:"他临时有事儿也是经常的事儿。他不来正好,我们一家人难得聚聚,我也好久没见大姐夫、二姐夫了。"

向前顺着向南的眼神,也瞥了邓海洋一眼,他看起来正盯着电视机嗑瓜子,但耳朵估计是支棱着的,不然也不会一声不吭。

"哦,是是是。"向前会意,忙又摆出笑容道,"一家人难得聚聚,那咱们就吃饭吧,左左、右右估计也饿了。"随即,向前朗声吆喝正在地毯上玩儿的双胞胎去洗手吃饭。

这时,高平这个不懂事的,也不知脑子里缺了哪根筋,竟然莫名其妙地把那瓶轻井泽威士忌"咚"的一声蹾在了桌上。

向前正在给右右挽衣袖,听见动静,抬头一看,直接被高平这个蠢材给气着了。

这时,邓海洋已经坐在桌边了,向前心急如焚地盯着那瓶酒,恨不得桌上能有个"撤回"功能,把那瓶酒收回去。这要是在自己家里,向前估计直接就跟高平发飙了:你不长眼睛,难道还不长心吗?!

向家的女儿（上）

向南也正在帮忙给左左挽衣袖，见状，抬头看了大姐一眼，只见向前脸都绿了。于是她马上善解人意地劝阻高平道："大姐夫，快把你带的好酒收起来！大家都是开车来的，你这是要害我们哪！"

"谁开车来的啊？"高平并不知道这瓶酒的价值，还杵在那里嚷嚷，"小妹你不是司机接送吗？二姐夫是坐地铁来的，我们回去是向前开车！"他见的世面少，在他眼里，这瓶酒和超市里买的那些并没有什么区别。

邓海洋的智商和高平不分伯仲，但他毕竟在职场中浸淫多年，又当了几年高管，眼界比高平高出许多。他轻轻把那瓶酒转过来看了一眼，然后讶异地抬眼去看向前和向南。

向前都快尴尬死了，总不能因为江宏斌没来，就把带来的酒再揣回去吧？那邓海洋怎么办？他肯定会觉得这个大姐待人有亲疏，看人下菜碟。

好在邓海洋并没有这么想，他本就怀疑老丈人攒这个周末局的用意，这会儿看这情势，也猜出了七八分。于是邓海洋主动把酒重新装好，又拍了拍高平的肩膀道："大姐夫，可快别闹了！我和向中正备孕呢！你可不能坏了我们家的千秋大计！"

听他这么说，向前和向南同时松了口气。

向南愧疚，没能把江宏斌抓来；向前更愧疚，为了一单生意，一家人连酒都不能好好喝，还得耍心计。

可谁让这酒是柴进的呢？不见兔子不撒鹰，向前倒不是舍不得一瓶好酒，而是回去没法跟柴进交代。这高平也不知道体谅人，脑袋绝对是被驴踢了，用脚指头想也知道，江宏斌没到

第三章 自家的生意

场,就不应该提酒的事儿嘛!"

向前狠狠剜了高平一眼。这一眼,刺痛了他的自尊心。他赌气坐下,用脚把酒拨到一旁。

自打向南进门,向郅军在厨房里就留意着客厅的动静,向中缺席,江宏斌临时放鸽子,他心里已然很不爽了,切菜时将砧板剁得"咔咔"直响。方才这么一段小插曲,他瞅得明明白白,心里火冒三丈,表面却不露一丝痕迹。

他铁青着一张满是沟壑的脸,走出来,把桌子下面那一瓶2008年的茅台"咚"的一声蹾在桌上,道:"喝这个!"

向前一见那瓶茅台,就心有不舍地说道:"爸,今天你怎么把退休的酒给拿出来了?江宏斌又不在,这不是浪费了吗?"

"噢,他不在,就是浪费啊?"向郅军毫不客气地戳穿向前的小心思。

向前瞬间脸红到脖子根:"爸,我的意思是……这不是一家人……人不齐吗!"

向郅军又严厉地去瞪向南。

向南心虚地垂下脑袋,继续整理左左的袖子。

"小姨,你弄好了没有啊?"左左奶声奶气地催促她。

"好了好了。"向南无奈地放开左左,低着头走到餐桌前坐下。

邓海洋见全家人的气氛越来越紧张、诡异,只得继续和稀泥道:"爸,要不咱今儿个就别喝了吧,我刚才跟高平说,我跟向中想备孕……"

"想,是一回事儿!做,又是另一回事儿!"向郅军坐在长桌一端,严厉地直接打断邓海洋,"这都七八年过去了,造颗北斗卫星都上天了!"向郐军这话说得毫不客气,"今天都给我喝,你要备孕,也不急在今天!向中也不在,你自己生啊?!"他坐在长桌的首座,围裙也没解,兀自打开茅台,黑着脸自斟自饮了一杯。

向郐军知道三个女儿都各自组建了小家庭,他这个老丈人就算希望一家人经常聚聚,也是人微言轻,可他就是忍不住生气。一来,他识趣,不会总要求女儿、女婿回来看他,虽然大家同在一座城市,也不过三五个月才聚一次。二来,他明讲了,今天这个家宴是为庆祝自己的"阴历生日"。就算日子是假的,那情谊总该是真的吧?这女儿、女婿也太不把自己当回事儿了!何况,他撒谎是为了谁?还不是为了这群小没良心的!

江宏斌缺席家宴的事儿,就像是滚雪球,将向家潜伏已久的隐患都滚了出来。

34

向中自从来到王玉溪家,便似正瞌睡的人碰着枕头,再不舍得离开。

王玉溪租住的是离园区不远的博士后公寓。他本没资格申请,但凭着人缘好,借到了某位师兄的房子,两千八一个月,包水电。二十平方米的房子,独门独户,一室一卫,被王玉溪打理得井井有条,还颇具品位。

第三章 自家的生意

向中家虽大，还离市中心不远，却被邓海洋造得像个猪窝。来到王玉溪的住所，向中仿佛从凡尘俗世中突然来到了世外桃源。这里山明水秀，足够她好好地释放一下往日的颓废阴郁之气。

"这个是……"一进门，向中就好奇地望向玄关处一个明显是特意安装的吊杠。

"噢，这个啊……"王玉溪侧身擦过向中的肩膀，在她面前轻盈地一跃而起，随即就演示了几个引体向上。他虽然知道向中要来，但仍穿得很随意，上身一件白T恤，下身一条黑色居家裤，简单大方。

面对王玉溪紧实又线条感十足的背部肌肉，向中有些发呆，她眨了眨眼，强迫自己镇定下来。他是在故意散发荷尔蒙吗？

"呃……"王玉溪向上律动了几下后，发出一声闷哼，从杠上跳了下来。他无意识地甩甩手，回头看向中。

向中红了脸，心也"扑通扑通"地跳个不停。她忙将目光投向别处，竭力假装若无其事地继续往里走。

王玉溪的卧室很简单，一张一米五左右的单人床，床上铺着蓝灰色格子的床单，两个灰白色的枕头，随意地摞在床头，慵懒柔软，让人很有靠上去的冲动。一旁的床头柜上散落着几本书，让人相信它们会被时常翻阅。

向中走过去，轻轻拿起一本看了一下，是李泽厚的《美的历程》，另一本是《菊与刀》，再一本是《21世纪资本论》。

"这些书都还蛮老的。"向中撩了下鬈曲的头发，捧着书转身说道。

王玉溪正给向中倒柠檬水，笑道："随便看看的。"他的手指纤长、白皙，指甲被修剪得干干净净，简直像一件艺术品。

向中接过水，低头抿了一口，而后左顾右盼，心想，怎么进来半晌也不见家里的主角——猫？

"你家猫呢？"向中心生疑惑。

王玉溪的住处，除了床头的书有些凌乱，其他地方都很整洁，地上、床上、单人沙发上，一根猫毛也不见。

"米酱。"王玉溪微笑着轻轻唤了一声，只听"扑通"一声，一个毛茸茸的身影，从衣橱上一跃而下，蹿到他俩脚边，把向中吓了一跳。

向中捂着胸口，凝视着脚下这个可爱的毛茸茸的小东西。它不是什么名贵的品种，却被主人打理出一种"濯清涟而不妖"的贵气。向中一伸手，它便纵身跃到她的膝上，一点儿也不怕生。

"它叫……咪酱？"向中撸着猫的毛问。

"不，是米酱。"王玉溪笑着解释，"米就是钱的意思。"

"那还不如直接叫'钱酱'，欲盖弥彰。"向中抬眼做出不屑的样子。

王玉溪咧嘴"呵呵"笑了一声，起身抖了抖腿道："米酱借给你一会儿，我去做饭。想吃什么？"

向中瞥了眼不远处的电磁炉和油盐酱醋，不相信地笑道："就这些？你还能给我整出满汉全席来？"

"别不信啊！"王玉溪背对着向中开始忙碌。他身姿挺拔，向中手里的猫则毛质柔软。

第三章　自家的生意

在整洁的环境里，向中感叹，如果这就是岁月静好，平淡浮生，那她愿沉溺其中，片刻永恒。

半小时后，王玉溪擦了擦手，和向中一起先喂了米酱，然后放开它，任它自由活动。米酱一跃，蹿上王玉溪的床。

向中追上去撸它，不自觉地竟也斜靠在床上。

昏黄暧昧的台灯下，王玉溪竟然有那么一瞬间的恍惚。米酱的毛光滑柔顺，向中撸得忘情。她投入的神情和耳边垂下的柔软鬈发，配上墙上柔媚神秘的剪影，不禁让王玉溪心旌摇曳。

王玉溪动了情，一时间竟抬手去撩向中耳边垂下的一缕长发。

向中正在撸猫，错愕地抬起头，四目相对间，气氛变得诡异又旖旎。

王玉溪和向中同时一惊，向中立刻坐了起来。

王玉溪连忙缩手，他的指尖在空气中停滞了半秒，而后惊慌失措地放下。

"吃……吃饭吧。"他磕磕巴巴道。

"好……"向中镇静下来之后，心头竟然腾起一丝小窃喜。这……不就是她想要的吗？来之前她预设了各种场景，只是没想到王玉溪竟然会如此害羞，他惊慌失措的样子，越发惹人怜爱。不过，低级的欲望，通过放纵获得；而高级的欲望，通过克制得到。向中已不再是给个布娃娃就会笑的小女孩儿了。

王玉溪一声不吭，低头给圆桌铺上淡青格子的桌布，又摆好餐具，而后点燃摆在桌上的一个香薰蜡烛。一切都像模像样。

"不用……这么高规格吧？"向中再次讶异。她听王玉溪说

向家的女儿（上）

要给自己做饭，原以为就是方便面加个蛋，或者一菜一汤而已。谁知现在，王玉溪虽说做的不是满汉全席，却安排了一顿烛光晚餐。

王玉溪做的菜不仅色、香、味俱全，还十分讲究营养搭配。这和向中平日里在家吃的简直是天壤之别。这才叫吃饭嘛，像邓海洋那样天天吃外卖，简直是肥猪拱食。

"来点儿音乐好了。你平时喜欢听什么？古典？民谣？"王玉溪征询向中的意见，按开案头的蓝牙音箱。

"民谣吧。"炫耀品位得有个限度，向中虽然算得上文艺青年，但对古典音乐还是似懂非懂，听听民谣就可以了。

一顿饭吃得悄无声息。王玉溪为方才的出手后悔，食不知味，不时地瞟一眼对面的向中。而向中，倒是真的陶醉其中，仔细品尝着食物的味道。

"你……"王玉溪刚想说什么，却被向中不咸不淡地打断。

"怎么到了你家，就不叫我'师傅'了？"向中用叉子把一块蘸着蓝莓酱的山药送进嘴里。

王玉溪红了脸，垂下头，埋头切盘子里的牛肉。明知向中在逗他，他还是莫名心虚起来。有些东西再好，终究不是他的，就像他暂时落脚的这间公寓一般，收拾得再利索，终究不是他的房子。

"师傅……"他垂眸低低叫了一声。

向中却立刻捶了他的头一下："逗你的。"

也不知怎的，慌乱中，王玉溪又鬼使神差地握住了向中伸过来的纤白手腕，可以感受到她急促跳动的脉搏。

第三章 自家的生意

两人终于再也装不下去了，王玉溪用最后的克制，松开手，喉结滚动了一下，道："我去喝水。"

他拿来的保温杯，竟然和送给向中的那只一模一样，只是颜色略有差异，向中的是粉红和粉蓝，他的是墨蓝和天青。

"这个杯子……"向中想起邓海洋怀疑过这是在团购网站上买的，狐疑地把王玉溪手里的杯子夺过来看了看。

王玉溪不好意思地解释："商场看见的，就买了两个。"

"你在商场买的？"向中惊诧出声，满眼的不可思议。

"是啊，就在上次我们碰见的那家商场一楼。"王玉溪莫名且无辜。

"不是团……"向中差点儿脱口而出，不过已然晚了。

王玉溪听懂了，倒是也没有生气，接过杯子，温柔地笑道："我知道，这个牌子的杯子，团购网站上的仿品很多。不过，越是好的东西，才越有人仿造嘛。"

"那这个杯子你多少钱买的啊？"向中还是忍不住问出口。

"怎么，你要把钱转给我啊？"王玉溪笑了，重新拿起刀叉，继续低头切牛肉。

向中绯红着脸想，自己还是过两天再去那个商场看一眼吧，这个邓海洋，把自己带进沟里去了，害得自己差点儿冤枉了人！

"吃菜。"王玉溪嘴里嚼着菜，若无其事地瞥了向中一眼，淡定地催促她吃菜。

向中抿了抿唇，心绪越发凌乱起来。

家宴结束后，向郅军送走了女儿和女婿，一个人气哼哼地对着一桌子残羹冷炙，又是摔盘子，又是丢碗。

郑秀娥系着围裙，抬头瞪了粗手粗脚的老伴一眼："你有啥不痛快的就说，别拿东西撒气！你要不想干就别干，这儿我一个人能收拾。"

"这都叫什么事儿啊！"向郅军果真就抛下抹布，愤恨地找了个座位一屁股坐下来，开始唉声叹气。

郑秀娥不明所以，继续像刚才一样收拾："你叹什么气呀！孩子们不回来，你生气还有个道理，今天这都回来了，你又不高兴，是不是好日子过腻了，不闹腾就难受？！别成天苍蝇采蜜——装疯（蜂）！"

"你懂个屁！"向郅军怒指着一桌子的剩菜，埋怨道，"刚一顿饭，你还没看出来？那南南都瘦成什么样了？！从进家门到走，也没个笑脸。这是好日子吗？是你郑秀娥一个人的好日子吧？！"

"嘿，你骂我干什么？"郑秀娥丢下手里的一把筷子道，"当初南南嫁给江宏斌，你们父女俩不是都挺满意的吗？一个说人家有钱，嫁过去吃喝不愁；一个说人家有本事、有能耐，佩服人家的才干。好话都被你们说了，现在日子过得不好了，反倒怨起我来了！"

说到这儿，郑秀娥十分不服气地抓起桌上的一块抹布，用力在桌上抹了两下，接着又道："早知道南南现在过得这么不开心，当初还不如听我的，等吕凉回来算了！"

"吕凉？！你怎么又提吕凉？！你个死老婆子，嘴上没个把门儿的，该说的、不该说的都往外秃噜！"向郅军一听"吕凉"

两个字，脸瞬间全黑了，所有的委屈和愤怒顷刻间喷薄而出，他狠狠捶了一下玻璃台面，拂袖而去。他觉得，一个人生闷气，也比旁边有个不懂事儿的瞎掺和强。

35

家宴散场的时候，向前执意让向南坐自己的车。邓海洋不明所以，倒是热情："大姐，我叫了车，可以捎上小妹，你们不顺路啊！"高平道："是啊，让向南坐海洋的车呗。"

向前狠狠瞪了高平一眼，而后婉拒邓海洋道："没事儿，我先把左左、右右送回家，然后上高架再把向南送回去。"

"你也不嫌麻烦……"邓海洋笑笑，转瞬间他悟过来了，向前这是有话要跟小妹讲。

高平不再吱声，一屁股坐上副驾驶座。向南识趣地和左左、右右上了后座。

一路无话。

到家后，高平领着左左、右右先上去了。向前让向南坐前边来，一脚油门又往江对岸的别墅区驶去。车内的气氛立刻轻松起来。

向南低着头，有些胆怯地问："姐，今天老江没来，你是不是很失望？"

向前看着前面说道："失望肯定是有一点儿，不过，这倒不是最要紧的。"

"嗯？"向南侧目。

向前侧头看了一下向南:"要紧的是你!你看看你,自己什么脸色,心里没数吗?眼下黑眼圈、泪沟那么重,皮肤也发黄,是不是夜里睡不好啊?我都跟你说了多少回了,女人得保养、保养!你别仗着年轻,就天天熬夜胡来!"

向南下意识地摸了摸自己的脸。

"我看你比上次见面时还瘦,是不是身体出了什么问题?要不要去医院检查一下?"刚才当着向郅军和郑秀娥的面,向前不好问向南。比起江宏斌的缺席,向南这单薄的身板儿和灰暗的脸色,更叫她担心。

"没事儿,姐,我不是一向都瘦吗?至于脸色不好……"向南放下遮光板,对着上头的镜子左右看了看,脸色似乎确实比前段时间暗沉了些,"可能是月经不调。最近我夜里总睡不好,人也犯懒。春困秋乏,或许是因为换季吧。"向南解释道。

听了她的话,向前心里有些起疑:"南南,你该不会是有了吧?别稀里糊涂的!"

"应该不会吧。"向南完全不当回事儿,"我从结婚,和老江就不避孕的,一直都没有。之前看过一次中医,说我体质比较寒,不容易受孕。我月经不调也不是最近才有的,好像结了婚以后,就不正常了。"

"年纪轻轻,怎么会不调?我和向中都没你这毛病。"向前心疼地嗔怪道,"你跟姐说实话,你是不是在江家过得不顺,心思重,压力大?"

向南抿了抿唇,沉默了。她不想让大姐担心,可也不想编瞎话。

第三章　自家的生意

向前见状用力一拍方向盘，厉声道："我这么晚开车送你，不就为听句实话吗！"

"姐，我挺好的。"向南小声说。

"你是不是当我们都是傻子？"向前见向南这副委曲求全的模样，索性摊牌了，"你以为爸妈不问，他们就啥也看不出来？你身量本来就小，每回来一次，都又小一圈儿。一米六几的人，现在才九十斤！你在江家修仙啊？！"

"姐……"向南眼眶一热，知道今天不说实话是不行了，挣扎了一下，吐口道，"别的都还好，就是……就是……就是江宏斌那个女儿……"她还是欲言又止。

"我就知道！"向前愤愤地说，"这青春期的小孩儿就是不懂事儿！你越让着她，她就越以为自己了不起，越发骑在你头上作威作福！你就得拿出家长的款儿来，该说说，该骂骂，你只要占理，怕什么？"

向南委屈道："我倒也不是怕她，不过是多一事不如少一事。再说了，我那个婆婆特别溺爱孙女，我要是敢'教育'江梓涵，老太太会跟我急的。"

"唉……"提起婆媳矛盾，向前也叹了一口气，"那老江呢？老江帮谁？"向前对向南抛出了核心问题。

"他……"向南不知该怎么回答。

明面儿上，江宏斌是帮她的，可也不知为什么，江宏斌对江梓涵越凶，她内心就越惴惴不安。这回向南和江梓涵闹别扭，虽然面子是有了，却也没得着啥便宜。那天晚上，江宏斌一个人睡在书房，也不知道是不是甩脸色给自己看。

"姐。"半晌,向南抬头,"其实我心里一直有个问题。"

"你问吧。"

"就是我一直弄不清楚,这老江对我……"向南迟疑道,"他对我到底是好还是不好?"

"这得问你啊!"向前有点儿哭笑不得,这叫什么问题?

"我也不知道。"向南确实迷茫,"你要说他对我不好吧,好像该做的他也都做了;可你要说他对我好吧,我总觉得跟他之间隔着十万八千里似的,有时候遇着事儿,他还特别严厉……我说不清楚。"

听完向南幽幽的表述,向前的心里倒是明白了七八分。这江宏斌就是只千年的老狐狸,向南不过是只出生没多久的小白兔,自然摸不清他的道行,所以她感觉迷茫。

"一个男人对你好不好,你自己是最清楚的。他对你好,你一定能确切感受到;如果你摸不透他到底对你好不好,还要问别人,那就是不好!"向前道。

"是这样啊?"向南的眼睛扑闪了两下。

"就是这样。不信你换个思路想想,你觉得吕凉对你好不好?"向前循循善诱。

"吕凉?"向南一愣,"姐,你怎么突然提起他啊?都是老皇历了。"

"好不好?"向前不依不饶地追问。

"不好。"对这个问题的答案,向南倒是十分肯定。

"你说说,为什么不好?"

向南回忆了一下和初恋男友吕凉的过往。

第三章 自家的生意

吕凉是高向南一届的师兄，都是纯艺班，她学油画，他学雕塑。吕凉一米八五，长得很帅，说他是学院的"院草"，也算是名副其实。他和向南是在一次大课上相识的。那天吕凉正好迟到，坐到了向南身边，借笔借书，两个人就这么走到了一起。吕凉刚追到向南的时候，学院里不少人还眼热了许久。男生普遍觉得向南这棵好白菜被猪给拱了；而女生们则认为，帅哥瞎了眼，向南何德何能成为他的女朋友。俩人谈恋爱的时候，确实是你侬我侬，只可惜……

向南咬了咬牙道："他要是真对我好，当初就不会因为一个J国艺术大学的奖学金名额而跟我分手。可见，平时的好都是假的！就算我不跟老江结婚，我和他也绝对不可能！"

向前听完笑了，说道："你这不是挺明白的吗？对你好不好，除了感觉，就是生活中的考验。你和老江在一起，衣食无忧，遇到考验的机会少，所以你看不明白。"

"那我就等着。"向南微微攥了攥拳，她想用时间检验江宏斌的真心。她可以等。

"对了，当初吕凉说去J国艺大交流一年，也该回来了吧？"向前想起这茬儿，提醒向南道。

向南挪了挪身体，完全不屑一顾："早回来了！前两天他去学院看导师了，还发了朋友圈。"

"那你点赞没？"向前故意逗她。

向南道："没，我有病啊，给他点赞！"

"哈哈哈哈……这才是我妹妹，有骨气！"向前对向南的回答十分满意，一踩油门，加速向前开去。

向家的女儿（上）

　　在吕凉这件事儿上，向前、向南和向郅军的观点一致：一次不忠，百事无用。纵然吕凉一表人才，和向南谈恋爱的时候对她千依百顺，但一次的背叛，便生生世世不能容忍。

　　但郑秀娥喜欢吕凉超过江宏斌，她有时抱憾，仍替他说话："男孩子嘛，总是求上进的。吕凉不奋斗，将来拿什么娶南南？再说了，奖学金是学校评的，肯定公平、公开、公正！南南总分是高，可专业成绩比不过吕凉。吕凉那雕塑做得，鼻子是鼻子，眼睛是眼睛的！女孩子还是别出国的好，国外多乱啊！你们就是等不及，一年而已，吕凉学成归来，他们俩再续前缘不也挺好……"

　　"好个屁！"这是当时在场所有姓向的人给郑秀娥的一致反馈。贪图名利的人，功成名就了也不会对爱情忠贞的。

　　"好了，姐，我到了！"到别墅门口，向南急急要下车。

　　向前一把拦住她，把那瓶轻井泽拿过来交给她，又从后备厢里拿出两箱专送客户的礼品，放在门口。

　　"姐！这……"向南受之有愧。

　　向前拉过她冰凉的小手，轻轻按了按她的手背："酒是给江宏斌的，礼品是给江家人的。你今天从江家拿了东西送爸妈，咱们若是不回礼，回头叫他们小瞧了你！……走了啊！"向前"砰"地关上车门，掉转车头往家开去。左左和右右还在家里等着她给洗澡呢。

　　向南眼里热热的，一手拿着酒，一手摁响门铃。

　　保姆出来开门，向南抿了抿唇，挺直脊梁，故意大声冲里面喊道："哎哟！重死我了！这是我爸妈带给咱妈的……家巧，家巧！你过来帮我一下！"

江家巧闻声，"噔噔噔"从台阶上跑下来，一看向南脚边的东西，脸上立马有了笑意："哎哟，你回去带点儿东西还不是应该的，还整回礼？你家人也太客气了吧！"

"这不是客气，是想着你们。你哥爱喝威士忌，喏，这瓶是我大姐专门托人从国外给他带的！"

"我的妈呀！这酒啊……老贵了！把我给卖了吧！"

"家巧，快别开玩笑了！咱上楼去看看妈。"

"走走走，正好把这盒灵芝给她拿上去。"

姑嫂和谐，有说有笑地关上大门。江梓涵在二楼竖起耳朵听着，心里说不出来什么滋味。

第四章 逢场作戏

第四章　逢场作戏

36

　　入夜，向郅军借着台灯的光，把向南给的那块手表搭在手上看了一眼，就气哼哼地丢进了抽屉里的铁盒。

　　这只原来装饼干的铁盒子，里面放满了江宏斌送给他的袖夹、钱包、手表、皮带扣和钢笔，这些东西大多是江宏斌临时从身上摘下来，让向南送来的。

　　郑秀娥伸头看了一眼，嗔怪道："要死了，不过啦？！刚你没听向南说，这块表可是值郊区的一套房呢！女婿孝敬你，你不喜欢，也别给弄坏了啊！以后我还想留给南南的孩子呢！"

　　向郅军叹了口气，盘腿上床："你懂个屁！"

　　"好好好，我懂个屁。"郑秀娥知道向郅军今天心里不自在，于是小声嘀咕，"也不知道是谁，以前最喜欢穿戴着这些东西跑到小区里臭显摆，哪回不是趁热乎的……"

　　这么一句话，就好像拿草棍儿捅了老虎鼻子眼儿似的，向郅军立刻掀开被子从床上跳了下来，指着郑秀娥的鼻尖，恼怒地吼道："我那是显摆东西吗？！我那是……"

　　郑秀娥坐在床沿上，丝毫不怵，一脸无辜地盯着他："是什么？"

　　向郅军一时语塞，他才不会告诉郑秀娥，那是女儿们过得幸福的证明。他只要觉得女儿们过得好，就心满意足，忍不住想出去显摆显摆,和东西没关系。

记得向中和邓海洋刚结婚那会儿,邓海洋参加市级马拉松,得了块镀铜的牌子,向郅军愣是把那块铁疙瘩缠在手腕上,在小区里溜达了一个月。

虽说现在邓海洋都快胖成熊了,别说马拉松,连马估计都拉不动了,但荣誉就是荣誉,不容玷污!什么叫"趁热乎的"?

"睡吧睡吧!"郑秀娥瞧着他憋屈的样子,又说不出个子丑寅卯来,于是不耐烦地挥了挥手,用一句"儿孙自有儿孙福"结束了对话。

向郅军心情沉重,一直辗转到半夜才迷迷糊糊睡着,梦里却一会儿是向南越来越单薄的身板儿,一会儿是弟弟向郅国哭丧着脸对着他。梦里的向郅国似乎还在责怪他:"我把南南交给你,现在她过得不幸福,是你这个当大伯的没尽到责任啊……"

向郅军被吓得一下翻身坐了起来,浑身是汗,大口大口地喘粗气。

郑秀娥翻了个身,习以为常。她知道向郅军这是老毛病犯了,向南每次回来,他当晚都会做噩梦。

邓海洋回家后,左等右等,仍不见向中回来。他打了个电话去催:"老婆,这都几点了?加班嘛,点个卯就行了!地球离了谁不转啊?再过会儿地铁都停了,要不我去接你吧?"

"不要!"向中在王玉溪家的卫生间里压低了声音回复,"我现在就出发回家了。"

第四章 逢场作戏

"好的，老婆，那我等你。"邓海洋丝毫没有怀疑，挂了电话。

倒是向中像做贼似的，心脏"扑腾扑腾"地乱跳。她一回身，瞥见梳洗镜里的自己，一脸的慌乱。她从镜中看到王玉溪常用的一把剃须刀，干净清爽，刀锋泛着冷峻的光芒。

向中一只手拿着电话，另一只手鬼使神差地伸向那把剃须刀。刀刃上的光芒鬼魅诱惑，散发着某种异性荷尔蒙的吸引力，勾引着向中。

"嗯——"向中倒抽了一口冷气。犹如卖火柴的小女孩儿伸手去触碰燃烧的火柴一样，美梦在触及的那一瞬间就破灭了。无情的刀刃划破了她的手，殷红的血从皮肉间渗出来。

"怎么了？"房间本就不大，王玉溪听见向中的声音，问道。

向中一脸惊恐地看着手上的一滴血正溅在雪白的陶瓷台面上。

王玉溪在门外焦急地敲门，向中无奈之下，只得把门打开。

"你受伤了？！"王玉溪一眼看到她手上的伤，情急之下，直接拉起来查看。

向中心虚，怕王玉溪追问她是怎么划伤的，好在他没问。

王玉溪找出药箱，先用碘酒消毒，又在伤口处贴上一片创可贴。

"好了。"二人四目相对。

王玉溪和向中同时感觉到，就在这一刻，一种暧昧的情愫在空气中流转开来。

向中低下头。

王玉溪为了打破尴尬，竟然像哥们儿般用力揉了揉向中的头："你也不小心一点儿。"

向中的头发被揉乱，一时无言，气氛更加暧昧了。

"咳咳。"王玉溪用手捂着嘴干咳了一声，又扯出另一个不相宜的话题。

"他……喊你回去了吧？"原来，隔着薄薄的一扇门，他什么都听见了。

"嗯。"向中也想告辞了，她没有继续赖在这里的理由。纵然，在这里的每一刻，她都如坠梦境。

"我送你去坐地铁。"王玉溪看了一眼手机上的时间，"跑得快的话还能赶上。"

他伸出一只手，向中盯着那只手，犹豫了片刻，贴着创可贴的手还是忍不住伸了过去。

夜幕中，一个身姿挺拔的男孩子，拉着一个长发飞扬的女人，踩着地上的落叶，在昏黄的路灯下飞奔……这个画面让她回到了十八岁的青春，她迷醉了。

……

向中在电梯里对着镜子整理了好一会儿衣服，直到电梯门快要关上，她才匆匆出来。明明这套衣服穿出去的时候还舒服自在，怎么才过了大半天工夫，就怎么看怎么别扭了呢？

她输入密码开门，看见邓海洋的一张大脸正对着门口。

"啊呀，你吓死我了！"向中捂着胸口，怒瞪邓海洋，"人吓人，吓死人的！"

邓海洋一脸莫名其妙，低头看了一眼手里热气腾腾的泡面，又吃了一口，道："我就是想看看你回来没。"

"回来了，回来了。"向中换鞋，全程不敢直视邓海洋的眼睛。

待脱了外套，她才一脸厌烦地对邓海洋道："晚上不是去我爸妈家吃的吗？怎么这会儿又吃泡面？没吃饱啊？！"

"快别提了。"邓海洋把泡面味儿搅动得到处都是，"岂止是没吃饱，今天这家宴啊，简直就是鸿门宴！老婆，你下次可别让我一个人去你家了，人家好怕怕！"

"鸿门宴？"向中疑惑，走向邓海洋，"是不是大姐和我爸又掐起来了？"

"那倒不是。"邓海洋放下叉子，"今天这事儿说来复杂，这么着，你等我吃完，给你好好说说。"

"干吗等你吃完？"向中丢过去一个白眼，"你少吃一顿会死吗？家里到底怎么了？"

"行行行。"邓海洋见老婆急了，赶紧放下泡面，走到向中身边坐下，慢慢解释道，"老婆，我看着咱爸今天攒这局是有原因的。大姐吧……她看着好像是有什么事儿要求江宏斌。"

"求就求呗，关咱们什么事儿？"向中不以为然。

"可问题就出在这儿！"邓海洋一拍大腿，"今儿你那三妹夫就没露面儿！而且是车都到楼下了，人却没上来，说是去外地开会了。"

"还有这种事儿？"向中也起了疑心，"都到楼下了，怎么不上楼跟爸妈打声招呼再走？"

邓海洋的脸上露出"你问我，我问谁"的表情。

"那江宏斌工作忙，出差也是常有的，这也不算什么大事儿吧？"向中继续疑惑地追问。

邓海洋赶紧作答："哎哟，我的妈呀！今天你是没看到向南那张脸，黄得就跟黄金瓜似的，盖了一层粉都能看出来营养不良！"

"在你眼里，谁营养'良'啊？就你'良'吧？"向中冲邓海洋的将军肚投去鄙视的目光。

"嘿！这可不光是我说啊。"邓海洋不恼，继续道，"你爸妈都看出来了，心疼得不得了。这向南不光脸色差，人还瘦了。人瘦、脸色差也就算了，在饭桌上也是一副心事重重的样子。"

"所以我爸就急了？"向中推测道。

"嗯。"邓海洋点头。

向中咂摸了一下邓海洋的描述，觉得他说的应该是事实。向南别说人瘦、脸色差了，就算是少了一根毫毛，向郅军都能瞧出来，恨不能杀鸡宰鹅地给她补补。而且，只要向南脸上少一丝笑容，向郅军就能脑补出一部情感伦理大剧。今天若是真像邓海洋描述的那样，那还了得？

"我爸是不是责怪大姐了，觉得是大姐找江宏斌办事儿，给了向南压力？"向中思索了一会儿，抬头问道。

"我看是。"邓海洋实话实说，"反正你爸今天是没给大姐、大姐夫什么好脸色。"

一切都在预料之中。

向中更加心烦，她挥了挥手，表示头大，不想再管这些。此刻她只想去卫生间洗澡。

第四章 逢场作戏

"你手怎么了?"邓海洋发现端倪。

"没什么,被订书机剐了一下。"

"你怎么不小心点儿?"

"知道了!这不是不小心吗!"

两人再无其他对话,向中去卫生间冲凉。

待向中出来,邓海洋已经将桌上的泡面汤喝得一滴都不剩了。他举着空桶走过来,问道:"老婆,依我说,要不咱们也攒个局,约他们两家子聚聚吧?我看你大姐也不容易,今天拎了那么贵重的酒过来,一看就贼有诚意。这年头,生意都不好做,咱们能牵线就牵线,至于成与不成的,看江宏斌。咱们只是给他们再创造一次机会。"

向中立马伸出一只手拒绝:"我可不蹚这浑水!回头我爸能打死我!我们家,大女儿和小女儿都是老头子的心头肉,就我这个中间的是捡来的。我躲是非还来不及呢,还主动跑去触霉头?!我大姐事儿成了还好,要是不成,全家都得埋怨我!"

邓海洋了解向中的性格,但他心地善良,实在见不得向前今天那副委屈的样子。

他自从娶了向中,最佩服的就是向前。这个大姐不光事业、家庭两手抓,而且在娘家,只有她敢和倔脾气的向郅军正面争论。可是今天,向郅军都快把向前埋汰到地里了,她竟然能一声不吭,全程给向南夹菜。高平在旁边,就跟个外人似的,纯看笑话,一句话都不说。大姐是真的难。

"行吧,你家的事儿,你说了算。"邓海洋收拾收拾,也去洗漱了。

向中侧躺在床上,抿唇思索了一会儿,又低头看了看手上的那片创可贴,背对着卫生间的方向睡了。

37

向南应付完江老太太,便身心俱疲地回到自己房间。今天江宏斌没回家,她已没力气计较,只想斜倚着床背,刷会儿手机,放空一下大脑。可她刚躺下,刷了两下朋友圈,就见到Mavis发的九宫格图片,立刻"腾"一下坐了起来。

向南简直不敢相信,Mavis的定位不光是在莫干山,她还坐在江宏斌的车里各种拗造型。

向南只觉得浑身的血瞬间往脑门儿上冲。

不用说,既然连Mavis都去了,明蔚肯定也在场。所以这个局的意义是啥?江宏斌今天抛下自己一大家子,难不成就为了带明蔚和Mavis去莫干山度假?

向南脾气再好,再给江宏斌自由,这会儿也忍不住了,她怒火中烧,直接一个电话打给江宏斌:

"在哪儿?"

"谈事儿。"江宏斌三个字就把向南给打发了。

向南握着一秒就被挂断的手机,只觉得天旋地转。她恨不能现在就冲到莫干山,亲自去看一看、听一听他们究竟在谈什么"事儿"。

可是,向南的愤怒只持续了几十秒,她就跟被放了气的气球一样,一下子瘫软下来。她望了望窗外黑漆漆的小区,都这

第四章 逢场作戏

个点儿了，所有司机都下班了，别说去莫干山了，她现在出小区都困难。更何况莫干山那么大，她去哪个度假村堵门？

很快，向南冷静下来，她开始用阿Q精神安慰自己：也许是真的谈事儿呢？也许还有其他人，也许……可是，Mavis为什么会出现在那里？所有的"也许"，都抵不过铁一般的事实。

如果可以带家属，江宏斌为什么不带自己去？在气愤和疑惑中，向南脆弱的身心实在支撑不住了，不由得迷迷糊糊地睡了过去……

半夜她惊醒过两次，睁眼闭眼都是江宏斌和明蔚的两张脸。

"向前，你发什么愣？快过来给左左、右右吹头发！"向前刚给左左、右右洗完澡，累得腰都直不起来了，还没休息一会儿，高平妈就以不会使用电吹风为由，扯着脖子喊她过去继续干活儿。

向前把手机揣进兜里，一边给左左、右右吹头发，一边满脑子都是方才看的基金曲线。说来也怪，在大盘忽高忽低的走势下，向南推荐的那几只基金竟然都鬼魅般地一直在疯涨，就算偶尔有一点儿下跌，第二天也必然是飙出天际的走势。

之前柴进也自称有内部消息，给向前推荐过基金和"妖股"，但最后无一不是赔得连底裤都没了。后来向前就不搞这些了，她劝柴进也别搞了，他俩这辈子注定没有偏财运，还是老老实实地工作吧。

看来"有钱人会越来越有钱"真不是一句空话，这江宏斌还真是个商人，确实有自己的门路。想到这里，向前又不明白

向家的女儿（上）

了，既然连这种能发一笔横财的事儿他都肯让向南告诉自己，为什么就不愿意从手指缝儿里漏几张单子给她做呢？

在电吹风"呼呼呼"的噪声中，向前渐渐有了自己的想法。她必须赶紧让这些想法成熟，而且能自圆其说，因为周一董事长就要在滨江的顶层等着她述职了。

周一一早，向前郑重其事地打扮了一番，小西装配胸针，看起来十分隆重。

高平一早就去了实验室，没看见向前的穿戴，倒是高平妈看向前的眼神有些异样，且在胸针上多凝视了好几秒。

向前不蠢，能读懂这眼神。一般高平妈用这种眼神看一样东西的时候，多半就是看上了。向前要是不给她，她也会觍着脸管向前要。可这枚胸针，向前还真不能摘下来送给她。这枚胸针是她在滨江第一次拿下销售冠军的时候，董事长亲自送给她的。她拿到胸针之后，在网上查了下价格，那一串"零"，看得当时月薪刚破万的她直咂舌。

这是董事长第一次在办公室单独见她。董事长长年定居国外，一年回来一两次，能被他接见，可算是无上荣光。纵使别人不知道，向前自己心里还是有点儿小骄傲的。

向前满面春风地走进滨江大楼，进入董事长专梯，看到电梯门慢慢关上，映在门上的胸针闪了一下，这时她猛然意识到了什么。事情很不对头，为什么这个"骄傲的"场合里没有柴进？这不合逻辑啊！

柴进一直是向前事业的缓冲带，任何事情，只要有他在，就算砸锅了，她也能安心地继续工作。可是这次，董事长为什

第四章　逢场作戏

么单独点名要见她？向前一度被"荣誉"冲昏了头脑，等她意识到这个问题时，已经来不及了。

电梯稳稳地停在了滨江顶层。

玻璃幕墙，竹林，中式布景，向前在秘书的带领下，穿过好长一个露天回廊才来到董事长办公室门前。虽然之前她来过一次，但若是没有秘书引路，这曲径通幽的，只怕还是很难找到这个地方。很多在滨江干了二十年的老员工都不知道，在滨江居然还有这么一片诗情画意的水墨风景。

果然，人上人就是与众不同，有钱就可以为所欲为。

向前深吸一口气，敲了敲门。

"进来。"董事长一身白衣白裤，正握着一柄高尔夫球杆，对着室内练习器练习推杆入洞。他屏息凝神对着一个球，丝毫没有停手的意思。

向前站定后，秘书就关上门出去了，密闭的空间里，气氛一下子变得诡异肃杀起来。不过诡异肃杀只是对向前而言，董事长倒是玩兴十足，从容淡定。

董事长不到六十岁，身形保持得不错。对外他总说柴进是他干儿子，可俩人站在一起，更像是亲兄弟。

向前见董事长有"事"，也不敢多言，垂着手，静静地站在一旁等着他结束。

董事长一共推了十二杆，才直起身，把高尔夫球杆插进一边的桶里，招手喊向前过去喝茶。

向前直到坐下才想起，距离上次见董事长，差不多已经过去了两百多天。

"孩子，喜欢喝什么？"董事长称呼向前为"孩子"，看起来十分平易近人。不过这些大人物，突然和蔼可亲起来，也让人心里挺害怕的。

向前拘谨地笑道："都行，董事长喝啥，我就陪您喝啥吧！"

董事长瞥了向前一眼，笑着一拍大腿，起身道："我爱喝冰可乐！要不给你也来一罐？"

"行啊！"向前呆了呆。她很想见识一下，董事长一会儿会不会拿出一罐1982年的可乐。但是很可惜，放在她面前的，就是一罐普普通通的可乐。

"刺——"董事长拉开他自己那罐可乐，仰头就"咕咚咕咚"灌了几口。

向前弄不明白他这是什么意思，于是也学他的样子，闭着眼睛痛饮了半罐。

"爽快。"董事长放下易拉罐，冲向前眨了眨眼。

向前都傻了，心想，董事长啊董事长，不就是喝了口碳酸饮料吗？你挤眉弄眼个啥？她当场掉了一地的鸡皮疙瘩。要不是他创办了滨江，向前真会觉得面前的是个搞笑艺人。

但下一秒，董事长二郎腿一跷，雪茄一叼，敛起笑容，便秒变"教父"。

向前一激灵，这冰可乐的后劲儿真大，都凉到心里了。

"跟着柴进好多年了吧？"董事长问。

向前谨慎答复："在滨江十年了。"

董事长不说话，半响吐了口烟圈，问道："十年了，那你对柴进这小子了解吗？听说，你还被他弄进去过？"

第四章　逢场作戏

向前道："都是过去的事儿了。"

"都这样了，你还跟着他，真是难得。"董事长似笑非笑道，"我听说，他挺喜欢你的。"

"董事长，您快别开玩笑了，我孩子都快上小学了，道听途说的话，可不能相信。"

"我像是在开玩笑吗？"董事长放下跷着的一条腿，冷面问道。

向前被他的气场压得死死的，吓得一声都不敢吭。

董事长盯着向前看了好一会儿。

向前的大脑飞速运转，看来董事长这次单独找自己，应该和柴进有关。但是，他们俩不是一直"情同父子"，好得穿一条裤子吗？董事长没有儿子，只有一个女儿，听说这个女儿一直想进娱乐圈，无心涉足商海。滨江的生意，能指望上的，大概只有柴进这个他一手带出来的"义子"了。

向前感觉浑身发冷。她的身份可太尴尬了，既不能说柴进的不是，也不能无所顾忌地夸柴进。从古至今父子反目的情况比比皆是，何况还不是亲父子？但是，最近也没有任何风声说董事长对柴进不满啊？昨天柴进不是还陪董事长钓鱼去了吗？向前坐在董事长办公室的沙发上，感觉自己就像只挂炉烤鸭一样备受煎熬，既想弄明白董事长找她的目的，又怕一旦弄明白了，她会死得很难看。

时间一分一秒流逝着，董事长手里的烟卷越来越短。

"柴进那小子，现在还不能成事，这次洪江的事儿，我要亲自给他好好上一课，我需要你协助我。"

果然，图穷匕首见，荆轲也不过是个工具人，向前的下场绝不会比荆轲好。她感觉头都要炸了。

38

"董事长，我才能有限，担不起这样的重任。"向前决定卸甲明志，绝不蹚董事长和柴进这摊浑水。回头无论事情成败，人家还是"父子"，自己则会成为弃子。自己还是牢牢抱紧柴进的大腿吧。

"你能。"君无戏言。

"我担不起。"

"你担得起。"

"不不不，董事长，您要不再看看别人……我真担不起。"

"你担得起。"说毕，董事长将手边的一个深黑色文件夹抛在茶几上，"啪"的一声，打断了向前的推诿。

"这是什么？"她好奇地拿起来。

"是你进入滨江以来的业绩和工作表现。"董事长轻描淡写地说。

向前翻开文件夹的第一页，倒吸一口冷气，这不是她十年前求职滨江的个人简历吗？低端的排版，稚嫩的照片，还有一堆她自以为是的"工作经历"和优点。再往后翻，竟然是——家庭关系。

这哪里是业绩？董事长早就做好了准备，把她祖宗十八代都扒了个底儿掉。

第四章　逢场作戏

向前合上文件夹，不敢再往下看。

"你进入滨江，业绩一直名列前茅，说明你能力没问题；十多年了，除了你，柴进的其他手下，被他气走的气走，跳槽的跳槽，只有你忠心耿耿地留了下来，说明你这个人……"董事长顿了顿，"念旧。"

向前忍不住好奇，终于抬头和董事长对视了一眼。

怎么？这么顺口的夸奖，后面不应该是"说明你这个人人品好"吗？为什么董事长对她的定论仅仅是"念旧"？这是个中性词，是褒是贬，主要看评价人的表情和语气。向前看不透。

"至于四年前那件事儿……"董事长手指间夹着雪茄，缓缓道，"柴进做的局，拿你去顶缸。你在里头，有礼有节，实事求是，没有为了撇清自己乱攀扯，乱栽赃，保全了滨江的声誉。这些我也都是清楚的。"

向前抿着唇，心里犯起一阵嘀咕：既然您老都知道，那当年为啥不出手捞我出来？我一个女的，在里面蹲那么多天，容易吗……

"天将降大任于斯人也。"董事长仿佛会读心术。

去你的吧！向前心里暗骂，这句话真是可以强行磨平所有委屈的"馊鸡汤"。

"不是，董事长，我真的……担当不起您的重任。"向前哭丧着一张脸，为了自己的安稳生活，继续竭力推辞，"柴进那脾气，您是知道的，他能活劈了我……"

"不会。"董事长很坚决，"正因为他喜欢你，所以，这件事只有你能做到。"

"董事长……"向前快哭了,"可是这件事儿牵涉到洪江,不瞒您说,洪江的江宏斌……"

"是你妹夫是吧?"董事长打断她。

向前一愣,很快反应过来,自己是关公面前耍大刀,竟然将心眼儿耍到千年狐狸的眼皮子底下来了,真是愚蠢至极。董事长若是没摸清楚这些就贸然找她过来,那他就不是董事长了。

"是。"向前无奈点头。

"那正好,我问你,既然你们是亲戚,洪江为什么不肯把这单生意给滨江?"董事长总算问到了点儿上。

这是向前昨晚押过的题,她长舒一口气,把准备好的答案缓缓道出:"董事长,我是这样猜测的:第一种可能是,虽然江宏斌是洪江的总裁,但每个公司都有权力纷争,也许他有掣肘。"向前顿了顿,抬眼去看董事长的表情。

他不为所动。

于是,向前自我推翻道:"但这个可能性不太大。我了解江宏斌,他霸道、阴鸷、城府颇深。他在洪江向来是'一言堂',他决定的事儿,任何人都改变不了。"

一支雪茄燃尽,董事长按灭它,表情略微松快了些。

"第二种可能是,他和我妹妹感情有变,所以他不愿意分一杯羹给我这个大姐。"向前继续推翻自己的预设,"不过嘛,有句话叫作'没有永远的朋友,只有永远的利益',我们滨江这次给的优惠力度这么大,按说有这种好处,江宏斌是不会拒绝的,他的格局不会这么小。"

董事长不言,一双深邃的眸子隐在金丝边眼镜后面,继续

第四章 逢场作戏

听向前往下说。

"那就只有最后一种可能了……"向前最后抛出了自己的推论。

"什么?"

"就是洪江世纪城这个项目,进展并没有表面看起来那么顺利,甚至有可能不赚钱。"向前道。

静默十几秒后,董事长既没有否定也没有肯定向前的推测,而是淡然地站起身,仿佛没听见她这番深思熟虑的话一样。

"送进来吧。"董事长走到办公桌前,淡定地对着内线吩咐了一句。

几秒钟后,秘书推门而入,将几只牛皮纸袋放在茶几上,又翩然而去。

"到饭点儿了,你陪我吃饭,我们边吃边聊。"董事长道。

向前盯着面前的外卖袋,这不是汉堡套餐吗?董事长确定不是在搞笑吗?都身家千亿了,就请她吃这个?

向前不知所措。这份午餐,伤害性不大,侮辱性极强。

"把外卖拿过来。"董事长吩咐。

董事长的办公室里有一张墨黑色的大理石台子,上头垂着水晶吊灯,一看就是他平时解决午餐的地方。

向前拿着外卖袋走过去,才发现这张大理石桌子居然没有细闪,全是纯天然的纹理,立刻又敬畏了几分。

桌边,有两张实木皮椅,董事长让向前挑一张坐。向前诚惶诚恐地坐下。

董事长从酒柜里拿出一瓶白葡萄酒,上面印着"双鸡"图案。

向家的女儿（上）

向前瞬间睁大了眼睛，她今天终于见识了真正的"人间凡尔赛"。这是勒弗莱酒庄（Domaine Leflaive）酿造的白葡萄酒，因为酒标上有两只鸡的图案，所以被酒友们亲切地称为"双鸡"酒庄。这瓶霞多丽（Chardonnay）是勒弗莱的主打，几乎是世界膜拜级干白水准，位居白葡萄酒界前列。这么一瓶酒，居然拿来配汉堡？有钱人的脑回路，到底是啥样的？

"你帮我把柜子里那套餐具拿出来。"

"咚"的一声，董事长已经起开了那瓶酒。

向前仿佛看见他当着自己的面，把自己一个月的工资就这么给撕碎了。她乖觉地按命令取出瓷盘和刀叉。不过这玩意儿搁在大理石桌上，搭配旁边那几个牛皮纸袋，怎么看怎么怪异。

董事长吃个汉堡也这么有仪式感吗？向前忖度，董事长难道是只隐藏得极深的"土狗"？

董事长倒好两杯酒，又掏出一只牛肉汉堡，放进瓷盘里，摆好刀叉。

向前留意到，他手腕上没有戴表，只绑着一只智能手环。

科技土狗。她想。

但很快向前就被打脸了，董事长接下来的操作，让她再次感受到了"不要把聪明人当傻子，如果他真的看起来像个傻子，只是为了合群"这个道理。

董事长没有给向前餐具。向前只得扒开包装纸，默默地咬了一口汉堡。

"你平时很少吃这种快餐吧？"董事长随和地问。

向前点了点头："这种东西火大，我们做销售的，得保持心

第四章　逢场作戏

平气和。"

"挺好。"董事长握着刀叉笑道,"但我倒是常吃,垃圾食品使人快乐。"

向前一通尬笑,心想,你有钱你说了算,你想吃什么都可以!

董事长慢条斯理地将汉堡里的肉、生菜和面包,用刀叉轻轻在盘子里分开。

向前嘴里嚼着汉堡,凝视着他这波行云流水的动作,突然,她好像开窍儿了。

"咳咳……"向前在清醒的瞬间,成功地把自己给呛到了。

她跟着柴进实在太久了,太急功近利了。他们每天做的、想的,都是怎么把"汉堡"卖给别人。但董事长的这套操作,其实是对产品做了新的拆解。汉堡拆开就是生菜(果蔬)、肉(蛋白)、面包(优质碳水),这样一来,垃圾食品一下子就变成了绿色健康食品。

世纪城的项目一直具有争议,很多人认为现在再造这样的"土豪shopping mall(购物中心)"很低端,所以都不看好这个楼盘。而柴进和向前一直想的都是,管你低不低端,我只管把我的"汉堡"塞给你,赚一笔就完了。你是豆腐,我卖渣,业绩才是第一位的。

今天以前,向前对江宏斌的印象,一直都停留在"大logo",觉得他就是个没文化、没品位的土老帽儿。实际上,马斯洛的五大需求层次,江宏斌早已向上爬了一层又一层,那个"十佳青年",只是他"自我实现"的第一步。

向前意识到，自己的反应实在是太慢了。

"董事长，我懂了。"她不好意思地垂下头，继续啃汉堡。

董事长若无其事地继续用刀叉切汉堡。

"您的意思，要不要告诉柴进？"向前试探着问。

董事长举起酒杯："我希望他能自己想明白。"搁下酒杯，他继续切牛肉："这个项目就交给你去办。你很聪明，担得起大任。柴进是我干儿子，我不介意再多一个干女儿。"

"董事长，您太抬举我了，只怕我达不到您的期望。"

"你能达到。"董事长叹了口气，突然幽幽地说道，"要是我女儿也能像你这么脚踏实地地在滨江……算了，不提也罢！她那些乱七八糟的唱跳，我是看不懂。滨江，还是得靠你们。"

向前缄默了。半晌，她松口道："好吧。"

39

周一一早，向南在头痛欲裂中醒来，一瞅闹钟，已经七点十分了！

她一骨碌坐起来，手忙脚乱地找拖鞋，刚走出去几步，就一阵眩晕。她微微扶了扶脑袋，待眼前的金星散去，就忙不迭地往楼下冲。

还好，江梓涵没走。司机正拿着她的书包，刚拉开车门，向南就托着一个饭包追了上去。

"梓涵！梓涵！"向南还未梳洗，披头散发，一脸浮肿。

江梓涵把住车门，不耐烦地回头。

第四章 逢场作戏

"这是我昨天包的春卷,你带去学校吃吧。"向南把包好的盒子塞到她手里,"你用微波炉热一下,跟室友们分分吃。"

"油腻腻的,谁吃这些破玩意儿!"江梓涵嘀咕了一声,一点儿都不想接过去。

要知道她学校里那些同学带的零食,不是正宗的"和果子",也是瑞士带回来的手工巧克力。她带一盒春卷?别人会拿她当笑话看的!

正好这时,江宏斌的车从远处静静地驶了过来。江梓涵怕又生出事端,于是放弃了抵抗,赶紧捂着饭包上了车。

向南替她关上车门,也瞥见了不远处江宏斌的车。她厌恶地转过身,直接进了屋。

而江宏斌从莫干山回来之后,该吃饭吃饭,该睡觉睡觉,对出去的事儿只字不提。他和向南之间,仿佛什么也没发生,一切都是她自作多情。

向南心里越来越憋屈,终于忍不住多了一句嘴:"那个……莫干山,你和谁一起去的?"

江宏斌正在解扣子,回头瞥了向南一眼:"你不是从来不问我生意上的事儿吗?"

"这次不一样!"情急之下,向南脱口而出。

江宏斌满不在乎:"有什么不一样?不都是出差吗?"

向南一肚子气,却又不敢爆发,只能皱着眉头去做别的事儿。反正该问的她已经问过了。

江宏斌心知肚明,但他就是不想惯向南这种疑神疑鬼的毛病。"跟我结婚这么久了,我以为你适应得不错。"他走过来道,

"该问的问,不该问的最好别张嘴。问完了,也不是你想要的答案。"说完,他就洗澡去了,完全不管愣在原地的向南。

"噢,对了。"卫生间前,江宏斌驻足,头也不回地吩咐道,"明天在紫金区,有个公益活动,你去参加一下。洪江的公关一早就会过来,把流程给你讲清楚。你该剪彩剪彩,该讲话讲话,照着公关稿念就是了。省得你闲在家里,无事生非!"

向南委屈地指了指自己的鼻头,她"闲在家里,无事生非"?这话江宏斌是怎么说出口的?她家庭主妇的工作不要太饱和好吗?

向南想把自己捶死,这结个婚,她怎么越过越窝囊了?!她想起结婚前在娘家的时候,虽然物质水平比现在差很多,但父母姐姐都像呵护掌上明珠一样捧着她。她做什么事,说什么话,从来不需要去考虑别人什么心意,什么想法。嫁给江宏斌之后,他实在太会PUA(精神控制)了,她渐渐过上了仰人鼻息的生活。

"我不去。"江宏斌洗完澡出来,向南经过深思熟虑,还是拒绝了。

"我叫你去,没问你愿不愿意。"江宏斌冷冷地道,拿条毛巾坐在床边擦脚。

"我是个人!"向南将这些天来的怨气直接爆发出来。

"我知道你是个人。"江宏斌斜眼看她,"一个人有很多社会身份。你明天的社会身份,就是我江宏斌的夫人,一位热心公益的企业家太太。"

"什么热心公益?都是作秀。"向南嗫嚅道。

第四章 逢场作戏

虽然结婚时间不是太长,但向南还是看出了端倪,江宏斌就是个彻头彻尾的商人,一切行为都是为了利益交换。"公益"他确实是常做,不过重点在"益",而非"公"。

"做我江宏斌的老婆,得学会谨言慎行。"江宏斌语气平静,把手里的毛巾摔在一边,"什么该说,什么不该说,到今天还不知道吗?"

向南委屈地闭了嘴。经济基础决定上层建筑,她和江宏斌吵架,从来不是谁嗓门儿大谁就有理。

"别给脸不要脸。"江宏斌已然不悦,不耐烦地继续道,"另外还有一件事儿,明天晚上的慈善晚宴,我请了你导师和吕凉,你打扮得体些,一起来参加。"

一天赶两场,不去还不行,向南脑袋嗡嗡的。她执拗地拒绝道:"我不去!你又不是不知道我和吕凉的关系……"

"不就是前男友吗?屁大点儿事儿。"江宏斌直接躺倒,仿佛在说一个遥不可及的八卦。

向南想,自己到底是不是他老婆?还有,怎么他娶了自己,还没把媒人踢过墙去?他和自己导师的联系还没断呢?不符合他以前的作风啊!

"明天叫江家巧也去!别成天窝在家里,多出去认识点儿青年艺术家,早点儿嫁出去!"江宏斌翻了个身,说完这句话,立刻鼾声大作。

向南愤愤地捶了两下枕头。江宏斌就是吃准了这一点,她既捶不扁他,也搓不圆他,大不了就是一拍两散——离婚。江宏斌绝对不会比她更在乎。

向家的女儿（上）

　　向南想起向郅军在小区里拿三个女儿吹牛的样子，又想到两个姐姐都各自成了家，生活稳定，自己若是离了婚，境遇恐怕不会比现在好。她一个画油画的，能找到什么工作？弄不好还得回家啃老。向郅军和郑秀娥的退休金加起来不到一万，要想维持小康生活，都得靠女儿们补贴，若是她真离了婚回娘家住，三张嘴吃退休金……

　　向南不敢继续往下想了，她含着眼泪，也躺到一边睡了，手里还牢牢地攥着手机，屏幕上是Mavis的朋友圈。她已经研究了千百遍，就想找出点儿老公出轨的证据。

　　周一，向中按时按点儿地去上班。

　　在园区门口，她遇见了王玉溪，俩人心照不宣地相视一笑。

　　"早。"

　　"早安。"

　　简单的问候过后，俩人的脸颊都绯红起来，而后迅速分开，仿佛彼此间十分生疏的样子，一前一后地走进单位。

　　向中刚把包放到座位上，就见工位上放着一杯美式咖啡的外卖，订单备注是一颗爱心。

　　向中甜蜜一笑，回头看了王玉溪一眼。王玉溪含笑，微微点了点头，算是默认。

　　向中甜滋滋地取出咖啡，正巧杨姐过来找她。

　　"哟！这么早就喝上咖啡啦？"也许是订单备注上的那颗爱心太过明显，杨姐顺手拿起来，坏笑道，"老公给你点的吧？哎哟，年轻人就是喜欢秀恩爱！这一大早，狗粮给我撑的！"

第四章 逢场作戏

"姐,快别开玩笑了!"向中紧张地瞥了王玉溪一眼,怕他多心。但王玉溪的椅子已经转过去了,一副"两耳不闻窗外事,一心只读圣贤书"的模样。

杨姐大大咧咧的,看不出向中的心思,反倒是俯在她肩头,小声散播着最近听来的小道消息:"你知道吗?咱们这儿明年开始不进人了。"

"真的假的?"向中睁圆了眼睛,讶异地问道。

"我骗你干什么?"杨姐直起身说道。

向中的单位一向如此,看起来大家都各行其是,其实从来没有秘密。

"这事儿都传了好几年了,年年传,年年不还是照样进人?"向中半信半疑地说。

杨姐伸直了脖子,往王玉溪的方向探了探,似乎怕他听见,而后神神秘秘地硬拽着向中往茶水间走去。

刚在茶水间站定,杨姐就嗔怪地道:"你别在外头嚷嚷啊!这回啊,是板上钉钉了!"她又拿食指朝上郑重地指了指,"我听上头说的!明文都快下来了。"

"真的啊?!"向中还是不敢相信。

"所以说,这就是命!"杨姐捂着茶杯盖,啧啧摇头,"那个王玉溪,再优秀又怎么样?P大学推荐来的又有什么用?还不是没戏!要怪只能怪他没运气,碰上咱们缩减编制!"

"怎么还要缩减编制啊?"向中大惊失色。

杨姐忙按住她,压低声音解释道:"你傻啊!我们这种单位是不会裁人的。上头叫我们缩编,就是不给编制,不进人了呗!

今年咱们这儿，退休三个，不就是缩了三个？"她伸出三个手指头。

"噢……"向中微微松了口气，但很快她就发现自己的心多了一个缺口，那王玉溪……注定是留不下来了。她一阵心痛，随后攥紧拳头，咬着牙对自己说：留不下来也好！

情感失控的列车已经开出去了，谁知道以后会发展成什么样子，万一脱轨，低头不见抬头见的，不也尴尬吗？不如索性接受命运的安排好了，是走是留，听天由命。她尽了最大努力说服自己，但仍压不住心头的阵阵隐痛。

"你想什么呢？"杨姐用手在向中眼前晃了晃，"不是和你说了吗？你没事儿！早知道你心思这么重，就不把这个消息提前告诉你了。"

向中红了脸，她真不知道该感谢杨姐提醒，还是该怪她多嘴多舌，惹自己烦心。

"咳咳！"只听一声咳嗽，茶水间的门被推开了，王玉溪面容平静地走了进来。

杨姐在嘴上做了个拉拉链的手势，然后就先撤了。向中傻愣愣地还待在原地。

"你和杨姐又聊啥呢？"王玉溪弯下腰，背对着向中，边接水边问道。

"没……没什么。她……她说她家里那点儿事儿呢。"向中说完，便端着咖啡，满怀心事地匆匆离开了。

第四章　逢场作戏

40

自打向前从董事长办公室出来，柴进就听到风声了，明里暗里地揶揄了她好几次，而且从此不看《水浒传》，改读《三国演义》了，还动不动就把"三姓家奴"挂在嘴上。

向前懒得理他，心想他这时候大概就跟个怨妇似的，闹一闹也就过去了。

到了下班时间，向前比平时早走五分钟，其实也已经过了打卡的点儿，却看见柴进抱着胳膊跟个柠檬精似的阴阳怪气地说："哟，这有了靠山就是不一样哈，早走都这么理直气壮。"

向前瞥了他一眼："你有病吧。"

柴进气呼呼地翻了个白眼，走了。毕竟，他现在要是继续作妖，就等于在整个滨江"官宣"了向前是"御前红人"，他自己是盘"隔夜菜"。

向前开车回家，路上还是给向南打了个电话。向南心情不好，趁机跟向前吐槽了江宏斌布置给她的"作业"。

"剪彩？剪什么彩？"向前戴上蓝牙耳机。

"好像是老江给一所聋哑学校投钱，搞了个关爱扶植基地。"向南道。

"聋哑学校？"向前觉得耳熟，她果断一转方向盘，靠路边停车，打开手机地图，"向南，你说的是不是世纪大道后面的那所聋哑学校？"

"是啊，姐，你怎么知道？"向南道。

"好，我知道了。"向前心里开始盘算，"对了，你刚才说晚上？晚上又是什么活动？"

"姐！我正为这事儿发愁呢！你知道吧，老江他……他居然买断了吕凉的十二件雕塑作品，说要放在新建的产业园里。明晚是慈善晚宴，他要跟吕凉签约，还叫我去，尴尬死人了！"

"那你就去呗。"向前道，"他都不尴尬，你尴尬什么？你和吕凉谈的时候，还没他江宏斌什么事儿呢。"

"……"向南语塞。理儿是这么个理儿，但一般人还真做不到如此的"宽宏大量"。

"行了，你别想那么多了。明天晚上不是慈善晚宴吗？你地址发给我，我陪你去！"向前豪爽地拍胸脯，表示愿意作陪。

"真的？"向南喜出望外。

"嗯。"向前心里早就想好了，无论江宏斌如何避而不见，她都要一再求见。见面三分情，见面才有破局的可能性。另外，她也确实不放心向南。

晚上，向前回到家，累得直接一屁股坐在沙发上。有时候人的累不是简单的体力不支，而是因为心累。

"妈咪！你回来啦？陪我们玩儿！"左左、右右一见向前，立刻像口香糖一样黏了上来。

左左是男孩儿，天生调皮，动作幅度也大，一不小心带翻了茶几上的一个杯子。象牙色的液体洒了出来，流了一桌。每每看到这种画面，没有哪个当妈的能不炸毛。

"哎哟！你慢一点儿呀！什么东西？谁喝剩下的？怎么放这儿啊？"向前扶起纸杯一看，是一杯奶茶。

第四章　逢场作戏

"奶茶？这是谁喝的？"向前严厉地追问左左、右右。

"不是我喝的。"两个小粉团儿异口同声。

等等，这个杯子上贴的备注……向前感觉似曾相识，"加芋圆、奶盖，三分糖"？向前想明白以后，心态顿时崩了。

"是不是李老师喝的？！"向前用几近失控的语调质问孩子们。

左左摇摇头，表示他没注意。

倒是心细的右右，想了想，"检举"道："是爸爸帮李老师叫的！爸爸还问我们喝不喝。"

"什么？！"向前怒不可遏，直接冲着正在厨房里忙活的高平怒吼道，"高平！你给我滚出来！"

高平正帮着高平妈洗菜，一听向前变了调的声音，吓得手一抖，一笸箩的菜直接掉进洗碗池里。

高平妈愤恨地侧目，没好气地说道："看把你吓的！她号她的，你紧张什么？能有什么不得了的大事儿？"

"妈，我还是去看一下吧。"高平迅速摘掉袖套、围裙，走了出来。

"这怎么回事儿？"向前铁青着一张脸，举着那杯只剩一点儿的奶茶，要高平给她一个交代。

高平感到莫名其妙，待看清她手里的奶茶杯，才反应过来："不就是一杯奶茶吗？今天李书讲了两小时的课，说想喝奶茶，又不知道我家的具体地址，让我帮她点一下，回头钱转给我，我就帮她点了嘛。人家是家庭教师，喝杯奶茶的自由还是要给的啊！"

向家的女儿（上）

向前无语了，她今天还是第一次听说，家庭教师是可以"奶茶自由"的。她听滨江的同事说，有些专业的家教，来家里给孩子上课，都尽量上好厕所再过来，只为了尽量不进入雇主家的私密空间。这李书竟然拿这儿当她们宿舍，叫上奶茶了！这不仅说明她十分随便，而且也极其不专业。

"我记得这个奶茶的牌子，就是你上次在外卖软件上叫过的那个！"向前不得已，只好翻出旧账，"你之前在实验室是不是也给她点过？"

"实验室？"高平一脸茫然，仔细回想了下，答道，"好像是有这么回事儿，我也记不清了。"

"好像？"向前重复他的用词。

"应该是点过一次。"高平努力回忆道，"那次是她说，她不怎么点外卖，用我的账号点优惠力度大。"

"优惠力度大？呵呵……"向前干笑了两声，把那只污秽的纸杯丢进垃圾桶。

这一刻，她心里更加确定了：这个李书进入他们家，绝对没安什么好心！既然要"偷吃"，也该吃干抹净，把垃圾丢掉，如此堂而皇之地将证据"遗漏"在茶几上，是什么意思？就是故意等向前回来后主动发现呗！她这是赤裸裸的挑衅呢。

"明天你就把你这个师妹辞了，以后别再让她来咱家了！"向前用不容商榷的语气对高平说道。

高平愣在原地，还不清楚到底发生了什么。怎么一杯奶茶，就扯到要辞退李书的事儿上了？也罢，辞就辞吧，这李书还是辞退了消停。高平对向前的做法并不怎么赞同，但感觉这样似

第四章 逢场作戏

乎是最简单的解决办法,一了百了,他也图个清静。

"行吧,你说了算。"他不太情愿地说。

向前抽出几张湿巾,默默地把茶几擦干净,事情解决了就行,管高平情不情愿。

谁知,右右突然坐在地毯上抽泣起来。

"怎么了?怎么了?"向前只好先丢下手里的活儿去哄右右。

"不要辞退李老师!不要辞退李老师!"右右由抽泣逐渐转变为大哭。

向前刚抱起右右,左左的小眼睛也红了起来:"不要不要!我就要李老师!"

两个娃娃一起哭闹起来,立刻闹得向前和高平六神无主、手足无措。

"啪!"背后传来重重的一声。

向前回头,只见高平妈黑着脸、拧着眉,重重地将一把筷子拍在餐桌上。

"吃饭!!"她厉声喊道,明显是对眼前发生的事儿心知肚明。

向前的心被孩子的眼泪给泡软了,只得先用软话哄他们道:"好好好,不辞不辞……我们先吃饭,吃完饭再说。"

"不吃不吃!我就要李老师!""我也是!妈咪,不要辞李老师!"左左、右右手脚乱动,表现得相当急躁。

她才几天不在家,这到底是怎么了?向前越发疑惑了。但当务之急是让大家都能够吃上饭。"好好好,这事儿回头再说……"她后退了一步。

高平也帮着说道:"好了好了,左左、右右乖,妈咪跟你们开玩笑呢……那你们告诉爸爸,李老师平时对你们好不好?"

"好!"又是奶声奶气的异口同声。

向前完全蒙了。要知道左左、右右刚上幼儿园那会儿,可是足足闹了两个星期。一般小孩儿刚开始去幼儿园,闹一个星期也就差不多了,但左左和右右似乎对外人特别排斥,幼儿园老师花了很大力气,才取得了他们的信任。这李书是神仙吗?为什么刚来这么几天,就这么受他们欢迎?向前隐隐觉得哪里出了问题,但一时又搞不清。

"好了,吃饭吧!成天疑神疑鬼的,好好个家,连我你都不信任!"高平妈逮着机会就打压向前,"什么大不了的事儿,人家喝杯奶茶就不得了了?再说钱已经转给高平了。她还请我一起喝了呢,人家出的钱!"

"什么?!"刚平静下来的向前,心里又不舒服了,"妈,您也喝了?"向前简直不敢相信。

"喝了啊!"高平妈咂咂嘴,"我来大城市都这么久了,都不知道奶茶是啥味儿,就总看见小区里那些穿蓝衣服、黄衣服的,拎着一兜奶茶到处跑。要不我怎么说李书这孩子懂事儿、知恩图报呢!我今天就在唠嗑的时候跟她提了一嘴,她就请我喝了杯奶茶……"

高平妈又"哇啦哇啦"地说了好多,向前已然一个字都听不进去了。看来这个问题,真不是一般的棘手!

高平则在桌子下面不停地踢他妈,可他妈仍不管不顾地继续说着。

向前盯着高平妈一张一合不停翕动的嘴，感觉这个老太太就像一只面目可憎的胖头鱼，还是临死时翻着白眼，凶神恶煞的那种。

41

李书挎着包回到宿舍，佳佳从座位上回过头："怎么样？进展顺利吗？"

李书把东西从包里掏出来，说道："嗯，都是按你教的做的，故意落下点儿蛛丝马迹。"

佳佳来了兴致，笑着把座椅转了过来，诡秘地问："那你今天落了点儿啥？"

"我让高平帮我叫了杯奶茶，也请他妈喝了。然后我故意没扔杯子，就搁在茶几上。"

佳佳听了一脸坏笑，狠狠捶了李书一下："还是你行啊！你真是一点就透，青出于蓝而胜于蓝！这么损的招儿，亏你想得出来，比我都强！我估计，他们家人现在应该正在吵架呢！"

李书耸耸肩："不知道啊！不过，佳佳，我跟你说，我是真看不惯高平妈那副样子！"

"哪副样子？"佳佳不解。

"就是贪小便宜啊！"李书嘟着嘴，"一听说我请客，什么都要加，一杯奶茶花了我四十多！还有他妈那些生活习惯，真是跟我那没见过世面的亲妈没什么两样，一辈子的农村人！"

"嗐，你管他妈干吗？"佳佳嗤笑道，"你先搞定了高平要紧。回头等事儿成了，你枕边风一吹，把老太婆送回老家去，完事儿！"

"我也是这样想的。"李书附和着点了点头。

"拉拢高平要紧。"佳佳反复叮嘱，"六月份毕业就得落户了。"

"嗯。"

江梓涵不情不愿地带着饭包回到学校。

她上完一天的课回到寝室，看见那个饭包还在桌上，于是忍不住好奇打开看了看，只见干干净净的饭包里有一个玻璃饭盒，里边装满了春卷，外面还有几副一次性手套、擦手湿巾，以及醋包，装得比外卖都细心。向南什么都替她想到了。

江梓涵的室友闻着味儿，围过来叽叽喳喳道：

"哟，这是什么呀，这么香？"

"梓涵，你带什么来了？闻着好有食欲！"

"哇，是自己家包的春卷耶！"

"梓涵，可以吃吗？"

江梓涵怎么也没想到，她的那些"贵族"同学，居然会对她的春卷感兴趣。也是，这些被送来寄宿的孩子，父母都非常忙，就算是家常菜，也大多是保姆阿姨的手艺。

"我拿微波炉热一下，大家分吧！"江梓涵站起来，拿起饭盒去加热。

待她再从外头回来，只见寝室里的三个人，再加隔壁寝室两个人，一共十只眼睛，正直勾勾地盯着她，不，应该是盯着她手里的饭盒。确实，这味道实在太香了！饭盒分两层，上层

第四章　逢场作戏

是韭黄鸡蛋馅儿的，下层是荠菜肉馅儿的。

"开吃吧。"江梓涵大方地打开饭盒，大家一拥而上，很快就"光盘"了，整个寝室都弥漫着一股菜香味儿。

"哇哦，这也太好吃了吧！"她的一个室友忍不住感叹道。

另外几个也边咀嚼边附和：

"这纯手工的就是和超市买的不一样！馅儿里还勾芡了呢！"

"是啊！我很久没吃过新鲜荠菜馅儿的了，挺香的。"

"荠菜的好吃吗？我这个韭黄馅儿的绝了！要是现做的，估计还要好吃！"

"梓涵，这是你家保姆做的吗？她手艺也太好了吧！"

"就是就是，吃了这个，我都不想去食堂吃饭了！"

江梓涵手里捏着半根春卷，虽然味道不错，她却有些食不知味。

"这个是……"她吞吐了一下，想告诉大家是向南做的，但又不想提起那个女人的名字。

大家都是一个寝室的室友，有两个女孩儿瞬间明白了。

"梓涵，这该不会是你爸那个小老婆做的吧？"

"不会吧？这也太细心了，还给准备了一次性手套和擦手湿巾！你这后妈对你够好的啊！"

一提起"后妈"这个话题，在场的好几个同学都有共鸣。这个学校里的学生，好多都出身于重组家庭，即使不是这种情况，也多少会有类似的家庭矛盾。

江梓涵心里别扭，刚才得到的虚荣瞬间烟消云散，她郁闷地低下头说道："吃你们的吧！话那么多。"

可其他人的兴致哪是说收就收的,大家继续夸奖向南,同时吐槽起自己家的糟心事儿。

"哎,我跟你们说,你们是没见过我爸新找的那位……"一个室友脸上带着鄙夷,绘声绘色地描述,"成天就知道买鞋、买包,回家也不做饭,全都叫外卖,还每次都点好几百块钱的!我爸那点儿钱,估计等到我大学毕业,就得被她挥霍空了!"

"这有啥大惊小怪的。"另一个室友不服气道,"我爸才叫厉害,前两天领回一个二十一岁的女朋友,我都不知道该叫她'阿姨'还是'姐姐'!"

"哎哟,你就叫她'姐姐'呀!臊一臊她!"

"是啊,我叫了呀!我说:'姐姐好!'你猜人家怎么回答我的!人家大大方方地说:'以后请叫我小姐姐!'"

"哈哈哈哈!还有这么不要脸的啊?"

"扑哧!你爸是怎么看上这种人的?不过我爸那小三更绝……"

……

听着她们的对话,江梓涵只是靠着床梯,心事重重地咬着春卷。家家有本难念的经,一本比一本难。

"哎,对了,梓涵,你在家管你爸那位叫什么?"一个室友冷不丁地问江梓涵。

"叫……"江梓涵自己也愣住了,她竟然一时间回忆不起来。她好像有时候是直呼其名,有时候叫"喂"或者"哎",还有的时候叫"你",但更多的时候,她在心里都称呼她为"贱人"。现在想来,这些莫名的敌意真的很没有意思。

"江梓涵,快递!"这时,生活老师敲开寝室门,送进来一

第四章 逢场作戏

个快递。

江梓涵很疑惑，自己最近没有买东西啊？她走过去，打开快递包装，只见里面是四包"安心裤"和两包卫生巾。这是谁给她买的？

电话响起，是向南。

"梓涵，我是向南。东西收到了吧？这周你月经快来了，我想着之前给你买的应该差不多用完了，就又给你寄了点儿，你看看够不够。"

江梓涵没有回答，心内五味杂陈，像逃避感动一般，一声不吭地挂断了电话。

"喂？喂？"向南追问了两声，对于江梓涵动不动就挂电话的事儿，她已经习惯了。不过，习惯归习惯，总还是难免失落。

"不会吧，这是你后妈给你买的？"江梓涵的室友们把头凑了过来，露出不敢相信的神情。

"这也太贴心了吧？"

"又是春卷，又是卫生巾的，看这样子，不像是装出来的啊……"

"梓涵，你后妈是不是开学送你来的那个？年纪轻轻的，穿件白衬衫，挺清秀的。"

"嗯。"江梓涵点了点头。

"噢，她看着气质不错啊，穿得也挺低调，不像那种不好相处的人。"

"是啊是啊，我那后妈，陪我报到那天，居然穿了条豹纹小短裙！回去我就找我爸告了一状，以后再不要她来了！"

向家的女儿（上）

"梓涵，你后妈就是年轻了点儿，看起来倒是不凶。她还要给你生个弟弟妹妹吗？"

江梓涵一时有点儿发蒙，摇了摇头："到现在都没生，我看她好像也并不着急。"

"啊？还有这样的？"一个室友表示意外，"我那后妈，进了我家门没几年，就生了两个孩子，现在还打算生三胎呢！就是想争家产呗！"

"哈哈哈哈！"

……

江梓涵耳朵里灌满了室友们的说笑声，她们看起来好像满不在乎，但其实除了假装"满不在乎"，她们这个年纪又能做什么呢？

江梓涵拉开抽屉，果然发现里面的卫生巾就剩下一两片了。

江梓涵回想起自己第一次来月经的时候，当时她的生母不在身边，姑姑江家巧碰巧和几个朋友出去旅游了，她爸还不认识向南，她身边一个女性亲属都没有。她虽然在生理健康课上学过一些关于月经的知识，隐隐知道是怎么回事儿，但还是紧张得在卫生间里直转悠，最后眼泪都憋出来了……现在只要想起来，她就会头皮阵阵发麻。

江梓涵默默关上抽屉，又收拾好桌上的饭盒，洗干净包好放进柜子，打算周末带回去。

晚上，江梓涵躺在床上翻来覆去地睡不着，她想了想，给向南发了个消息："下周我过生日，你打算送我什么礼物？"

"嘀嘀！"向南原本已经躺下了，一看是江梓涵的消息，又立马坐了起来。她认认真真地回道:"你想要什么?"

那头良久没有回音。不过,江梓涵这么没有礼貌地讨要礼物,却让向南看到了两人关系破冰的希望。

"我想要个香奈儿包,和我爸说了几次,他都不肯给我买。"半晌,向南收到了江梓涵的回复。她刚刚燃起的希望,此时又破灭了。这件事儿,她实在是有心无力。

江宏斌虽然有钱,但他对江梓涵一向采取的是"狼性教育"。他逼着女儿从小就要去竞争,逼着她用成绩换取一切她想要的礼物。什么"女孩子要富养",在江宏斌这里压根儿不存在。他认为,没经历过"棍棒教育"的孩子,长大以后就会受到社会的毒打。

42

第二天一早,八点不到,洪江的公关就到了。在别墅客厅里,公关把PPT投在墙上,给向南灌输今天的话术。对方强调最多的,就是"洪江集团"品牌的展示。

向南本来夜里就没睡好,一睁眼又被揪起来一通狂轰滥炸,只觉得脑袋"嗡嗡"直响。吃早餐的时候,她不自觉地打了个哈欠,谁知被江宏斌狠狠瞪了一眼。他眼神凌厉,摄人于无形,吓得向南赶紧低头吃饭,然后上楼去化妆打扮。一切准备就绪,她像个木偶人一样,被公关提着往门外走。

路上,公关小声叮嘱向南道:"江太,我多句嘴,一会儿到了聋哑学校,您可千万别抱那些孩子。"

向家的女儿（上）

"为什么？"向南不解地问。

公关淡然一笑，解释道："因为这所聋哑学校，不光有走读生，还有一部分是隔壁孤儿院的弃婴。孤儿院嘛，您懂的，人手少，都是一个阿姨带十几个小孩儿，所以这些孩子从小就缺爱。假如您好心随手抱起一个孩子，那么其他孩子都会跑过来要您抱的。"

"噢，原来是这样。"向南若有所思地点点头。

公关谄媚地替向南整了整别在小西装上的胸针，笑道："您到时候只管按流程走，其他的交给我，千万别把您这么贵的衣服给弄乱了！"

"嗯。"向南嘴里答应着，心里却有种说不出的难受。

到了地方，向南就像个傻子一样，时刻保持着嘴角向上四十五度的微笑，在活动中举止得体，神态怡人。流程果然和公关描述的一样，都是安排好的。

在台上演讲的时候，向南看到台下有很多四五岁的孩子，他们一个个被迫坐得笔挺，动都不敢动，禁不住一阵心疼。讲完话，校长、老师走上来轮番握手感谢，向南耐着性子一一回应。再然后就是热热闹闹的揭牌、剪彩、合影，俗气至极。合影的时候，向南刻意往边上站了站，为的就是保证"洪江集团"四个字能被完整地展示出来。

等忙完这一切，公关急急拥着向南离开，向南不情愿地跟着她向外走去。这时，一个聋哑小女孩儿，突然离开座位冲了过来，伸手就要向南抱。

向南望向她渴求的眼神，听懂了她"咿咿呀呀"的期盼，

第四章　逢场作戏

于是弯下腰，十分诚恳地将她抱了起来。向南不但抱了她，还在她不算干净的小脸蛋上狠狠亲了一口。

正如公关所言，其他小朋友，一看到小女孩儿有这种待遇，也都不管不顾地围了上来，现场瞬间变得十分混乱。孩子们争先恐后地高高举起自己的胳膊，向南笑着，耐心地安慰道："别急，一个一个来！"

可是，此时洪江的公关却只顾忙着督促记者和主办方："拍照！快拍照！"向南虽然很厌烦他们这样做，但也只得在镜头的监视下，"按流程"完成爱的抱抱。全部抱完之后，向南的衣服被揉皱了，那枚胸针也歪歪斜斜地挂在她胸前。

公关立刻在向南耳边提醒了一句："江太，我说得没错吧？咱们快走吧，这里不是久留之地！"

谁知，向南这回却并没有被她牵着鼻子走，而是冷冷地回了一句："你先回去吧，我在这里再陪会儿小朋友。"

公关一脸尴尬，为难道："江太，咱们今天的活动可没有这个流程……"

向南不卑不亢地说："那就现在加上。"

公关用看外星人的眼神疑惑地看了向南一眼，到底不敢得罪老板娘，于是鬼鬼祟祟地躲到后面给江宏斌打了个电话。

江宏斌听了，十分不满向南"临场加戏"，但在外人面前还是要给自己老婆面子的，于是说："她也是为了公司好，所以才这么投入。让司机在门外候着，你先回来吧。"

"好的，江总。"得到了江宏斌的首肯，公关才带着活动组的人撤了，留下向南一个人陪孩子们。

向家的女儿（上）

聋哑学校的校长听说向南要留下来，先是很讶异，然后异常激动，于是特意腾出一间活动室，让向南陪孩子们玩耍。

要知道，现在像向南这么菩萨心肠的阔太已经不多了。来这里的，大多数都是为了企业或是机构作秀，很少有活动结束了还愿意多停留片刻的。

待在活动室里，向南被十几个孩子围着，他们有如十几只嗷嗷待哺的小鸟，都用十分殷切的眼神看着她。向南的心都快被这些孩子的眼神融化了，于是她拿起面前的一支粉笔，笑着说道："我来教你们画画，好吗？"孩子们点头如小鸡啄米。

向南留心打量着他们的穿着，大多是半新不旧的衣服，要么是捐赠的，要么是穿了很多年的，好几个孩子的裤子都短了，裤脚吊在脚踝上面两三寸。

向南拿出自己多年的油画功底教孩子们画简笔画，可以说是游刃有余。她教得很用心，孩子们有的学得很专心，有的却心猿意马，只是为了多亲近一下向南这个大姐姐。无论是哪种要求，向南都十分耐心地满足他们。

校长透过活动室后窗看了一会儿，吩咐身边的主任道："快去把白老师找来，给江太当助教！"

主任一溜烟儿地去了，不一会儿拽着一位腼腆白净的年轻老师过来了。

"江太，打扰一下，这位是在我们学校兼职的白澈老师，平时都是他在教孩子们画画，喊他过来给您帮帮忙，当助教。"校长说完，又竭力恭维向南道，"当然了，他画得可比您差远了，就让他在这儿给您打打下手，管管孩子。"

第四章　逢场作戏

向南停住手里的粉笔，打量了一眼校长身边的这个叫白澈的男老师，只见他身材清瘦修长，留着半长不短的头发，皮肤白皙，眉眼清秀，穿着棉麻T恤，很有文艺范儿。

"你好，我叫向南，请多指教。"向南主动伸出一只手。

谁知，对面的人却不领情，只听他对校长冷冷地说道："她又不是教授，需要什么助教？既然你们今天有老师了，那我就回去了。"

在场所有人一愣，孩子们也都瞪着无辜的大眼睛看向他。一个孩子悄悄地躲在人后对另一个孩子说："白老师今天是怎么啦？他平时对我们说话不是挺温柔的吗？"另外一个孩子则懵懂地摇了摇头。

"白澈！"校长急了，怒斥一声，"你怎么回事儿啊？要不是因为你勤工俭学，就冲你今天这个态度，明天我就不要你来了！人家江太也是好心，特意留下来陪陪孩子们，你怎么能对人家这种态度呢？"

白澈不羁地勾起嘴角，继续不为所动地放冷箭："呵呵，又是一个作秀的！"他昂起头，故意往向南面前多走了几步，然后抬起眼睑讥讽道："又是一个来一次就不来了的！既然如此，你们最好就不要来，给了孩子们希望，然后又一次次让他们失望！你知道，这样有多残忍吗？"

"白澈！你怎么说话呢？！"主任不等校长开口，抢先呵斥白澈。

白澈不为所动，睥睨着他们。

这时一个小朋友跑过来，攥住白澈的衣角，仰起小脑袋道：

"白老师,你快过来!这个姐姐刚刚教我画了一头大象,你快去看看我画得好不好!"

面对自己的学生,白澈立刻换了一副柔和的面孔,就像完全变了一个人一样,轻轻蹲下身子,拿起那个孩子的画纸,对着光仔仔细细地端详了一番,而后很诚恳地夸赞道:"贝贝的水平很高啊!这大象画得比白老师都好!"

"真的吗?太好了!白老师,你说我以后能不能当画家?"

"一定能!未来你就是大画家!"

趁着他们说话的空儿,校长跟向南解释道:"这个白澈,是央美的学生,大四了,在我们这儿社会实践。这孩子人挺好的,就是脾气冲了点儿,不会说话,江太您千万别介意。"

"我不介意。"向南面含微笑道,"我也能理解他。你们这儿以前是不是经常有人来'献爱心',然后来一次就不来了?"

校长的表情一下子有些惭愧,红着脸苦笑道:"可不是吗?江太,不瞒您说,这些活动其实我们也不想搞,就是怕孩子们伤心。可是不搞,学校就没钱,没钱就不能照顾好孩子们……我也很为难啊!"

向南点头表示理解。

"这样,江太,就让白老师在这儿陪着您们,我和主任还要到前面去,下午还要来一拨儿人呢!好多物料都需要准备……"校长十分不好意思地告辞。

"您忙,这里您放心。"

他们走后,偌大的教室里,就剩下向南和白澈陪着孩子们。向南明白,想要改变一个人的成见是很难的,她能做的,就是

第四章 逢场作戏

好好做好眼下的事儿，踏踏实实地陪好孩子。

向南跟白澈分工，说好一人带八个孩子，可是孩子们都更喜欢向南，不愿意围着白澈。不一会儿，白澈就成了教室里多余的那一个。

他只好冷冷地斜靠在教室后面的黑板边上，目光灼灼地盯着向南和孩子们互动。

向南先哄着孩子们画画，然后又陪他们玩游戏，陪他们吃午饭。直到下午四点多太阳西斜，她才猛然想起，晚上还有个什么晚宴，得赶紧回去梳妆打扮！

43

向南恋恋不舍地起身，心中感慨时间飞逝，快乐的时光总是短暂的，但这才是生命中最充实的时刻。

"宝贝们，我今天还有事儿，要先和大家说再见喽。下次，下次我还会再来看你们的！"向南不好意思地向孩子们解释道。

所有小孩儿脸上都是一副失落的神情，似乎完全不相信向南以后还会再来。

白澈静静地靠在原位，依然是一脸漠然，他云淡风轻地说："好了好了，时间到了。大家后会有期吧。"

斜阳余晖中，一个帅气的男孩子，双手插兜，一脸冷傲。向南心想，他倒是很像青春漫画中的男主角。

向南知道大家不相信自己，她有些委屈地再次为自己争辩了一句："我还会再来的！"

向家的女儿（上）

"那我们就拭目以待。"白澈挑了挑眉，随手掷去手里的一截粉笔，用力拍了拍手上的灰，站直了身子，准备送客。

向南不明白，为什么这个同样是学艺术的男孩子，第一次见面就对她有这么大的成见。但她没时间多想，急匆匆地坐车离开了学校。

向南走后，孩子们围成一圈，怯生生地问白澈："白老师，向老师是不是也和以前的老师一样，走了就不会再回来了？"

白澈微微咬了下嘴唇，看了一眼向南离开的方向，然后摸了摸身边孩子的头，刻意装出一副无所谓的样子，朗声道："走了就走了呗，有什么大不了的！只要刚才大家玩得开心就好啦，何必天长地久！"

"那白老师会不会和我们天长地久？"孩子们仍不死心地追问。

白澈抿了抿嘴唇，没吱声，用脚一勾，踢起刚才摔在地上的粉笔："来，咱们接着画大象！我给你们画一个正在喷水的，老好玩儿了……"

……

向南急匆匆地赶到江宏斌定位的酒店，先冲到洪江提前包下的房间里，化妆，做造型。

公关见向南这个点儿才到，都急疯了："快快快，快给江太化妆！江总都已经进场了！"

"江总先进去了？"向南讶异地问。

公关的眼神躲闪了一下，刚想接话，却欲言又止，眼里闪过一丝求生欲。

第四章 逢场作戏

向南换上礼服,趁着化妆师弄头发,给大姐向前拨了个电话,问她到哪儿了。

向前回复说,她已经到了,让向南化好妆来门口接自己,因为她没有邀请函,不能直接进去。

"姐,外面冷,我现在就出去接你吧!"说着,向南起身就往外跑,她的头发还在化妆师手里,化妆师生生被扯着追出去好几步。

"江太,江太!"公关和化妆师都急得要跳墙了,活动就快开始了,这总裁夫人怎么一点儿都不配合?

向南提着裙裾,散着一边头发,冲了出去。她像落跑公主一般,在五星级酒店的大理石地板上小跑着。

经过宴会厅的时候,她正好撞上了江宏斌,他一身隆重的正装,正低头帮身边的一个女人戴手花。

向南看见江宏斌,本能地捂住半边脸,想逃。但她又忍不住好奇,探头瞧了一眼他身边那个装扮明艳靓丽的女人,居然是明蔚?!

向南意外极了,怎么会?今天晚宴,江宏斌身边的女伴不是自己?那他叫自己来干什么?!难不成合影的时候,他要把手机递给自己,为他俩拍照吗?这也太可笑了……

向南正腹诽着,突然看到江宏斌往这边看了过来,于是她本能地躲到一棵圣诞树后面。向南看到江宏斌先是绅士地冲明蔚笑了一下,轻声解释了一句,然后转过身,瞬间板起脸,朝她这边走了过来。

"你怎么回事儿?!"江宏斌压抑住十二分的怒气吼道,"你

向家的女儿（上）

这披头散发的，成什么样子啊？！存心丢老子的脸！贵宾们都到了，晚宴就要开始了！你居然在这里浪费我的时间，吃错药啦？！"

向南百口莫辩，又不能让江宏斌知道自己是为了去门口接向前才这样的，于是撒了个谎道："我找厕所……"

"找什么厕所？房间里不就有吗？有病啊！"江宏斌面目狰狞，将声音压到最低，严厉地斥责道，"赶紧回去！"

向南不甘不愿地往回走，但刚走出几步，她又转身拽住江宏斌，冲明蔚的方向努了努嘴，悄声问道："今晚你不都有女伴儿了吗？干吗还叫我来？"

"你脑子里是不是有屎？！"江宏斌懒得理会，"女伴是女伴，老婆是老婆，功能能一样吗？！你做好自己分内的事儿就行了！"

"那我不就没男伴了吗？"向南壮着胆子顶了一句嘴，"我一个人形单影只地进去吗？"

江宏斌彻底没耐心了，直接丢下一句："今晚来的人非富即贵，你待会儿进去看谁落单，随便挽一个就是了！正好陪人家聊聊，搭搭线！"

"喂……"望着江宏斌阔步离去的身影，向南重重地叹了口气，她还是先跑去接了向前进来。

"哎哟，你头发盘好再出来呀！急什么啦？"看见向南头发蓬乱的样子，向前立刻心怀愧疚地嗔怪她，"还有，你怎么这么死心眼儿，随便找个工作人员过来接我不就行了？为啥非要自己出来？"

第四章　逢场作戏

向南拉着向前，两人同时提着裙子往化妆室跑，向南边跑边说："姐，别说那么多了，没时间了……"

等她们推开化妆室的门，公关早就不耐烦地忙别的事儿去了。化妆师因为方才的插曲，加上确实来不及了，就草草地给向南盘了个发，脸上打了点儿粉底，抹了点儿口红就完事儿了。

"你这也太素了！"进会场前，向前拖住向南看了看，又瞄了瞄会场里那些花枝招展的女人。她咬了咬唇，低头伸手摘下自己脖子上的钻石项链，给向南戴上。

"姐，你把项链给我了，你戴什么？"向南摸了摸脖子上冰冷的钻石。

"不用管我。"向前随意敷衍了一句，推着妹妹就往会场里走。

"哎呀，江太到了！"第一个用玩味的神情迎接姐妹俩的，竟然是久违的周乔伊。她又是从哪儿冒出来的？

向南没听出周乔伊的阴阳怪气，因为她的注意力都在周乔伊身边那个矮矮胖胖、黑皮龅牙的男人身上。这个男人不会是周乔伊的……

她正在揣测，谁知周乔伊却大大方方地介绍道："这是我老公，是不是很帅？"她的语气中甚至还透着一丝骄傲。

这好像和"帅"不沾边儿吧？向南内心感慨道：情人眼里出西施，资本的力量还真是无穷啊！周乔伊虽算不上绝色，可姿色还是很不错的，结果她偏偏逢人就介绍她老公，恨不能将"某太太"的标签刻在自己脑门儿上。要是她那个小黑胖子都有人抢，那有点儿痞帅的江宏斌岂不是更危险？

在现实面前，向南突然有了点儿危机感。

"这位是……"周乔伊媚眼一转,瞥向向南身边的向前。

"噢,她是我姐姐,向前。"向南礼貌地介绍,"姐,这是周乔伊。我们有个'名媛会',她是会长。"

"周会长。"向前伸出手,给足了会长面子。

"哟,没听说来参加晚宴还带家属的。江太,你这还真是姐妹情深哪!"周乔伊并不伸手,还故意阴阳怪气地对向南说。

她心想,这女人是谁啊?看样子就是来蹭场子的。她本来就是为了看向南的笑话,尤其是刚才看见明蔚挽着江宏斌的胳膊走进来的时候,她心里都乐开了花,这下可算找到机会借题发挥了。

"也是,江总今天有女伴了。江太要是不让姐姐作陪,也太孤单了。向南,江总的心也太大了,再怎么也该考虑考虑你的感受呀,我可真替你抱不平呢!"她继续讽刺道。

向南十分尴尬,而这个尴尬,还是自己老公主动安排的。

"那个……"向南脸一红,垂下眼睑,一时想不出怎么解释。

谁知,向前却不卑不亢,歪着脑袋,抱着胳膊,冲周乔伊来了句:"我妹那是支持老公事业。在家天天搂着都搂腻了,就这么几分钟,把他的胳膊借给合作伙伴一会儿有什么要紧?能少块肉吗?"

"嗯?"周乔伊当场被怼蒙了,她未曾料到,老实巴交的向南居然有这么个伶牙俐齿的姐姐。

向前继续嗤笑道:"其实,只要两个人心在一起,何必当连体婴?只有那些不放心自己老公的人,才恨不得天天把他拴在裤腰上。周会长,您说我这话说得对不对?"

"你……"周乔伊被向前指桑骂槐地讽刺了一顿,立刻变了脸色。

向前仍不罢休,她知道,像周乔伊这样外强中干、欺软怕硬的人,只有将她一次性打击到底,下一次她才会学乖,不敢再冒犯:"再说了,正因为我妹夫和我妹对感情有自信,才在大庭广众之下这么坦然。不像有些夫妻,表面上恩恩爱爱,其实还不知道夜里各自抱着什么人睡呢!"

"你……"周乔伊早就被气得不行了,但她的舌头再厉害,也比不过向前。

向前丝毫不把周乔伊两口子放在眼里,她转向向南,轻蔑地继续道:"有句话是怎么说的,君子坦荡荡,小人……什么来着?"

"小人长戚戚。"向南小声地补上。

"噢,长戚戚……"向前冷哼一声,挽着向南昂着头,从周乔伊身边走过。擦肩而过的瞬间,向前毫不客气地狠狠撞了周乔伊的肩膀一下。

周大美女一个趔趄,被气得口歪眼斜,站在原地喘着粗气。

"叫你惹我妹妹,必诛之!"向前心里这样想着,把向南的肩膀提了提,两人昂首阔步地往会场中央走去。向南像看偶像一样,用仰慕的眼神望着自己的大姐。

44

"哎哟,嫂子你在这里啊,让我好找!"江家巧在人堆里终

向家的女儿（上）

于觅得向南的身影,像追光灯一样地追了过来,"呀,大姐也来了啊!你穿这么漂亮,我都没认出来。"她对向前也表现得很亲切。

向前冲她笑了笑,顺手拿了杯香槟给她。

江家巧像是渴极了,抿了一大口酒,然后开始抱怨:"唉,也不知道我哥叫我来干吗?外头草坪上那些乱七八糟的不锈钢,我一个也看不懂,歪歪扭扭的,就这也值两千万?我哥是不是疯了?"

向南和向前同时抬眼瞥向窗外,借着灯光,只见草坪上矗立着几座风格鲜明的雕塑,一看就是吕凉的手笔。

"家巧,连你哥你都敢说,小心他不给你买包。"向南瞥了不远处正忙着应酬的江宏斌一眼,警告道。

其实江家巧不是对外头那些雕塑有意见,她是对每次这种场合都被她哥绑来相亲有意见。一旦成了"剩女",对她来说,任何局首先都是相亲局。晚宴、名流会,确实才俊众多,可……可也得人家看得上她才行。她对自己有着清醒的认知:没才没貌,年纪也不小了。

"我才不怕呢!我就要说!"江家巧闲着也是闲着,越发起劲儿地调侃道,"看这些歪七扭八的,像……猪大肠一样!不如取名叫'花花肠子'算了!就这样的雕塑,收废品的收来废铁踩两脚,不也能弄出来?不过是打着狗屁艺术的旗号忽悠人而已!我哥就是人傻钱多!"

江家巧的这番言论,再次震撼了向家姐妹。她们同时循着江家巧的目光看去,窗外是吕凉最为得意的系列作品——线性

第四章 逢场作戏

山水雕塑。这个系列是用无线电波的方式来表现山川景象，将现代性和传统山水画相结合。向南怎么也想不通，江家巧是怎么将吕凉的雕塑和猪大肠联系到一起的。这些雕塑的造型看似随意，其实是吕凉冥思苦想、精心打磨而成的，结果在江家巧眼里却成了"猪大肠"，可见这审美水平差得不是一星半点了。

也难怪，江家巧学历不高，没怎么接触过艺术，知识储备有限。当然，江宏斌的审美水平与她半斤八两，如果没有专家背书，他心里说不定也是这样想的。艺术品这种东西，还真是"看得懂的买不起，买得起的看不懂"。

"还有那个，"江家巧换了个方向，"看那个挂下来的部分，像不像鼻涕？"说完，她还故意挑了挑眉，向前和向南则同时低下头，完全不知道该怎么回应这个"艺盲"。

"向南！"随着一声熟悉的招呼，向前、向南和江家巧同时回头，是吕凉，只见他身穿一套紫灰色西服走了过来。他这隆重的一身，怎么看怎么像要去结婚的样子。

"大姐也来了啊？好久不见。"走近后，吕凉微笑着伸出手，和大家打招呼。

向前表面上也微笑着伸出手回应，心里却一阵鄙夷：这吕凉看见小妹向南表情这么轻松，到底是会演，还是压根儿就没爱过？

向南面薄，没办法像他一样若无其事，但除了觉得尴尬，她内心也没什么别的波澜。

倒是一旁的江家巧，从吕凉一靠近，嘴巴就张成了O形，像是脑残粉见到了痴迷的偶像一样，死死盯着吕凉，仿佛少看一眼都是人生的巨大损失。

"向南,最近怎么样?"吕凉客气寒暄。

向南平静答复道:"挺好的。祝贺你啊!外面的雕塑我们刚看了,比你出国前的作品更深刻、灵动了。"

"是吗?"吕凉听了,用意味深长的眼神看了向南一眼。

"对对对!就是特别地……深刻、灵动!"江家巧急不可耐地插嘴。此时此刻,她特想夸赞吕凉几句来吸引他的注意,但奈何肚子里没货,只能像个复读机一样重复向南客气敷衍的说辞。

向南和向前看见江家巧的星星眼,心同时往下一沉:不是吧,要不要这么刺激?江家巧她……

吕凉长相帅气,身边从不缺主动搭讪的异性,可面对那些不符合他审美标准的,他都直接自动屏蔽了。面对圆脸盘、眯眯眼的江家巧,吕凉话都没接,仍然直勾勾地看着向南。多日不见,她似乎更加清减了,但清澈、淡然的眼神却丝毫未变。

江家巧见自己完全被无视,有些急了,攥着向南的胳膊用力摇道:"嫂子,这位帅哥是谁啊?你快给我介绍一下!"

向南无奈,指着吕凉道:"他就是吕凉,青年艺术家,也是我师哥,外面那些雕塑就是他的作品。"

"真的啊?"江家巧是真的犯了花痴,不等向南介绍自己,就迫不及待地对吕凉做起自我介绍,"原来是艺术家!你好你好,我叫江家巧,是……"

向前实在看不下去她自我推销的猴急样,帮忙补充道:"她是江总的亲妹妹。"

第四章 逢场作戏

吕凉一愣，旋即有些懊悔自己方才的怠慢。没想到，这个长相普通、打扮俗气的女人，居然是他的投资人江总的妹妹。

他立刻换上一副谄媚的表情，竭力往回找补道："哎哟，别别！艺术家不敢当，叫我吕凉吧，大家都是年轻人……这是我的名片，请笑纳。"吕凉从西装内兜里掏出一张名片，很有礼貌地递给江家巧。江总妹妹的面子，是一定要给的。他这脸变得，向前和向南在一旁看得目瞪口呆。

"艺术家，要不咱俩出去转一圈儿，你给我讲讲创作这些雕塑的思路？"江家巧就像一块牛皮糖一样黏了上去。

吕凉抬手看了眼表，距离活动正式开始还有一刻钟，来得及转一圈儿，便微笑着做了个"请"的手势，让江家巧走在前面。

向南和向前目送他俩一前一后走出宴会厅。向前捅了捅向南的胳膊，勾起嘴角嘲笑道："你俩不会最后还是变成一家人吧？"

向南心里也纳闷儿，江家巧一直对自己的婚事毫不上心，怎么今天就……

这一见钟情，也太邪门儿了。不过一切令人意外的事情，总有情理之中的蛛丝马迹可循。江家巧单身多年，还不是因为她是"外貌协会"的，眼高于顶。看来，吕凉算是长在她的审美点上了。

窗外，江家巧和吕凉有说有笑，江家巧不停地卖弄着自以为是的"撩汉大法"，各种捂嘴笑，外加拍打吕凉的肩膀。虽然压根儿听不见他俩在说什么，但乍看之下，还真有那么点儿"郎情妾意"的感觉。

"哎哟喂，我看不下去了！"向前转过脸来对向南说，"你和吕凉的事儿，江宏斌是知道的，他要是看见自己的妹妹这样主动……不知会作何反应？"

向南没吱声，耸了耸鼻子，表示她也很想知道。

这时，向前突然瞥见不远处走来另一个熟悉的身影，那妖娆勾魂的身材，莫非是……一定是她！

不等向前做出反应，她就看见季纯挽着盈润的吴总，由远及近地走到了面前。

"哟！你也来了。"季纯停住脚步，不怀好意地上下打量了向前一遍，而后漫不经心地说，"真是见了鬼了！我看邀请的宾客名单上没有你嘛！你是混进来的？"

像洪江这样的集团举办活动，都会提前出嘉宾名单，而且名单都是审了又审，仔细斟酌过的，"王不见王"是最基本的原则。洪江既然邀请了盈润的吴总，按理说，就绝不能再邀请滨江的任何人。

向前用力抿了抿唇，她也后悔自己的糊涂，光顾着准备企划材料，忘了嘉宾名单这茬儿了。

季纯等着看笑话。

"你有手花，我也有手花，你凭什么说我是混进来的？"向前送了她一个大白眼。

季纯也不是吃素的，冷笑着假意拿出自己的邀请函。她手势优雅，嘴角挂着蔑笑："这是我的邀请函，要不把你的也拿出来看看？"不等向前去接邀请函，季纯又把手缩了回去，显然是故意叫她难堪。

季纯以为自己得理了，又狡诈地看向向南，笑道："早就

第四章　逢场作戏

听说江总的太太又年轻又漂亮，气质又好，今日一见果然非同一般。"

"您过奖了。"向南看不懂这局，礼貌地应承了一声。她有点儿奇怪，这个女的怎么知道自己是江宏斌的老婆？

季纯怎么可能不知道向前是江宏斌的大姨姐，要是这点儿功课都不做，她干脆别混了。何况猜也猜到了，向前没有邀请函，能混进来肯定是靠妹妹啊！这位和她眉眼神似，必定就是江太了。

"仔细看看，向前你和江太眉眼间还真有几分相似，可气质就大相径庭了。江太一看就是温婉和顺的好人，不像有些人，成日算计，皱纹明显，一看就是操劳相。"季纯说完，放肆地笑起来。

向前沉住气，按捺住心里的怒火，努力不和季纯起冲突，办好大事要紧。于是她退了一步，端起手中的香槟，一饮而尽，算是止战。

向南看不过，对季纯道："这位女士，请您不要这样说。向前是我亲姐姐，从小到大，大家都是夸她更漂亮。"

季纯等的就是向南开口，她即刻傲慢一笑："向前，果然你还是要靠亲戚啊！这柴进也是黔驴技穷了吧，派个女人出来攀裙带关系，滨江现在已经这般没有专业水准了吗？"

季纯身边的吴总始终一言不发，脸上一直保持着礼貌的笑容，纵容着季纯的种种行为。

季纯怎么揶揄、讽刺向前都不要紧，可一旦提及滨江，向前就不能乖乖挨打了。

这时，不远处的江宏斌看到了这边的动静，瞪了一眼，洪江的几个公关全部被吓得瑟瑟发抖。这局面……谁都不想见到的。

没办法，为了尽快控制住局面，江宏斌亲自走了过来，先是客气地跟盈润的吴总握了握手，然后又以主人的身份打圆场道："今天来的都是贵客，我来介绍一下：吴总，这是我老婆向南，旁边那个是她姐姐。今天晚宴热闹，喊她们一起过来玩玩儿。向南，这是盈润的吴总，我们洪江重要的合作伙伴，也是我的好朋友。这位是季纯季总，远近闻名的大美女。"

虽然江宏斌一把稀泥和得不错，可向前却毫不含糊，立刻从晚礼服下面抽出自己昨天准备好的企划书，道："江总，这是我们滨江针对世纪城项目的企划书，您可以看一下！"

是的，向前这回来硬的了。她今天打定了主意，无论如何也要跟江宏斌谈这个项目。现场有什么人、什么事都不要紧，达到自己的目的才最要紧。

江宏斌和吴总的脸同时绿了，见过猛的，没见过这么猛的，这向前是从野生动物园出来的吗？

45

"向前，拜托你要点儿脸吧！"季纯不屑地斜睨了向前一眼，"今天可是江总的慈善晚宴，再过十分钟，他就要上台讲话了。此时此地，你却要和他谈生意，是不是不太合适？"

向前就像没听见一样，坚持托着手里的文件夹，肩膀很自

第四章　逢场作戏

然地往后一抖,挤了穿着高跟鞋的季纯一个趔趄。

向前才懒得理季纯,她现在要做的,就是把企划书递到江宏斌手里,没空跟别人扯皮。

季纯却一再咄咄逼人:"洪江和盈润已经签订了意向书,向前你这么做,可不符合行规啊!要是人人都像你一样,仗着亲戚关系撬墙脚,那市场规则何在?"

江宏斌一言不发,吴总沉默观望,其他围过来看热闹的人则持中不言。

向南心里着急,想帮姐姐说两句好话,又怕冒犯了江宏斌,脑海里飞速组织语言。不过,怼人这种事儿,还是向前自己来吧。

向前转头瞥了季纯一眼,冷笑道:"你也知道是意向。意向意向,有意相向,这不是还没签合同吗?再说了,季小姐觉得晚宴不适合谈生意,那什么地方适合?度假村?"

"你!"季纯气急,条件反射地欲拿出泼妇的手段和向前好好掰扯掰扯。

但此时,她身旁的吴总却意味深长地看了她一眼。

季纯顿时被这个眼神扫得退缩了,又环视了一下周围的环境,含恨吃下了这个哑巴亏。

江宏斌从向前手里接过文件夹,拿出企划书看了看,然后满意地敲了一下,高呼一声:"好啊!"顿时全场的目光都看向他。方才江宏斌态度不明,大家都是偷偷观望,这时听到他一声高呼,大厅里的气氛似乎也变得轻松了。

江宏斌先是惊喜地敲了敲手里的文件夹,然后又装作无比为难的样子对吴总说道:"滨江的这个方案,吴总也应该看看,确实很有实力。现在倒让我进退两难了……"

吴总尴尬地笑着,没有去看文件,而是直接掉头走了。

江宏斌就是这样,说翻脸就翻脸,为了利益,任何人的面子都不给。

季纯强行伸头瞄了一眼企划书,只看见什么"为各类建筑工程提供最基础性、最广泛的材料产品支持,具体应用项目包括但不限于两江大桥、都市中心、胜利机场"之类的。能把水泥介绍得这么高大上的,大概也只有向前了。季纯翻了个白眼离去,周围的人和现场的记者却围了过来。

江宏斌当场侃侃而谈:"滨江集团和洪江集团对世纪城开发的前瞻一致,都致力于打造一片符合人文需求的现代高端园区,滨江的企划定位很高,我很意外,希望后续能和他们多合作……"

看江宏斌满意的样子,向前长吁一口气,忙又帮着补充道:"那是当然,我们滨江一直致力于打造品质。市场也是要与时俱进的,我们不会让江总失望的。"

向南心里的石头落了地,向前胜券在握,得意地冲她挤挤眼睛。

董事长的预测没有错,之前江宏斌都是开发一个项目,就狠狠地赚一笔钱,现在他生意越做越大,身家越来越高,对品牌的打造和格调的提升有了意识。世纪城项目,他咬得这么死,就是为了立个典范,打造一片高端园区。

生菜、牛肉和面包,涂点儿沙拉酱夹在一起,是垃圾食品;

第四章　逢场作戏

但分开装好，精致摆盘，那就是绿色健康食品，健身的人也可以吃。

同样是卖建材给洪江，向前换了个高大上的话术，效果立马就不同了。之前，柴进总是在价格上盘算，南辕北辙，难怪江宏斌迟迟避而不见。

人家不要便宜的，只选对的！

接下来，晚宴就成了吕凉的主场。江宏斌作为投资人，上台和吕凉握手，听吕凉谈创作心得和创作愿景，然后表示会全力支持艺术事业，支持文创产业。

台下人鼓掌、举杯，然后为了各自的利益，在晚宴上拉关系、套近乎，互相干杯。现场气氛热烈，所有人都忙得不亦乐乎。

江宏斌转变了对滨江的态度，现场的人也都见风使舵，凑过来给向前这位"大姨姐"敬酒。

向前喝得微醺，甩着包跟跟跄跄地跟向南一起往回走。向南一路上小心翼翼地扶着向前，却一副心事重重的模样。

向前这才想起什么，替她担忧道："今天闹了这么一出，江宏斌回去不会为难你吧？会不会怨你把我带到会场里来？"

向南低着头，摇摇头说："那倒不会。今天他当场没有发作，回家就不会为难我，这点我很了解他。再说了，生意上的事儿，一次两次不要紧的，老江自己也有兄弟姐妹，能体谅的。"

"那你苦着个脸干吗？"向前按了按胳膊上向南冰凉的手，"难道是担心吕凉和你小姑子……"

向南扶着向前又往酒店外走了几步，轻声道："那倒也不是。"

"我看你那小姑子对吕凉……像是挺上心的。"向前虽然喝多了酒,但脑子不糊涂。

"姐。"向南抬起头,一本正经地看着向前,"这事儿你真不用操心,我早放下了。要是家巧真的喜欢吕凉,我找她好好谈一次,把话说开也就好了。我又没什么见不得人的事儿瞒着她,怕什么?"

"这倒是。'平生不做亏心事,夜半敲门不吃惊。'"向前也抬起头,看看路,"那你还烦什么?"

"姐,有没有什么办法,能让我以后经常出门……"向南小声道。

"你说啥?"向前醉了,耳朵有点儿背,没听清这句话。

向南叹了口气,放弃道:"没啥,姐,你小心点儿。叫的车到了吧?"

"到了,那不就是?"姐儿俩走到酒店大门口,准备各回各家。

临走前,向前似乎想起什么似的,对向南交代了一句:"咱姐儿仨好久没聚了,下个星期约一下吧。这些天,向中没声音,也不知道在忙什么。她这家伙,越没声音,就越没好事儿。"

"好,姐,都听你的。你路上慢点儿,到家发消息来啊!"

送走向前,向南乖巧地提着裙裾,又慢悠悠地折返回去。中式的五星级酒店曲径通幽,她却无心欣赏清冽的夜景。她回到会场,只见明蔚依然挽着江宏斌的手,巧笑倩兮,周旋于人群之中,大家也都见怪不怪。

向南苦笑,抿唇看向不远处,吕凉和江家巧正打得火热,吕凉悬着腿坐在自己的雕塑旁边,江家巧面对着他,不停地捂

第四章 逢场作戏

嘴痴笑……

向南望着周围光怪陆离的一切，不知道这个世界究竟是怎么了。一切好像都是那么理所当然，可每一个细节都经不起推敲，漏洞百出，荒诞滑稽……

无意间，向南想起了白天那群孩子的纯真眼眸，是那样干净、纯粹、纤尘不染。拥有纯真眼眸的，除了孩子们，还有白澈。如果把他放到这样的场合里，他也会和她一样感到不适吧？说不定他还会直接愤然离场。

向南既没有向前的能力，也没有白澈的魄力，她注定只能像一只金丝雀一样，继续被这无形的笼子禁锢着。

这时，公关冲向南走了过来，安排道："江总的意思，是先送您和江小姐回去。他晚上还有一个局，得去应酬一下。"

向南乖巧地接受了安排。她想，自己在这个晚宴上存在的唯一意义，就是把向前"偷渡"进来了。后面还有更加私密的"高端局"，江宏斌就是带她去了，她也不过是一个高级人形木偶，还不如早点儿回家睡觉。

车里，江家巧似乎是刚才和吕凉聊兴奋了，喋喋不休地跟向南重复着他们初次见面的各种细节。

向南从来没见过江家巧这么兴奋，她甚至"爱屋及乌"，为了多从向南口中了解吕凉的过去，兴奋地拉着向南的手不放。碍于马师傅在前头，向南也不好多说什么。

车子停到别墅前，向南立即拉起江家巧进了自己房间，准备和她好好聊聊吕凉这个人。

"家巧，你跟嫂子说实话，你真看上吕凉了？"向南关上房门,便拖住江家巧问道。

江家巧却表现得很轻松,答案十分肯定:"是啊!我就是看上他了。"

"可他是……"向南试图向她坦白。

"他是你前男友。"江家巧打断向南,挑了挑眉,一副心知肚明的样子。

"你知道啦?"向南反倒不好意思起来。

"哎呀,之前就听我哥说过,你有个艺术家男朋友。今天和吕凉一聊,这不就对上了吗?而且吕凉也跟我说了,你是他的初恋,他心里的'白月光'。"

江家巧此时竟然像言情小说女主附体一样,满脸的"我了解,我接受,我加入"的神情。既然她已经知道了,向南也没必要过多解释了,解释就是掩饰。

"那家巧你不会介意吧?"向南小心翼翼地问道。

"介意?"江家巧扭了扭酸胀的脖子,直接瘫倒在向南的床上,直勾勾地盯着天花板,"有啥好介意的?你现在不是跟我哥结婚了吗!"

这妞儿心真大。向南的三观,自从嫁给江宏斌,就被一震再震,碎无可碎了。但秉承着为人嫂的职责,向南还是好意提醒了家巧一句:"家巧,虽然过去的事儿都已经过去了,可有句话,我还是要提醒你……"

"什么?"

"就是我和吕凉分手的原因……"向南挣扎了一下,还是努力把真相告诉江家巧,"我和他谈了半年左右,最后他因为一个

第四章　逢场作戏

公费出国的名额，就把我给踹了。说出来虽然挺丢脸的，但这足以说明，一个人的人品……"

向南没有继续说下去，事实胜于雄辩，她只是把当年的事实告知江家巧，江家巧如果聪明，就应该能闻出这个人的"渣"味儿。

46

江家巧听了向南的话，像是从微醺中清醒过来似的，立刻从床上坐了起来，冲向南招手。向南走过去，轻轻在她身边坐下。

江家巧一把勾住向南的脖子，说道："嫂子……我知道你是为我好。"江家巧今晚确实跟吕凉在一起喝了不少，人一高兴，就容易上头。方才车上她憋着一股子劲儿，就是为了和向南聊吕凉，这会儿已经把话说开了，她的话匣子也就打开了。

"嫂子，你是个好人。从你嫁到我们家的第一天……我就知道。"向南细弱的脖子，被摇摇晃晃的江家巧勾得生疼，"可是，嫂子，你看我还有机会吗？"说着，江家巧松开向南，趔趔趄趄地起身，在向南面前转了一个圈儿。

"嫂子，我就快三十了，长得嘛……也就这样。要学历没学历，要技能没技能，无非……无非就是靠我哥养着。"江家巧属于喝醉了会讲实话的那一类。

"嫂子，我知道，为我找对象的事儿，你在我哥那儿受了不少委屈。"江家巧又坐回向南身边，伸出一根手指头说，"可我就是不想委屈自己,我就想找个自己喜欢的,对方什么目的不重要,合我心意最重要!"

小姑子这话说得向南无言以对,也是,"有钱难买我愿意"嘛。但向南还是忍不住说:"可是,家巧,结婚不是谈恋爱,那是要过一辈子的……"

"一辈子?"江家巧笑了,"我哥和我前大嫂就没过一辈子,我爸年纪轻轻就撇下我妈见阎王爷去了,也没过足一辈子!这世上哪有什么一辈子!我呀,不求天长地久,但求曾经爱过……"

向南见江家巧这副醉醺醺的样子,感觉她虽然状态迷糊,但说出来的话却超脱且清醒。

"向南,你放心吧。吕凉是艺术家,带出去有面儿,只要我和我哥说了,他肯定会帮我的。只要有我哥在,吕凉不敢耍我。我要的爱,少不了;我要的人,也跑不了。"说完,江家巧起身,迷迷糊糊地又拍了拍向南的肩膀,"只要嫂子你不觉得硌硬就行。小姑子接盘嫂子的前男友,你就当我是情非得已吧。"

撂下这句话,江家巧打了个嗝,就欢欢喜喜地回自己房间去了。

一时间,向南竟有些迷糊,怎么感觉自己反倒更像是喝醉的那个人?无论是江家巧还是江梓涵,她们身上总有江宏斌的影子,习惯于趋利避害,却总能最真实地面对自己,有时候简直就像江宏斌的分身。向南在意的真情、真爱,人家江家巧好像压根儿就不在乎。

第四章 逢场作戏

向前喝得也不少，她穿着晚礼服到家，家中已是漆黑一片。她听里屋没动静，估摸着高平和高平妈都已经睡了。她感觉口干舌燥，于是去茶几前倒水喝。

向前一屁股坐在沙发上，突然感觉被一个硬物硌了一下，立刻清醒了不少。什么东西啊？她拿起来摸了摸，是一根管状的东西。她起身开灯，看到自己手里的是一支口红。她正愧疚自己又乱放东西时，突然发现这支口红的牌子很廉价，并不是自己的东西。

向前的倦意一扫而光，她的注意力高度集中在手里那支口红上：豆沙色，细闪，平价品牌。不用多想，向前立刻就明白了这东西是谁的。

又跟我玩这招儿是吧？向前连愤怒都懒得愤怒了，直接把口红丢进脚边的垃圾箱，然后进屋睡觉。她不是不想追究，而是她最近真没空管这些事儿。何况，之前几次的歇斯底里，自己都没占到什么便宜。吃一堑长一智，任何事情，她只要经历一次，就会学聪明。这小狐狸精，来日方长，慢慢来吧。

都说天下没有不透风的墙，就算有，柴进也会拿出劈山救母的力气，在墙上敲出一条缝来。向前勇闯晚宴的事儿闹得那么大，柴进半夜就收到了消息，掌握了事情的来龙去脉。

第二天早上，向前顶着两个黑眼圈，刚到办公室门口，柴进就抱着胳膊凑了上来，一通冷嘲热讽："不错啊！向总厉害，向总威武……"向前瞥了柴进一眼，刷卡进屋。柴进鬼魅般地跟了进去。

向前坐下,刚要打开桌上的文件,就被柴进一只手按住了:"这几天,你就没点儿啥要和我说的?"

向前抬眼:"你想听啥?"

柴进道:"昨天晚上……"

向前道:"我也是被逼的。"

柴进听了,微微松了手。趁他松手的瞬间,向前赶紧打开文件,她还有很多工作要做,没空和柴进斗嘴。

"你用这种简单粗暴的方式,昨晚能成,纯属侥幸。"柴进一本正经地提醒向前。

向前再次抬起头:"我知道啊,可你现在还有别的方法吗?江宏斌完全不按套路出牌,这种牌局的打法,只有亮出全部底牌。"

"亮底牌?"柴进被气笑了,"你有几条命去和洪江玩儿?"

"亮底牌不是目的,目的是搞清楚出牌人的意图。"向前很坚定,"柴进,你不用劝我了。我已经决定一条道走到黑了。"

"我不是劝你。"柴进无可奈何地敲了敲向前的桌子,"好,我摊牌。昨天到今天的新闻我都看了,我的看法是……"

柴进抬眉,故意卖了个关子。向前很配合地放下手里的文件,做出一副愿闻其详的样子。

"江宏斌这么折腾,无非就是想把水搅浑,故意让大家看到他想让大家看到的那些。"柴进道。

"那他想让大家看到什么?"向前毫不客气地追问。

柴进语塞了,他如果知道,这段时间就不会焦虑得像只猴子似的上蹿下跳了。也许董事长知道,却不愿意让他们抄答案,非要他们去猜、去悟。

"那你是非要在这座独木桥上一条道走到黑喽?"柴进再次跟向前确认。

向前很肯定地回答道:"是。"

柴进转身,叹了口气,往门外走去。

向前好奇:"你干吗去?"

"我去给你托着桥。"柴进背对着她,挥了挥手。

同一时间,江宏斌和明蔚的绯闻,在这个不大的圈子里被传得沸沸扬扬,连向前都听到了一些风声,她皱起眉头,内心惆怅。

向中的日子继续岁月静好,她每天按部就班地上班、下班,周末定时去王玉溪家撸猫。

渐渐地,她竟然有点儿习惯了这种规律的生活,就像习惯了工作环境里总是弥漫着一股暧昧的气息。在她的世界里,邓海洋、向前、向南等所有人,都成了和办公用品一样的点缀,因为随时能够见到,所以可以视而不见。

向南的日子却比过去更难,她每天要挖空心思想尽各种理由去聋哑学校,同时又要应付家里家外的各种事情。就像宅斗剧里,若是男人疼爱正妻,众人便也都尊敬她;若是男人宠妾灭妻,那正妻的日子便过得还不如小妾。

依附于男人的女人,她的生存环境就取决于男人对她的态度,这是没有办法的事。

最可气的是周乔伊,仿佛跟向南有仇似的,老是在"名媛

向家的女儿（上）

会"的群里发一些江宏斌和明蔚共同出席某些活动的照片。

向南直接设置了"免打扰"，但总有看热闹不嫌事大的，喜欢围观、搞事，还提醒向南去看，向南想躲都躲不掉。

江梓涵不知从什么途径听说了她爸的绯闻，近期倒是对向南亲热起来，不像以前那样视她为眼中钉、肉中刺了。

这天，江梓涵又跟向南说起自己过生日想要一个香奈儿包的事儿。

向南无奈地回复她，说自己已经和江宏斌提过了，但江宏斌不置可否。向南的小金库里实在没有这么多现金，不然她直接就给江梓涵买了。

江梓涵也知道逼向南没用，于是在家的时候就有意无意地去试探江宏斌。

如果向南当时知道一个香奈儿包会掀起那么多是非，那么此时此刻，她砸锅卖铁、东挪西借，也一定要替江梓涵将这个包拿下。

可坏就坏在，江宏斌已经买了这个包，也拿回家了，却没打算给江梓涵。

周五，江梓涵刚从寄宿学校回来，就看见客厅茶几上有个黑白两色的盒子。她内心一阵惊喜，雀跃着跑了过去，掀开盒子的盖子，果然是一只经典款的香奈儿包。

江梓涵越看越喜欢，她这个粉嫩的年纪，喜欢的反而是老气的经典款，也许等过了二十五岁，她又会开始艳羡新款和季节限定款了。人就是这样，总是变来变去的。

江梓涵也没多想，拿起包就心花怒放地把吊牌扯了，背在

第四章 逢场作戏

肩上,在客厅转了好几个圈儿,问向南好不好看。

"好看!"她发自内心地夸道。流行易逝,经典永存,哪有女人背香奈儿包不好看的?

可还没等向南再多看两眼,穿着黑色夹克衫的江宏斌就悄无声息地从门外走了进来。他走到满心欢喜的江梓涵身旁停下,然后"啪"的一声,重重地打了她一记耳光。这记耳光,直接把江梓涵和向南打蒙了。

向南赶紧去安抚江梓涵,然后鼓起勇气,质问江宏斌:"平白无故的,你打孩子干什么?"

江宏斌没有搭理向南,更不去理会脸颊红肿的江梓涵,而是扯过她手里的包,重新摔进盒子里,然后拿起盒子,铁青着一张脸,兀自走了。

"梓涵,你的脸……"向南好心地去看江梓涵的脸。

谁知,江梓涵直接用力甩开向南,喊了一声:"不用你管!"然后痛哭着跑开了。

就在这个瞬间,向南的内心突然泛起一种难以名状的悲哀。江宏斌就像是一个暴君,统治着整个家。向南原以为,自己作为老婆委曲求全实属无奈,可谁承想,当他的女儿、妹妹,也一样有着仰人鼻息的委屈。他这种想打就打、想骂就骂的暴力行为,不知道什么时候就会轮到自己。

虽然结婚这么久,江宏斌还没对自己动过手,但她隐隐觉得这一天也快要来了。

第五章 我想离婚

第五章 我想离婚

47

　　接下来的周末，江宏斌照旧不在家，随之消失的，还有那只装着香奈儿包的盒子。

　　因为这周向南老是偷偷溜去聋哑学校，江老太太已经有诸多不满了，再加上江梓涵整天挂着一张仿佛家里死了人的苦瓜脸，整个别墅的气氛都非常压抑。

　　在这种压抑的气氛里，只有一个人是高兴的，就是江家巧。一整个周末，她的手就像被强力胶粘在手机上一样，双眼时刻不离聊天界面，时不时地还会笑出声来。

　　为了讨家里人欢心，向南周六下午出去采购了一趟，她想买点儿党参给婆婆炖汤，再买个蛋糕哄哄江梓涵。

　　向南出门向来动静小，等她靠近自家轿车，才发现马师傅正坐在驾驶座上和人视频通话。隔着车窗，向南看到这个老男人正在搔首弄姿，顿时感觉一阵恶寒。

　　见向南过来拉车门，马师傅这才手忙脚乱地放下手机，而后满脸心虚地下车，假装替向南挡了下头顶。向南上车，往前面一瞥，正看见马师傅撂在一旁的手机，屏幕上的对话框显示他正在和一个叫"是芷熙啊"的女生聊天。向南断定对方是女生，不仅因为这个十分女性化的名字，更因为这个名字后面还跟着一个英文名和一串华丽的emoji图标。马师傅回到车里，

向家的女儿（上）

见向南盯着自己的手机，连忙慌乱地关上手机，然后迅速揣进兜里，戴上白手套。戴白手套是江宏斌定下的规矩，他这人有洁癖，曾对向南吐槽道："也不知道老马这些人上完厕所洗不洗手，要是不洗手，那不全蹭方向盘上了吗？"

向南也略尴尬，装作什么都没看见的样子，吩咐道："去超市。"

"好的，夫人。"马师傅的态度越好，越让人怀疑他刚才在车里干了什么见不得人的事儿。

向南悄悄吸了吸鼻子。这老马，喷的发胶也太呛人了！快五十的人了，还学小年轻梳"四六开"发型，油光可鉴的，发缝比正常人宽了几毫米，也不怕暴露即将秃顶的隐疾。

在超市，向南正在挑花胶，只听有人喊了一声："哎呀，向南！"然后一只手重重拍了她肩膀一下，掌心温热有力，拍得她的小身板立马矮下去一截。

"玉姐！"向南讶异地回头，她怎么也没想到，手上力道这么大的人会是玉姐。

玉姐平和地笑了笑，上下打量了向南一番，又低头研究了一下她购物篮里的东西。日常生活中，一个人喜不喜欢你，你自己总是能感知到的，如果还需要找一些理由来证明，那她多半不喜欢你。而玉姐这样的人，从她温柔的眼神向南就能感知到，她对自己有着一种"无利害"的喜欢。这种喜欢，多半来自彼此间能量的吸引、人品的肯定，以及三观的契合。

"你也买花胶？"玉姐亲切地问。

"是啊，玉姐也是？"

第五章 我想离婚

玉姐不好意思地抚了抚素净的脸："可不是吗？这女人上了年纪，全靠化妆品和食补。怎么样？今天玉姐素颜，吓到你了吧？"

"没有没有，"向南礼貌性地恭维道，"玉姐的皮肤状态一直很好，我都羡慕了。"说完，她拿起货架上的一袋花胶，推荐给玉姐道："玉姐，这个牌子的花胶好！北海花胶，是老胶，通透性好，我们家一直买这种。"

"真的？"玉姐的脸上露出惊喜的表情，"哎哟，向南，今天遇到你实在是太好了！这些东西我从来都不会挑，全是拣贵的买，但是这贵的有时候也不见得就好……还是你能干！"

向南不好意思地低下头，谦虚道："玉姐，您快别夸我了，我都不好意思了。其实这些东西我以前也不会挑。说出来不怕您笑话，很多东西我结婚前碰都没碰过，都是结了婚以后，一点点从网上看资料学的，买得多了，就知道里头的门道了。"

玉姐盯着谦卑的向南越看越喜欢，于是拉起她的手道："真是个不错的孩子！当家庭主妇就得有个家庭主妇的样子，家庭主妇当得好，也是一份事业嘛！我这辈子是没这个福气了，只能在男人堆里摔打，捡俩臭钱儿。"

向南道："玉姐，您太谦虚了。"她喜欢玉姐爽朗的自嘲。

"来，你再帮我挑一斤燕窝，看得我眼都花了！"玉姐拉着向南在超市里逛了好大一圈儿，俩人一起买了许多东西。

等结账的时候，玉姐掏出手机就要付款，向南赶紧拦住她道："姐，等一下。"说着，向南从包里掏出两张会员卡和三张抵用券，对收银员说，"这个是你们超市的卡，可以打九五折。

向家的女儿（上）

这个是你们商场的钻石卡，我问过了，超市通用的，可以打九折。还有这三张抵用券，满一千可以用一张，你看下，月底才到期呢。"

收银员低头验证了一下，而后点点头道："都可以用。"收银员又算了一遍价钱，玉姐买的那些东西，足足比之前便宜了五百多块钱。

"向南，你真行！以前我就像个傻子一样……"玉姐笑容满面，虽然五百多块钱对她来说不算什么，但她还是觉得特别高兴。

向南腼腆地笑着，结完了自己的账。玉姐要拉她去楼上的咖啡厅喝咖啡，向南惦记着家里的事儿，想推辞，却被玉姐死死拽住胳膊："用了你三张抵用券，咖啡总要喝一杯的！你要是不好意思，就楼上Co……Co……"玉姐"Co"了半天，也发不全"Costa"（咖世家）的音，干脆改口道："就楼上那个红牌子的！"

向南推辞不过，只得应允。俩人在咖啡厅里找了个无人的角落坐下，先是闲聊了几句，而后玉姐便开门见山道："丫头最近心里不自在吧？"

听玉姐亲切地称呼自己为"丫头"，向南心头一暖，像听长辈说话一样，越发耐心、恭谨。

"江宏斌和明蔚的事儿……"玉姐搅动眼前的咖啡，"你肯定知道一些吧？"

玉姐点到了向南的痛处，憋屈了个把月的向南，终于再也忍不住，吐槽道："玉姐，您说这事儿像不像样？"

第五章 我想离婚

玉姐轻轻按了按向南的手,示意她先别激动。玉姐也在"名媛会"的群里,里头那些太太对向南明里暗里的诋毁,她全都看在眼里了。那些太太本就看不起没权没势的向南,揶揄她不过是仗着年轻暂时魅惑住了江宏斌。她们觉得,如今江宏斌"浪子回头",和更有家世的"初恋"明蔚再续前缘,向南这个凭运气上位的"新妇",离被弃也就不远了。

"丫头你先别激动。江宏斌和明蔚的事儿,没人比我清楚。"玉姐信誓旦旦道,"'名媛会'那些人,很多都是后面才进来的。我认识江宏斌早,他给明蔚爸爸开车的时候,我们就认识了,这都多少年了……"玉姐边感慨,边掐指一算:"差不多快二十年了。"

"那……"向南真想问玉姐一句:那他俩到底有没有事儿?

向南迟迟没有和江宏斌发作,也是因为虽然江宏斌和明蔚的事闹得尽人皆知,但她毕竟没有抓到什么实质性的证据。"拿贼见赃,捉奸在床",这"拿贼"好拿,"捉奸"难捉。而且向南隐隐有种感觉,就是江宏斌其实和明蔚并没有"那种事儿"。这是一种直觉,枕边人才会有的直觉。

"他俩……"玉姐欲言又止,随后劝慰了向南一句,"这里面总有明蔚爸爸的面子。"

"我懂。"向南点头。

但江宏斌现在闹得实在是太过分了,哪个女人能忍受自己的老公成天和别的女人出双入对?要不是怕刺激到向郅军,以向南的倔强,早就闹起来了,大不了一拍两散,和江宏斌离婚。可是向南又不敢,向郅军的溺爱,有时候反而给了她太大的压力,这里头又是一笔从小到大的糊涂账。所以,向南一直逼迫自己继续忍。

可人总有忍无可忍的时候,无论向南如何压抑自己,江宏斌这种一点儿也不顾念她的行为,已经深深地刺伤了她的心。

"向南,生意上的事儿,玉姐不方便和你说。"玉姐怜爱地望着向南,"但是,你听姐一句话,千万不要和江宏斌闹,你不是他的对手!江宏斌要做什么,你就让他去做。只要他不来招惹你,你就睁只眼闭只眼,当作什么都没看见,懂吗?"

向南听了玉姐最后一句话,感觉很不舒服。她向来觉得"名媛会"里,唯有白手起家、至今独身的玉姐为人正派,自己跟她还能说上一两句话。可她今天竟然说出这样的话,或许她和"名媛会"里那些肤浅、世俗的女人并没有什么不同……

"我知道这话你不爱听,可……"玉姐看出了向南的失落,却继续硬着头皮宽慰道,"玉姐是过来人,不会害你的。你若是有什么委屈,以后尽管来找我。我现在就把我家地址发给你,欢迎你随时来。"说着,玉姐给向南发过来一个定位,两人又客套了几句,才告别。

向南带着一肚子的郁闷和疑问回了家。也许对一个人期望越大,失望也就越大吧。

48

向南提着大包小包回到家,把汤煲上。
江梓涵气哼哼地从楼上下来,拉开冰箱门找吃的。

第五章 我想离婚

向南赶紧拿过自己新买的蛋糕，打开包装，切好摆盘，坐在餐桌边陪她吃。向南并不想讨好谁，她只是单纯地觉得江梓涵那一巴掌挨得冤。

向南无法理解，江宏斌怎么就能凭着一时之气，为这点儿小事儿，对亲生女儿下这样的重手？"还疼不疼啊？"向南仔细端详着梓涵红肿的半边脸。

江梓涵倔强地说："看什么看，看笑话呢？！"

向南被她一说，更加小心翼翼："好了，别生气了。你要是真想要那个包，你等我攒钱给你买一个。"

"你少在这里装好人。"江梓涵语气依然很硬，但却充满了心虚。她终究还是个孩子，一个长期缺乏关爱的孩子。后妈越对她好，她反而越会将情绪全都宣泄在后妈身上。

向南撇了撇嘴，起身去看火上煲的汤。

江梓涵在她背后幽幽来了一句："就我爸每个月给你的那俩钱，养活你自己都够呛吧，还在这里充大方！"

果然，不要小看未成年人，其实他们心里什么都知道。

向南无奈地转过身，看了江梓涵一眼，又想起以前她总是无中生有地指责自己花她老爸的钱，心里一阵感慨。她就是故意给自己委屈受来着。

"那个，鸡汤好了，去喊你奶奶和姑姑吧。"向南回过身低头弄汤，她怕梓涵看见她眼角湿湿的，又借题发挥。

江梓涵"啪"的一声丢下蛋糕勺子，没好气地起身走了。

不一会儿，江家巧闻着香味儿下来了。"喔！党参乌鸡啊！"江家巧急急拿起勺子，舀了一勺就往嘴里送，结果被烫得直皱眉。

向家的女儿（上）

"家巧，我能和你商量个事儿吗？"向南靠着灶台，揉搓着围裙道。

"啥事儿？你说。"这回江家巧学聪明了，又从锅里舀了一勺汤，站在那里用嘴吹凉。

"之前你哥推荐的几只基金……赚了不少，你能不能把那个钱取点儿出来，先借给我？"向南道。

"借钱？"江家巧疑惑地放下汤勺，"嫂子，你急着用钱吗？"

向南嫁进江家后，从来没对江家巧开过口，所以江家巧感觉很意外。

"这不，下个星期就是梓涵生日了，孩子想要个香奈儿包，五万多吧，你哥不给买，还打了她一巴掌。我想着，要不这钱我出了……不过家巧你放心，这钱我一定会还给你的！我……我想想办法。"

江家巧怎么也没想到，向南问自己借钱，居然是这个目的。她这个嫂子，还真是圣母心泛滥啊！自己都顾不过来呢，还顾着"仇人"，她要是有这么个继女，早就大嘴巴呼过去了，这向南……

"嫂子，你要是自己买包，我立马把钱转你，也别说借不借的话！可是……"江家巧犹豫了下，"可是给梓涵买包，我劝你别去碰这个钉子。我哥……他不同意的事儿，我劝你别违逆他，回头吃力不讨好，里外不是人。"

江家巧说这话完全不是出于私心，反正她基金账户里的钱也不是她自己的，不过是他哥利用她的名义理财罢了。这钱若是能拿出来，她自然乐得做好人。可要去戳老虎的鼻子眼儿，

第五章 我想离婚

这找死的买卖她可不想干。何况她最近正和吕凉打得火热，不想额外生是非，影响心情。

跟江家巧借钱不成，向南觉得很没面子，便不再言语，老老实实地把锅里的汤盛出来，给江老太太端上楼。

这一切，被躲在楼梯后面的江梓涵看得清清楚楚，也听得清清楚楚。她攥紧拳头一跺脚，愤愤地嘀咕了一句："没用的家伙。"可再一抬眼，瞥见向南那端着汤的单薄身板，她的心里又有一阵说不出来的酸楚。

晚上，江宏斌从外面吃完饭回来，一进屋就丢过来一个淡紫色请柬，高声吩咐向南道："下周六周乔伊四十岁生日，搞得挺大，城里有头有脸的都请了，包括我们全家。"

向南拿起茶几上的请柬看了看。

"梓涵和家巧都要去。"江宏斌松了松领带，"你给准备下，一人一份礼，穿戴别丢我的脸。"

向南虽不情愿去应酬，但还是习惯性地点了点头，借机道："既然要去参加派对，那不如……给梓涵买个包吧，就买她喜欢那一款。我听说，她们学校好多孩子都有，这别人有，她没有，心里难免不平衡……"

江宏斌默不作声，久久凝视向南，而后冷冰冰地反问了一句："当家了？长本事了？现在这个家换你说了算了？"

向南解释："我不是这个意思。只是，梓涵她……挺委屈的。"

江宏斌站起身走到酒柜前，打开一瓶红酒，给自己倒了半杯。"慈母多败儿。"他转过身道，"我知道后妈难当，可你也不应该为了讨好梓涵，就没有底线。溺爱，是最大的毒害！梓涵

向家的女儿（上）

才多大，她凭什么用上万的奢侈品？"

听江宏斌这么说，向南也怒了。她一直自认为问心无愧，行得正，坐得端，江宏斌怎么能以小人之心度君子之腹呢？她在这个家里还需要讨好谁吗？她早就认命了，只想做好自己应该做的事。就算江梓涵不是她的继女，只是她的亲戚朋友，她也觉得江宏斌今天那莫名其妙的一巴掌打得太过了。

江梓涵半边脸都肿了，后天回学校上学可能还没消肿，想要的东西也没得到，这会对她造成多大的心理阴影啊……江梓涵平时是刻薄叛逆，但她之所以会变成现在这样，与江宏斌的教育方式脱不了干系。

向南一肚子的腹诽，愤愤地反驳江宏斌道："她凭什么不能用？"

"她从出生，就跟个碎钞机似的烧钱！到今天一分钱没挣，凭什么学别人虚荣攀比，用这些奢侈品？"江宏斌端着酒杯，不屑一顾地说，"老子当年一穷二白，背着几块钱的书包，就出来闯荡江湖，还不是创下了现在的身家！穷人的孩子早当家，还有那句话，你们文人最爱说的，什么'苦其心志，劳其骨头'……"

向南知道他想说"天将降大任于是人也，必先苦其心志，劳其筋骨"，可惜今天洪江的公关不在，不能把稿子递到江宏斌眼前，他只能胡乱说几句。

"你这话原没有错，"向南理解江宏斌的教育方式，"可是，今时不同往日。如果你想用这套方法让梓涵成材，就不应该送她去读贵族学校。人是会受环境影响的，在那个环境里，大家

第五章 我想离婚

都不把奢侈品当回事儿,这种名牌包基本人手一个,甚至几个,她只会觉得别人都有的东西自己却没有。而你却还在用这样一套'苦其心志'的方法教育她,用缺失感去逼她奋斗,你不觉得很分裂吗?"

"你在教我做事?"江宏斌反问道。

"我不是教你做事。我的意思是,给梓涵买个包,和鞭策她好好学习、自我奋斗并不冲突。你的这套方法,是自我催眠、掩耳盗铃。梓涵才十六岁,你让她去哪儿挣钱来满足自己的愿望?"

江宏斌没吱声,听向南继续叨叨,但手里的酒杯却越攥越紧。

"梓涵生在这样的家庭,处在这样的环境,她有条件得到这些,咱们做家长的,何必人为设限,让孩子失落?你就不怕她以后长大了,有能力了,开始报复性消费吗?你有没有听说过,那些小时候父母不给糖吃的孩子,一旦他们有能力赚钱了,就会报复性地狂吃,吃到糖尿病的都有!"

"闭嘴!"江宏斌很生气。此刻让他生气的已不再是江梓涵一心想要买包,也不是向南的教育理念和自己不同,而是向南有了自己的想法,开始挑战、顶撞他。江宏斌不是傻子,他当然知道向南说的有一定道理,但是,他不允许自己的老婆有太多的想法,更不允许老婆左右自己的想法。

江宏斌对江梓涵物质上的苛刻,表面上可以冠冕堂皇地说什么"苦其心志",其实内心最深处,还有一个连他自己都没意识到的原因。当年,江梓涵的生母就是嫌弃江宏斌没钱,满足不了她物质上的需求而离开了他，于是江宏斌就把自己年轻时因为受歧视而积攒的怨气，都有意无意地报复在了女儿身上。他可以给江梓涵好的教育，却不愿意给她平和、舒适、宽松的生活。他以为成功是源于苦难的磨砺，却不知，成功其实是来自一个人对苦难的反抗。而江梓涵不需要这样的反抗，她需要的只是爱，父母善意的爱、宽容的爱。

向南又想到了向郅军。向郅军总是因为向南从小就失去了亲生父母，而过度担心她的生活不幸福，生怕她吃一丁点儿苦，结果她现在对感情生活的心态也很扭曲，她对婚姻的忍耐，或许也是对向郅军的一种报复。

向南不希望江梓涵长大后像自己一样可怜。不过是一个包，都抵不上江宏斌的一顿饭钱，她想满足江梓涵，就像这么多年以来想满足自己一样。

向南所求的，不过是一段两情相悦、真心相对、没有杂质的感情而已。

49

江宏斌和向南的争执声，被一直在偷听的江家巧听得一清二楚。她蹑手蹑脚地走进江梓涵的房间，狠狠拍了一下躺在床上的江梓涵。

"你看看，就是因为你，那边又吵起来了吧！"江家巧带着埋怨的口气对江梓涵说道，"这也就是向南，要换了别人……谁会为了你的事儿受这窝囊气？！要是我，我也不管。以后，你

第五章 我想离婚

可得对人家好点儿！"

江梓涵咬着枕套，瞪着一双湿漉漉的眼睛，一言不发。其实不用经此一事，就看向南自从进了这个家门都做过些什么，她也明白向南是个好人。可她依然嘴硬道："那是她自己愿意！她就是贱，没完没了地讨好我爸，讨好我……"

"喂！"江家巧一听也恼了，从床沿"腾"的一下站了起来，指着门外嚷道，"江梓涵！说话可得凭良心！向南可是为了你买包的事儿，跟你爸吵起来了！你怎么还说人家贱不贱的？！"

江梓涵埋着头一声不吭，眼睛红得像两颗樱桃。

江家巧气得直接甩手走了。带上门，江家巧下意识地低头叹了口气，她哥和她侄女这脾气，也就只有向南能忍得了……江家巧就是怕自己以后也碰上一个性格冷硬、控制欲强的老公，才选择了吕凉这个人。只要她哥一天不倒，她的腰杆儿就能在吕凉面前硬一天。

第二天，向南挽着江家巧的手出门采购。江宏斌的副卡，又暂时性地回到了她的手上。

江家巧心疼向南，故意在专柜前拎起几件衣服，硬往她身上比画。可向南似乎丝毫不感兴趣一般，直接一把推开了。江家巧知道嫂子心里有气，也不好劝，只能故作潇洒地道："哎呀！你跟我哥客气个啥！今天反正都是他出钱，咱就挑最贵的买！这做女人嘛，就得把自己打扮得漂漂亮亮的。"

"你说得没错。"向南嘴角微微勾起，拿起一件风衣，递给家巧道，"这件风衣挺适合你。你刚谈恋爱，就应该多打扮打扮，这样每次约会都会有新鲜感。听说这次生日聚会吕凉也去，快好好挑一身！"

提起吕凉，江家巧有些脸红，可她偷瞄了一眼向南坦然的神色，便知道她是真的放下了。

江家巧试了几套衣服，都买了。向南又给江宏斌挑了衬衫和皮带，不过挑拣的时候，江家巧总感觉向南像是赌着气似的。以前向南给江宏斌挑东西，总会问江家巧："你哥喜不喜欢这个颜色？""这款式他能接受吧？""我给你哥买这个他会穿吗？"但今天，向南似乎全程都在公事公办，挑的东西都是符合江宏斌一贯喜好的，丝毫不带任何个人意见。

路过香奈儿店的时候，向南忍不住停下了脚步。江家巧赶紧警惕地挽起向南的手，拽着她就往前走，边走边说道："嫂子，你可别胡思乱想！咱们在这家商场的所有消费记录，现在都已经发到我哥手机上了！"

向南抿了抿唇，脸上看不出是什么情绪。反正今天自从进了这家商场，她就跟游魂似的，根本不在状态。

江家巧借机劝道："嫂子，我知道你是个好人。不过这子女教育问题，就是亲爹、亲妈还有意见不一致的时候呢，何况梓涵也不是你亲生的……你何必为了她去惹我哥不痛快？梓涵也未必领你情。我要是你啊，就什么都不管，只准备着要自己的孩子。"

江家巧说的是实在话，向南明白。可向南想要的，不过是"愿得一人心"的安稳生活，对超出安稳生活的物质享受并没有那么强烈的渴望。"生子夺宠"之类的事儿，她毫无兴趣，还是一切顺其自然的好。江宏斌现在对她要是有初见时的一半殷勤

第五章 我想离婚

体贴，哪怕让她放弃万贯家财和他一起吃糠咽菜，她都是愿意的。可惜时光不能倒流，感情也会随着时间渐渐变淡。

转眼到了周乔伊生日那天，江宏斌跷着二郎腿，坐在客厅的沙发上，检查向南的"作业"。

向南半跪在地毯上，把买回来的"战利品"一一摆在茶几上："这块表，是我们夫妻送周乔伊的；这条围巾是家巧送她的；梓涵也去的话，这瓶香水给她带着合适。"

江宏斌瞥了她一眼，冷冷地敷衍了句："算你会办事儿。"

向南懒得多看他一眼，起身去叫江梓涵下楼。

江梓涵因为买包的事儿心里别扭，磨磨蹭蹭地不肯下来见江宏斌，后来好容易被江家巧和向南轮番说动了，才嘟着嘴，极不情愿地来到楼梯口。

"怎么不穿那条粉红的裙子？"江宏斌站起身，对江梓涵斥责道。

江梓涵也不是吃素的，直接顶嘴道："我不喜欢粉红色！"

"回去，换那条裙子！"江宏斌命令道，他腰间的皮带扣泛着幽幽的冷光。

"我都说了，我不喜欢那条裙子！我最讨厌的就是粉红色！我都多大了，你是不是还当我是芭比娃娃，任你摆布呢？！"江家巧已经使劲儿拽江梓涵的衣角了，可她却依然毫不妥协。

江宏斌愣了愣，然后一步一步地逼近楼梯，看着楼梯上的三个女人。

江家巧胆战心惊地赶紧把江梓涵藏到自己身后。

向南帮着劝道："好了好了，不就是穿什么衣服吗？我看梓

向家的女儿（上）

涵这条裙子也蛮好看的，就别……"

向南话音未落，只听"啪"的一声厉响，还是上次的脸颊位置，又有人结结实实地挨了江宏斌一巴掌。但这次不是江梓涵，而是替江梓涵说话的向南。

这一巴掌，惊呆了现场所有人。连闻声坐着轮椅赶出来的江老太太都吃了一惊，连忙失声喝道："宏斌！"

向南捂着脸，怎么想也想不通自己挨这一巴掌的理由。她最担心的事，还是在光天化日之下莫名其妙地发生了。江梓涵不肯换衣服，关她这个劝架的什么事儿？她凭什么挨打？这江宏斌怕不是丧心病狂，最近打人上瘾了吧？

江家巧这回也看不下去了，把趔趄倒地的向南扶了起来，恶狠狠地瞪了她哥一眼："哥！你过分了啊！"

江宏斌却丝毫不为所动，冷冷地看了向南一眼，转头又继续命令江梓涵道："还不快回去换衣服？！"

江梓涵见向南挨打，气得整个人都发了狂，她想反抗，却又觉得四肢仿佛被几根无形的绳索给牢牢捆住了，动弹不得。

江宏斌就是算准了自己女儿这一点，才用这种方法逼她就范，并且给她个教训。

江宏斌知道，他就是打死江梓涵，她也跟茅坑里的石头一样又臭又硬，但如果甩向南一耳光就不一样了，江梓涵看见这一幕，绝对会长记性。他还觉得，向南也该吃点儿教训了。他恨她最近事有点儿多，她心里装的、想的，不是应该只有他一个人吗？江梓涵不过是自己的附属品，她怎么能本末倒置呢？

"爸！你凭什么打向南？她做错什么了？！"生平第一次，

第五章　我想离婚

江梓涵气冲冲地开口维护这个她一直看不起的女人。

向南捂着脸，满眼的泪水和倔强，仿佛也在质问江宏斌："你凭什么打我？！"

可江宏斌根本不管这些，他拽起江梓涵的头发，把她薅回她的卧室，然后"砰"的一声摔上门，只听里面传来他的怒吼："给我换！老子看着你换！"

江老太太一把年纪了，本来就心疼孙女，此时看着眼前这片混乱的场景，气得差点儿一口气背过去。她让江家巧把她的轮椅推到江梓涵卧室门口，隔着红木雕花门，颤抖着嗓音冲里面喊道："宏斌，宏斌啊！管教孩子要有个限度！梓涵……梓涵都那么大了，你怎么让她当着亲爹的面换衣服嘛！你把门开开，我们来和她说……"

向南用力擦了擦眼泪，也走到门口，她不服气地拼命拿拳头砸门，既是替江梓涵反抗，也是替她自己叫屈。

这回，江老太太没有阻拦她，也没有责怪她，反而狠狠拍了一下自己骨瘦如柴的膝盖，痛喊一声："冤孽啊！"

几分钟后，江梓涵的房门终于"吱呀"一声开了。鸦雀无声中，江梓涵穿着那条粉红色公主裙，跟在面如铁色的江宏斌身后走了出来。江梓涵看起来是屈服了，可她那双通红的眼睛仍在控诉着。

向南更是无比冤枉。

可江宏斌不管这些，他走下楼，穿着向南给他买的新衣服，安排了一下车辆。他不想看亲生女儿那张仇人般的死脸，于是让江家巧和他一辆车，命令向南和江梓涵去坐马师傅的车。

一路上，向南一直对着粉饼盒里的小镜子补妆。不得不说，江宏斌的力道拿捏得很"巧妙"，声音大，感觉疼，却没留下什么痕迹。向南压了点儿散粉，在脸上盖了盖，几乎就看不出来了。

江梓涵有些心疼地一把夺过她的粉饼盒，赌气说道："补什么补？！我要是你，我今天就不去了！"

向南并非没有骨气，而是……她看江梓涵最近的状态不好，不放心，而且从早上起床开始，她的眼皮就直跳，搞得她心神不宁，总觉得要出什么事儿。她还想到，越是这种重大的场合，自己越是要多露脸，不然这"江太"的身份，就真的要落到明蔚的头上了。就算今天"一家三口"整齐露面，恶心恶心明蔚母女，她觉得也是值得的。至于江宏斌的账，也是早晚要算的，都貌合神离了这么久，还差这几个小时吗？

50

"嗡——嗡——"谁的手机在响。

向南警惕地四下找了找，怕又是江宏斌的催命呼叫。找了半天她才发现不是自己的手机，江梓涵从随身带的小包里，掏出一个精致的粉红色手机接起来。不用说，就这个颜色，肯定又是江宏斌挑的。

"什么？！你说什么？要出国？现在……真的吗？你一定要去吗？你就不能不去吗？已经去机场了？！为什么？为什么？！"江梓涵对着手机没讲两句就急了，一个劲儿地反问对

第五章　我想离婚

方。她眼里还噙着泪,挂了手机就立马让马师傅靠边停车。

"怎么了,梓涵?"向南握住她颤抖的手。

"琪琪子……琪琪子……"江梓涵很激动,嘴唇翕动着,只会重复这个名字。

"琪琪子是谁?"向南问。

"她……她是我朋友,我们一个寝室……"

向南竭力安抚江梓涵:"她是出什么事儿了吗?你别急,先告诉我。"

江梓涵异常激动,着急地命令前面的马师傅停车,可马师傅却稳稳地手握方向盘,一点儿减速的意思都没有。

向南不悦,对他说了句:"你开慢点儿!没看见梓涵这儿有事儿吗?"

马师傅却只是对着后视镜冷冷一笑,用公事公办的口气说道:"刚江总跟我说了,务必用最快的速度把你们送过去,那边人都等着了,晚了我不好跟江总交差。"

向南听了,肺都气炸了,从后视镜里狠狠地回瞪了他一眼。

江梓涵则直接一脚踢在马师傅的座椅靠背上,号叫道:"我让你停车!你听见没有?!停车!停车!垃圾!"

马师傅就像是机器人,对江梓涵歇斯底里的号叫和谩骂无动于衷,继续淡定地按既定路线开着车。

向南用尽吃奶的力气死死抱住江梓涵,追问道:"你先告诉我,琪琪子怎么了?我再想办法让马师傅停车。"

江梓涵看了向南一眼,抱住她止不住地哭了起来:"琪琪子和她爸吵架了,她离家出走跑去找她妈,她妈气不过,要立即带她出国,现在人已经在去机场的路上了!向南,向南!我要去送送琪琪子!她……她跟我是上下铺,我们俩是最好的朋友!"

向南听明白了,她先稳住江梓涵道:"你别急,别急!我……我现在就给你爸打电话。"说完,她便连上车里的蓝牙,直接拨给了江宏斌。

江宏斌听完向南的陈述,直接问道:"是蓝牙吗?梓涵能听见吗?"

向南回答:"能。"

江宏斌确定江梓涵能听见通话内容之后,便用十分冰冷的声音说道:"走了就走了呗,谁能陪谁过一世呢?都是生命中的过客而已。梓涵,你这个年纪的友情一钱不值!既然她要出国了,那以后你俩说不定连面都见不着。为了一个可能再也不会见面的人,浪费你的时间和精力,值得吗?倒不如赶紧过来接触新的人脉。老马,赶紧把她们俩拉到现场来!我们都到了!"

"好的,江总,前面还有一个路口。"马师傅回道。

江梓涵气得浑身颤抖,死死攥着手机,都快把手机捏碎了,满眼恨意地盯着前面。

向南无奈,这方向盘在马师傅手上,车门又都被锁死了,她和江梓涵就是想跳车都出不去,只能认命。

事发突然,朝夕相对的好朋友突然离开,竟然连去送一送都不行,向南特别能理解江梓涵此时的感受。至于江宏斌,他今天的做法完全符合他平时冷心冷意的一贯作风。江梓涵这十几年就是在这种环境里长大的,难怪会养成现在这样桀骜不驯

第五章 我想离婚

又偏激的性格。

向南在心底深深叹了口气：真不能怪孩子。

车开到了目的地，是一家高档会所。马师傅把车停在会所门口时，并没有看见江宏斌的踪影，想来他是等不到她们，自己先进去了。

向南拉着愤怒的江梓涵从车上下来，往会所里走。

"梓涵，再不开心，也别在公共场合流露出来，不然你爸会生气的。"向南好心劝道。

"我管他生不生气！"江梓涵嘟囔着，摆明了今天不想给任何人好脸色。

向南微微叹了口气，江宏斌这又是何必呢？硬绑了女儿来捧场，难道他就预料不到她会摆脸色吗？他以为她不敢，可江梓涵毕竟已经长大了，有了自己的思想和情感。父女俩这么拧着，准得出事儿。

向南提着礼物，惴惴不安地走进灯火辉煌的会场。

"哎哟，向南来了！"周乔伊今天打扮得宛如圣诞老人，她身穿一袭奶白色的蕾丝礼服裙，外面罩了一件鲜红色马海毛开衫，来彰显她的寿星身份。

向南完成任务般把礼物交给她，说了句"生日快乐"，就拉着江梓涵往里走。

谁知，周乔伊却突然神神秘秘地拽住向南，说道："向南，你这礼也太重了！这么大的人情，以后可叫我怎么还呢？"

向南听得莫名其妙，江梓涵也在一旁眨巴着一双大眼睛盯着周乔伊。

周乔伊挑了下眉，继续道："一看你就不知道！刚才江总和明蔚合送了我一份大礼，也是一块手表，和你这个……"她故意清了清嗓子，然后打开向南递过来的丝绒盒子，讪笑道，"和你这个差不多。"

向南的脑袋"嗡"的一声，顿时心乱如麻。江宏斌和明蔚合送礼物？他们俩以什么名义合送？情侣吗？！更过分的是，江宏斌既然打定了主意要和明蔚合送礼物，为什么又让自己以夫妻的名义准备礼物？当他看到自己准备的手表的时候，又为什么只说了句"会办事儿"，并没有提醒她撞礼了？这一切的一切，江宏斌到底想干吗？！向南顿时火冒三丈。

见向南脸色不好，周乔伊继续在一旁说着风凉话："哎呀，看来这'娥皇、女英'还真是心有灵犀啊！江总可真有本事，'东宫、西宫'都摆得平。向南啊，你这人还真大度，要是我，可没这么高的修养。"

周乔伊摆明了是站在明蔚那一边的，才敢这样阴阳怪气地挤对向南。在周乔伊看来，一边是有着深厚背景的明蔚，一边是除了和江宏斌的婚姻一无所有的向南，她当然知道该怎样站队了。在她看来，要是哪天江宏斌和向南离了婚，这个靠着年轻和运气上位的丫头片子，就只能滚回她以前的生活圈子去，跟自己永世不会再见。

向南气得脸都绿了，她本想回怼周乔伊几句，但奈何自己的男人太不地道，做出这种丢人现眼的事儿，搞得自己说话也硬气不起来。

向南忍气吞声，想拉着江梓涵往里走。谁知初生牛犊不怕

第五章　我想离婚

虎，江梓涵可不是吃素的，直接对周乔伊骂道："哎哟喂，过个生日嘴还这么臭！什么'娥皇、女英''东宫、西宫'，你电视剧看多了吧？我们国家法律明文规定了一夫一妻制，我爸就一个老婆，那就是向南，就是我妈！"

随着一句"那就是向南，就是我妈"，周围渐渐安静了下来，好些宾客都不自觉地围了过来。

江宏斌和明蔚正在不远处举着香槟和人敬酒，听见动静，也开始关注这边的情况，但奈何被谈话绊住，一时过不来。

周乔伊打量了江梓涵一眼，看她的眉眼有几分像江宏斌，猜到应该是他的女儿。

"你是梓涵吧？这直脾气，阿姨喜欢！快进去吧，里面有好吃的。"周乔伊长袖善舞，开始拉拢江梓涵。

江梓涵却死死挽住向南的胳膊，冷若冰霜地盯着周乔伊的脸。

有了江梓涵撑腰，向南也毫不客气，决定不受周乔伊这份气，她狠狠瞪了周乔伊一眼，一把抽回刚刚送出去的表盒，转身就往里走。

你不是阴阳怪气吗？这礼，老娘还就不送了！她暗想道。

周乔伊受了气，忍不住往地上啐了口唾沫，愤愤道："还真拿自己当盘菜了！"

向南拉着江梓涵，先找到了江家巧和吕凉。

江家巧压低了声音劝江梓涵："要闹回家闹！在外面可得给你爸脸，小心他回去又揍你！姑姑可保不了你。"

江梓涵叉起一块蛋糕就往嘴里送："你是保不了我！我以后

就靠我妈了！"

"你妈？"江家巧和吕凉面面相觑。

江梓涵用叉子指了指向南，然后默不作声地又叉起一块蛋糕往嘴里送，那吃相，仿佛和这蛋糕有仇似的。

向南摸了摸江梓涵的后背，有些尴尬地冲江家巧和吕凉笑了笑。

江家巧只觉得这称谓听得她后背发凉，惊悚地往吕凉的身旁靠了靠。这是要出事儿啊！

吕凉则望了一眼不远处谈笑风生的江宏斌和明蔚，一语双关地劝了向南一句："出来混嘛，总得背靠大树。人这一辈子，身不由己的时候多，你也别往心里去。再怎么样，你现在都是江太太。"

向南听着这话，心想：吕凉他什么意思？到底是在劝慰自己江宏斌和明蔚的事儿，还是在试图解释他和江家巧的关系？场子里觥筹交错、人声鼎沸，向南一时间有些眩晕，分辨不出眼前的是人影还是鬼影。

"向南，你没事儿吧？"江家巧扶住她。

"我没事儿，可能是低血糖。"向南扶了扶脑袋，也叉了一块冰冰凉凉的小蛋糕送进嘴里。

她刚缓过一口气，就见明蔚挽着江宏斌的胳膊往这边款款走来，他们身后还跟着一身华服的Mavis。远远看去，仿佛他们仨才是一家子，而向南、江梓涵、江家巧和吕凉，不过是一群散兵游勇，根本没有什么战斗力。

第五章　我想离婚

51

"梓涵，叫阿姨。"江宏斌悠然地擎着一杯红酒，冲江梓涵道。

江梓涵抬起头，红着眼睛，瞟了眼这位"阿姨"，无动于衷。

明蔚热络地走过来，拉起江梓涵的胳膊，温柔而又谄媚地笑道："这就是梓涵啊！你小的时候，阿姨还抱过你呢。"明蔚伸手比画了一下，大概两尺长，她说的应该是江梓涵刚出生的时候。

向南默不作声，宛如局外人。

"噢，这是我女儿。"明蔚拉过身后的Mavis对江梓涵介绍道。

"Mavis，你比梓涵大几岁，是姐姐，以后可要多带着妹妹。"

现场所有的人都觉得明蔚这句话意味深长，似乎在暗示着什么。

周乔伊更是在一旁得意地挑眉，将手里的香槟一饮而尽。她暗自揣测道：呵呵，就眼前这个形势，"江太"这个头衔，估计很快就要易主了。

江梓涵可不惯着明蔚，直接翻了个白眼道："什么姐姐妹妹的？我是独生子女。就算有姐妹，那也是向南给我爸生的！"

"梓涵……"江宏斌不怒自威地低声呵斥了她一句。

向南依然不说话，事已至此，她的存在，本身就是个笑话。以向南的自尊心，她恨不能找个地洞钻进去，但凭她对江宏斌这个人的了解，又觉得也许事情并非看上去那么简单。她有些进退两难。

向家的女儿（上）

　　向南也想得开，如果事情真的到了那一步，她也只能接受。毕竟她的经济来源、社会地位都来自江宏斌，她这样的人形木偶，挣扎与否，不过就是个形式罢了。眼下，她管不了那么多，只想关照好江梓涵，哪怕这个继女刚刚才认可她这个后妈。

　　Mavis的脾气丝毫不逊色于江梓涵，见江梓涵这样硬声硬气地对自己亲妈说话，于是从后边往前站了一步，冷笑道："我妈就是随便和你客气一下，你怎么还当真了？想当我妹妹，你还高攀了呢！"

　　Mavis的这番话显然没过脑子，但也是她的心里话。这些年就算再落魄，她妈时时刻刻保持着的大小姐做派，也都提醒着她，她的外公是谁，她出身于一个什么样的家庭。就算她妈经历结婚、离婚、再婚、又离婚，逐渐败光了家产，但在Mavis心里，她们仍然是"贵族"，是高于江梓涵、向南，甚至江宏斌的贵族。

　　江梓涵自然是不服，就在这时候，她瞥见了Mavis肩头背着的包包。这包包的牌子、款式，甚至泛着光泽的小羊皮质感，不就是……她立刻反应过来，瞬间暴怒，二话不说，抄起手边的一碟奶油草莓芝士蛋糕，像拍陶坯一样，一把拍在了那只她心心念念好久的包上。

　　"哇！"Mavis一声尖叫，现场所有人都惊了。

　　江宏斌见女儿做了蠢事，忙严厉地给江家巧使眼色，让她赶紧把这祸害弄走。Mavis气得大声责骂江梓涵，江梓涵才懒得理睬，扭头就跑出了大厅。

　　碍于颜面，江宏斌不痛不痒地对明蔚说："小孩子不懂事儿。"随后他又拍拍Mavis的肩膀,轻声劝慰道:"没事儿,再给你买一个。"

整个过程,向南都被晾在一边。

和上次一样,向南怎么也想不通,既然明蔚都已经如此光明正大地和他出双入对了,江宏斌为什么还要把她叫过来见证这一切呢?他是心理变态吗?

就在这时,江宏斌突然想起自己还有个正牌老婆,转头吩咐向南道:"你现在就去旁边那个商场,给Mavis再买一个包。"

向南压抑了多时的委屈和耻辱终于爆发了:凭什么?!她冷冷地看了江宏斌一眼,又瞥了一眼明蔚和一旁扬扬得意地看热闹的周乔伊。她的嘴角轻轻上扬了一下,冷笑着回答道:"我不去,谁爱去谁去!"

而后,她就把方才从周乔伊手里拿回来的表盒,像扔垃圾一样扔在地上,轻蔑地说:"生日快乐。这礼我就算是送到了。"说完,她大方地转了个身,对着门外明媚的阳光,一路小跑了出去。在灿烂的暖阳中,她的长发飘飞在脑后,她是向南,是可以隐忍,却不能被人践踏尊严的向家女儿……

"梓涵!梓涵!"江家巧上气不接下气地追着江梓涵。江梓涵仿佛一匹脱缰的野马,倔强地横冲直撞着。这时,会所不远处突然驶过来一辆黑色轿车,眼看就要撞上江梓涵,江家巧的心脏都快要跳出来了。

"梓涵!你不要命了!"她怒喊道。

只听"吱——"的一声,车子刹住了,声音响彻整条马路,空气中弥漫着刺鼻的橡胶味儿。

向家的女儿（上）

江家巧在惊悸中不由闭上了眼睛，可再次睁开时，却发现倒在车前的居然是向南。

车子没有撞到向南，离她就差几厘米，向南是被吓倒的。而就在她倒地的前一秒，她一把推开了横冲直撞的江梓涵。

"向南！！"江梓涵第一个冲过去，抱起向南。

江家巧吓得脸色煞白，两腿发软。

"血？"江梓涵突然发现地上有几滴鲜血，她吓坏了，嘴里高喊着，"姑姑！姑姑！你快点儿过来！向南流血了！流血了！！"

对面倚着车站立的马师傅明显看到了这边发生的一切，但他的第一反应不是过来救人，而是先拨通江宏斌的电话，向他汇报外面所发生的一切。

"严重吗？"江宏斌对着电话问。

"好像有点儿严重。"

"嗯，我现在出来。"江宏斌表情不耐烦地挂掉电话，迈着步子往外走。

"向南！向南！你怎么了？"江家巧和江梓涵都没见过这种场面，同时慌了手脚，除了干号，什么也做不了。

直到江宏斌出来，他看了一眼现场，立马将向南从地上抱了起来，吼道："送医院！"

马师傅把车开过来，江宏斌把向南塞进车后座，然后又把江家巧推了进去。

"赶紧去医院，先检查一下！"他命令道。

"哥，你不去吗？"江家巧扒着车窗战战兢兢地问。

第五章 我想离婚

江宏斌一边掏出电话,一边不耐烦地说道:"我现在报警,在这儿看着现场,你们到医院后随时和我联系。"他心里盘算的是,向南看起来摔得不太严重,也许就是蹭破点儿皮,今天这个聚会对他至关重要,他还有事未完,不能走开。

向南绝望地在车里闭上眼睛。江梓涵没和她爸商量,也跳上副驾驶,一起往医院去了。

明蔚在会场里等了江宏斌许久,同时嗔怪Mavis怎么为了一个包就大呼小叫的,一点儿大家闺秀的修养都没有。Mavis赌气地把肩头的包拽下来,狠狠摔在地上,还踩了几脚。

周乔伊将这一切都看在眼里,却装作没注意到,继续谈笑风生。

江宏斌回到会场后,附耳对明蔚说了下外面的情况。明蔚脸上竟然露出一丝窃喜的神色。她暗想,江宏斌对现在这个老婆还真是一般,都出车祸了,也没跟着去医院。但她毕竟经历过人情冷暖,虽然庆幸于江宏斌这时候没有抛下她而去,却又隐隐恐惧这个人的冷血。她心神不宁地问了句:"你老婆没事儿吧?"

江宏斌淡定地回道:"没事儿,可能就是磕破点儿皮。"

于是,江宏斌抛下自己老婆留下来陪明蔚的消息,在周乔伊的生日宴会上不胫而走。大家都明白是怎么回事儿,但也都没有说破。毕竟这是人家的家事,和他们有什么关系?他们只管赚钱就可以了。

周乔伊得偿所愿,在自己的小圈子里眉飞色舞地八卦:"我说得没错吧?男人,没有想象的那么肤浅,除了美色,还会看身边女人的能力和家世。明蔚跟那个什么向南比,各方面不知高出几个档次!"

"就是,那个美院的女生,也就玩玩文艺情怀,骗老江一时。老江也就是跟她玩玩,难道还能白头到老吗?那不是太阳打西边出来了?"

"他俩结婚的时候我就不看好,那个小女生摆明了是图老江的钱和地位。这下好了吧,人家老江回归'正途',她被打脸了吧?还这样跑出去送死,今天是乔伊的好日子,也不知道是不是成心给大家添堵?"

"这么说,老江和明蔚的事儿快了吧?那世纪城那块地,别人是不用再想了!"

"那当然,世纪城的开发,老江少说赚几十个亿。只要明蔚的爸爸和老上司说一声,还不是板上钉钉的?"

"那让我老公再投点儿吧!"

"投个屁!你早去哪儿了?现在才想起来跟投,好项目早打烊了!乔伊,你家那位跟了不少吧?"

周乔伊得意道:"你们说呢?好像你们跟得少似的!哈哈哈哈……"

"好了好了,有钱大家赚,闷声发大财!来,喝酒喝酒!"

……

一阵折腾后,向南被送到了医院急诊。医生诊断,向南是因为流产才流血的。

"流产?"江家巧讶异得合不拢嘴,一个劲儿地问医生,"我嫂子她什么时候有的?孩子几个月了?"

第五章 我想离婚

医生看了下记录,回答她道:"快两个月了。你们也太不当心了。"

江梓涵听了也往后一个趔趄,而后拉着江家巧就哭起来:"姑,是不是……是不是我害了向南,害了我的弟弟妹妹?"

江家巧手足无措,嘴里敷衍着她:"不是你的错,不是你的错,赶紧……赶紧告诉你爸!"

江梓涵颤抖着给江宏斌打电话。

江宏斌听完江梓涵带着哭腔的叙述,心头一沉,但碍于旁边有人,只是轻轻说了一句:"知道了。"

向南脸色惨白,虚弱地躺在病床上,她双眼盯着天花板,当然明白发生了什么。就算医生不告诉她,自己身上发生了什么,她也是有感觉的。

江家巧和江梓涵坐在床边,止不住地流眼泪,江梓涵哭得更伤心,恨不能抽自己俩耳光,给向南解解气。

"给我姐打电话。"虚弱的向南,只说了这么一句话。

52

向前快要睡着的时候,突然收到董事长秘书的微信:"董事长明早海钓,想叫上你一起去。"随后,秘书又立刻发来一个定位。

向前不敢怠慢,推醒已经鼾声大作的高平,说:"明早我有事儿,凌晨四点就得出门。"

"出就出呗!你推我干什么?"高平睡眼惺忪。

"我就是和你说一声。"

"哎呀,有什么好说的?困死了,别吵我。"高平又接着睡着了。

高平是个作息极其规律的人,从不熬夜,习惯早睡早起,不像向前,一有工作,通宵达旦是常有的事儿。

向前不明白这个时间节点董事长找自己的用意,又不好找柴进商量,她提心吊胆的,竟一夜都没有睡好。第二天她带着两个黑眼圈,迎着晨曦,独自开车往海滨赶。

向前到那儿的时候差不多早上七点,董事长已经泡了壶茶,在秘书的陪伴下,坐在甲板上执竿儿了。

向前耐着性子,陪着董事长钓了一会儿。鱼儿迟迟不上钩,晨风倒是裹着凉意,一阵接一阵袭来,向前忍不住裹紧了风衣。

"小向啊,以前钓过鱼吗?"半小时后,董事长终于开了金口。

"没。"向前如实回答。

冲浪、攀岩、打高尔夫球,这些有钱人的活动,她确实接触得甚少,即使偶尔参与,也是为了陪客户硬着头皮去的。海钓她还是第一次。

董事长笑笑,没说话。

又过了半晌,浮漂还是一点儿动静都没有。一旁的秘书有些急了,怕董事长不高兴,于是小声建议道:"您要不要先吃点儿东西,休息一下?"

董事长还是若无其事地盯着鱼竿,不置可否。

这时,向前识趣地道:"所谓'姜太公钓鱼——愿者上钩',

第五章 我想离婚

董事长,您怕是醉翁之意不在酒,想钓的并非这海里的鱼吧?"

董事长听了向前的话,嘴角微动,看不出是喜是嗔。

这时,海里的浮漂动了,董事长的鱼竿抖动了两下。董事长笃定地站起身,抓住鱼竿奋力一挥,一条活蹦乱跳的鱼从天而降,落到了甲板上,"啪啪"地挣扎不停。秘书赶紧俯身抓住鱼,拿到一边处理。

董事长摘下手套,面带笑意地邀请向前去船舱里坐。一壶热气腾腾的茶已经泡好,董事长对向前道:"你说我是'姜太公钓鱼',可知他钓鱼是为了灭商?"

"灭商?"向前掩嘴,意识到自己似乎说了不恰当的话。

谁知董事长却不以为意,给向前斟上一杯茶之后,缓缓道:"不过,你说得也没有错,商场上大家都喜欢讲'共赢',但其实任何生意,无论大小,都是兵戎相见的你死我活。"

向前不解董事长的意思,不敢乱接话,只点了两下头。

"柴进最近在忙什么?"董事长推了一下茶盏,问道。

向前道:"看起来在声色犬马。"

董事长笑道:"看起来……"

"是。"以向前对柴进的了解,他说会去给她"托着桥",就一定会"托着桥",至于手段嘛,"美男计"他是用惯了的。

"江宏斌那边有什么说法吗?"董事长又问。

于是向前汇报了一下这些天的工作:"他对我上次做的企划书很感兴趣,让下属打电话过来,跟我对接了好几次,但……"

董事长抬起眼睑,镜片后闪过一丝凌厉的光芒。

"但他似乎不太有诚意。"向前赶忙又解释,"不光对我们,之前对盈润也是如此。"

"嗯？"董事长询问地看了向前一眼，等待她的下文。

"不过，这些天我似乎理出了点儿头绪，还没和柴进商量过，先说给您听听。"向前对董事长直言，"世纪城的项目，外界都传洪江集团志在必得。可是江宏斌的下属每次来谈合作，大都是咨询玻璃幕墙和高建钢的价格。一开始，我以为他是想打造高科技园区，但咨询的次数多了，我又觉得似乎不是那么回事儿。"

"怎么讲？"董事长搁下茶杯，明显来了兴致。

"您上次给我演示了汉堡的拆分方法，所以我当时觉得江宏斌是想做得高大上一些，但……想了几天，我还是觉得不对。"向前戴着一顶白色鸭舌帽，在晨光中继续说，"世纪城的周边多是以石材为主的古朴建筑，就算是江宏斌要打造现代化的社区，也不可能和周围的风格相去甚远。如果在石建筑群的周围，突然来几座装饰着玻璃幕墙的建筑，一来显得突兀、不美观，二来规划局也不可能批这样的项目。世纪城在紫金山脚下，那块地绝对不适合建一座座摩天大楼。"向前一口气把自己的意思表达完，然后小心翼翼地去看董事长的反应。

董事长听完，没有立即发表自己的看法，而是幽幽地摘下无框眼镜，用布擦了擦镜片，又重新戴上。良久，他才开口道："所以我说，我没有看错人。整个滨江，也就你和柴进两个人，饭是给脑子吃的。"

向前听他这样说，才松了一口气，这应当是董事长对她实打实的夸奖了。

第五章 我想离婚

"不过,向前,有个细节,也许你没有留意到。"董事长盯着她的眼睛道,"上次我把汉堡拆分给你看,无论是三合一的垃圾食品,还是绿色健康食品,你看见我吃了吗?"

"这……"向前心头一惊,她努力地回忆了一下,而后恍然大悟地答道,"没有。"

向前清清楚楚地想起,董事长最后确实没把汉堡吃下去。难道他的意思是……

"你不必急着把答案说出来,自己回去再悟一悟。"董事长沉稳地叮嘱向前道,"如果有什么不明白的,可以和柴进商量。"

"柴进?"向前又不解了。

董事长拉自己进这个局,不就是为了杀一杀柴进的锐气吗?现在怎么又允许自己和"太子"商量了?

董事长很快给向前解了惑:"向前,知道我为什么用你吗?我看人是不会错的,你身上有一样难能可贵的东西,叫'初心'。柴进做生意太油滑了,什么套路都会,但是在套路中找套路,一定会钻进死胡同!只有你,能给柴进灵感。"

"您的意思是,我还没有被套路透?"向前难得地在董事长面前皮了一下。

董事长仰头笑了一声,肯定了她的话:"是,自知者明。"

从甲板上下来后,向前就一路驱车往滨江去。路上,她忖度着董事长的话,他并没有吃那个汉堡,那么隐喻的就是:也许江宏斌的醉翁之意也不在酒?

"嗡——嗡——"向前的手机振动起来,是柴进打来的。

"我要见你,立刻,马上。"

"马上进滨江。"

"给你三分钟。"

向前把手机摔在一边,这"父子俩"脾气一样,找人都要"立刻"过去,转世投胎都没这么快。向前气喘吁吁地赶到柴进办公室,时间刚过十点半。

柴进眼下发黑,一看就是昨晚一夜都没睡好。向前一进门,他就立刻站起来,走到她身前,然后一把死死将她搂住。

向前被柴进抱得几乎快窒息了,心想,这家伙今天又抽什么风?向前竭力想把柴进推开,谁知柴进将她搂得更紧了。向前闻出他身上透着几分酒气。

"向前,你会离开我吗?"柴进的低音炮极具杀伤力。

"又犯病啦?"向前作为一个已婚妇女,极度抗拒柴进这种没有分寸感的行为。

"回答我。"柴进死不撒手。

无奈,向前只得回答道:"感情上,会;事业上,不会!"

柴进把头深深埋进向前单薄的肩膀里,不经意间,眼角滑过一滴微凉的泪。

"撒手!撒手!"向前终于挣脱开了柴进,把他推进一旁的沙发,她双手叉腰,居高临下地问道,"到底怎么了?又发生啥事儿了?"

柴进丧着一张脸,幽幽地道:"季纯走了。"

"啥?"向前也愣了。

而后,她盯着柴进那张纵欲过度的脸,用不可思议的口气问道:"你别告诉我,你刚从她那儿回来?!"

第五章 我想离婚

柴进垂着脑袋，不吱声，看样子是默认了。

向前转身就要走，她太了解柴进了，这家伙真就是狗改不了吃屎。

"江宏斌最近的一些操作，差点儿废了盈润。"柴进从背后叫住她。

向前立马驻足回身："真的？"

柴进委屈道："我什么时候骗过你？"

"那这又关季纯什么事儿？她要去哪儿？"向前重新朝柴进走了过来，在他身边坐下。原来他真的给她"托着桥"去了。

"我急着想见你，就是为了提醒你。江宏斌现在对滨江所用的一切套路，之前都在盈润那儿用过一遍了。他故意让盈润以为他要石材和高建钢，盈润为了合作，确实囤了些。但谁能想到，苏伊士运河堵塞的事儿产生了蝴蝶效应。有一批进口建材，在码头延误了半天，江宏斌就抓住把柄，拒不付款。也就是盈润血厚，才算勉强扛过了这一劫，但……"

"但锅得有人背，季纯背了？"向前接茬儿说道。

柴进难过地点了点头，颇有点儿兔死狐悲之感。

"其实这些年季纯也挺不容易的。"柴进的眉宇间满是怆然，"她一个农村来的女孩子，又没学历又没背景，一穷二白地杀进商场，借助一副还算不错的皮囊和想要成功的野心，终究也将心底那团欲望的小火苗烧成了烈焰，只可惜……算了。"

柴进有些说不下去了，但他的话中之意，向前却能懂。

向前和季纯的起点几乎是一样的，她唯一的优势，无非是学历比季纯高点儿。但销售这一行，学历的优势几乎可以忽略不计。那些没有业绩的日子，向前也不是没有苦恼过、颓废过，好几次她也快要向那些所谓的"潜规则"妥协了。但，她终究还是咬着牙熬过来了。她想成功，但她不愿本末倒置，忘记自己为什么要成功。她想要的人生，如果自己都不坚持，那么谁又会替她坚持？

"季纯随波逐流了这么久，这次的事儿，也算是让她想明白了。她说，胳膊终究拧不过大腿。她和商场上的那些老狐狸斗累了，她心力交瘁，再也斗不动了。她认命了，选择去另一个城市重新开始。"

"重新开始？"向前动容地道。

"嗯，有个供应商，一直还挺喜欢她的。"柴进道，"她说她打算去嫁人，以后换一行，做点儿不需要靠脸的生意。"

"所以昨晚你俩抱着哭了一场？"向前调侃垂头丧气的柴进。

"别开玩笑，"柴进一本正经地说，"我只是有点儿难过，季纯她毕竟也是我带出来的兵。"

向前轻轻拍了拍柴进的肩膀："别想了，浪子回头金不换。眼下还是想想怎么别让滨江成为下一个盈润吧。"

"嗯。"柴进重燃斗志，他不带任何私情地按了按肩膀上向前的手，向前感觉到他的手是冰凉的。

53

周末，向中一如往常，像米酱一样，蜷缩在王玉溪家柔软的角落里。向中喜欢这里，同样的空气，似乎博士后公寓里的

第五章 我想离婚

也比自己家里的更清甜。

王玉溪如常地做了清新可口的午饭，向中大快朵颐之后，仍然感觉腹内空空。趁王玉溪不注意，她低头轻捂自己的小腹，才发现咕咕乱叫的不是胃，而是无穷无尽的欲望。

向中握着手里的书，淡然一笑。毕竟，她早已不是二十岁左右的小女孩儿了。她懂得，低级的欲望，通过放纵获得，而高级的欲望，通过克制得到。

她矜持地靠在王玉溪的单人沙发上，保持着手不释卷的姿态。但她这种姿态并没有坚持太久，王玉溪就像一阵轻轻柔柔的清风飘过来，他只是微微俯下身，不费丝毫力气抽去向中手里的书，她便忘却所有，立即缴械投降了。

"还没……看完呢。"向中不敢直视王玉溪的眼睛，红着脸，佯装低下头去拾那本书。

王玉溪没有给她这个机会，他纤长白皙的手，一把按住了那本书，准确地说，是按住了向中放在书上的手。

"我们……"向中想说"我们不可能"，但王玉溪没有给她说出这句话的机会。他的呼吸声越来越粗，越来越近，极具攻击性。

这一两个月，向中每个周末都来他这里厮混，傻子也明白了对方是什么心意。

王玉溪不是圣人，不是柳下惠，只是一个血气方刚的普通人。他心中也有七情六欲，他眼中也有环肥燕瘦，他期待的、中意的，本就是向中这样的女子。第一眼，他便确定了。

"别闹，我是你师傅……"向中像一只受惊的鹿，慌乱地蜷起自己的小腿，环抱在胸前。她的声音小得自己都能听出心虚。

王玉溪低头沉思了一下，而后猛地抬起头，猝不及防地噙住向中微冷的唇，和她吻到一起。

向中惊得手一滑，书顺势滑了下去。

偏偏此时敏感的米酱，在书上轻踩了一下，便蹿上了立柜。此刻，连猫都是知情识趣的。

向中冰凉的唇齿间，逐渐开始流转王玉溪舌尖上的温度。血压飙升的瞬间，她最后一次轻声问自己："这……真的就是我想要的吗？"

王玉溪的吻很温柔，很热烈，也很意外。就像一部唯美的小说，如果都是程式化的老套情节，就会索然无味，往往情理之中、意料之外的新奇桥段，才能令人喜出望外。但情节又不能跳跃得太离谱，不然容易让人出戏。

经过这段时间的相处，向中隐隐发现，王玉溪也是喜欢她的。他触及她目光的时间，越来越短，越来越急促——到底年轻，还不能心平气和地掩饰住自己的喜好。

向中下意识地环住王玉溪的脖子。他的身体，有着属于他这个年龄段的燥热。

王玉溪狠狠地、贪婪地吮吸向中的红唇，他的呼吸如同刚跑完八百米般急促又粗重。但无论他如何急切与贪婪，向中还是用她成熟女人的镇静，欲擒故纵地掌控着节奏。

缱绻间，向中忘记了一切，只沉溺在王玉溪的柔情之中。他亦得寸进尺地想要更近一步。男女间的试探从来都是心照不

第五章 我想离婚

宜的。向中两腮绯红,满含期待。

"嗡——嗡——"突然,手机不合时宜地振动了几声,让这对痴男怨女从情天欲海之中惊醒过来。

王玉溪喘着气,轻轻拂了一下嘴角,从意乱情迷中抽离,不甘心地说:"你接。"

向中不好意思地用手背贴了一下早已滚烫的脸,手忙脚乱地接起电话。

"喂?向南?"向中看了眼来电提醒,心底对向南有点儿恼。

小妹从来都是坏她好事儿的行家。高中的时候,向中趁父母上班,偷偷摸摸地约校草来家里看《单身男女》。偏偏小向南从房间里钻出来,爬上沙发,反手就掌握了遥控器,强行调到了"白龙马,蹄儿朝西,驮着唐三藏还有仨徒弟"……

这回,还不如"仨徒弟"呢。向中心里恨死小妹了,觉得她简直就是《西游记》里坏了唐三藏和女儿国国王好事儿的蝎子精。

"向中姐,我是江家巧。"一听江家巧的声音,向中顿感不妙,立马放下纤细的脚踝,整个人都坐正了。

"噢,是有什么事儿吗?你为什么用我妹的手机打过来?"向中礼貌地问道。

"向南……向南她……"江家巧吞吞吐吐,方才她打给向前,已经被大姐从头到脚喷了个狗血淋头,二姐这……

"向南她怎么了?"一听说向南有事儿,向中也顾不得身旁的王玉溪了,声音立马变得严厉起来。

"她……她……她现在在医院。"江家巧不敢说,但又不得

向家的女儿（上）

不告知。

"医院？"向中一下子站了起来，"她为什么会在医院？！"

"她流产了，怀了俩月……"

"怀了俩月怎么会流产？"向中直接对着电话那头质问，语气已经降到冰点。

"出了点儿意外，是……是被我哥和我侄女刺激的，实在是很抱歉……"江家巧不敢隐瞒。她知道，向南的两个姐姐都不是吃素的，就算瞒得了一时，到了医院，她们也会刨根问底的，与其等一会儿两座火山一齐爆发，倒不如提前先打一剂预防针的好。

向中气得骂了一句脏话，拎起包就往门外冲，撇下心情尚未平息的王玉溪。

"向中……"王玉溪犹豫了一下，还是追了出去，他实在不放心她就这样跑出去。

无论是温柔沉静，还是烈性冶艳，向中越来越像一枚磁铁，牢牢地吸引着王玉溪。

"×××医院！司机，麻烦你快一点儿！"向中上车的瞬间，王玉溪终于在一路狂奔之后，按住了车门把手。

"你来干吗？！"向中一下子变得很凶。

"我不放心你。"王玉溪额间全是汗。

向中此刻完全没了谈情说爱的心情，不情不愿地往里挪了挪，同意王玉溪也坐上来，她没空听他废话。

"你倒是开快点儿啊！还是花钱开F1赛车的人，在这儿蚂蚁挪窝呢?!"此时同样心急火燎的,还有从滨江赶往医院的向前。

"向前,你讲点儿理!红灯,前面一排车,我飞过去啊?"手握方向盘的柴进,满脸委屈。

"你倒是按喇叭呀!"不等柴进动手,向前就伸手使劲儿按了两下喇叭,惊得车外的人齐齐注目。

"姐姐,闹市区按喇叭,违反交规!你淡定点儿行不行?"柴进小心翼翼地劝道。

"淡定,我怎么淡定?!合着现在躺在医院里的不是你亲妹!"向前吼道。

在向前和向中的意识里,向南这个妹妹过得好,她们才会去计较自己的生活完不完美。只要向南不幸福,她们压根儿就不需要考虑自己生活品质的好坏,向南不好,她们自己的人生再精彩也是不美好。

"向前,你听我的,先把思路捋捋。待会儿说不定会遇到江宏斌,你打算……"柴进手握方向盘,还想试探一下向前的态度,但转头一看,得,自己还是准备好待会儿怎么拉架吧,"孩子已经没了,你妹肯定特伤心,待会儿你别再跟你妹夫吵起来……"

柴进的私心,此刻在向前看来就是包藏祸心,她一听又炸了:"我妹怀孕俩月了,他都不知道,这种人,就不配当我妹夫!"

"可他现在是我们的大客户,滨江接下来还指着他喂饭呢……"柴进不合时宜地提醒向前。

向前杏眼圆睁,骂道:"呸!我说你这么好心,听了电话非要陪我来医院,原来是在这儿等着我呢!我妹都这样了,滨江就是倒闭了,我今天也要跟江宏斌要个说法,问问他到底是怎么把我妹肚子里的娃给折腾没的!柴进你现在说这种话,就是狗!没人性!"

"我怎么又成狗了?"柴进被向前的口水喷得眼睛都迷糊了,他迅速揉了揉眼,见前头变了绿灯,赶紧脚踩油门,"我这不是担心你情绪激动开不了车才跟来的吗!狗咬吕洞宾,不识好人心啊……"

向前不想理他,脸偏向一边,手紧紧攥成拳头放在腿上。是她这个当姐姐的太粗心了!这两个月里,她明明见过向南好几次,怎么就没发现自己的傻妹妹怀孕了呢?!向前懊恼不已,反手就给了自己一个耳光。

柴进又被吓到了,在一旁赔着小心说:"我……我已经开得非常快了……"

向前按住自己的额头,内心一阵绞痛。是她疏忽了!是她这个做姐姐的没有尽到责任!待会儿到了医院,管他什么滨江、什么江宏斌,她首先得搞清楚,向南肚子里的孩子到底是怎么没的。那些伤害过向南的人,她一个也不会放过!滨江倒闭了也和她没关系……

"你倒是快点儿开啊!"她又扯着嗓门儿冲倒霉的柴进吼道。

54

向前和向中几乎同时赶到了医院。

第五章　我想离婚

　　四个人在电梯间撞上,向中一把拉住向前问怎么回事,向前摇摇头,疯狂地按电梯。
　　柴进瞥了向中一眼,又仔细地打量了一番跟在她身后的王玉溪,低头抿了抿唇。向中和邓海洋的婚礼,柴进也参加了,眼前这位显然不是邓海洋。
　　"南南!南南!"两个姐姐同时推门而入,躺在床上麻木地看着天花板的向南,听见声音,缓慢地转过脸。
　　"姐……"向南眼中蓄了许久的泪,终于在这一刻决堤而出了。
　　向前和向中一人攥住向南一只手:"发生什么事儿了?你先别哭,告诉姐!""是啊,南南,跟二姐说,是不是他们江家人欺负你啊?!"
　　江家巧和江梓涵坐在一旁的陪护床边,特别尴尬。她俩不站起来吧,显得太不礼貌了,但要是在这时候站起来,简直就是往枪口上撞。
　　江梓涵再桀骜叛逆,这次的事儿也和她脱不了干系,她心里自责不已。
　　而江家巧,则一直提心吊胆地盼着她哥那边活动结束,快点儿过来。眼下这场面,要是向南的娘家人真闹起来,她还真应付不来。
　　向南只是流泪,一声不吭。
　　无奈,江家巧战战兢兢地站了出来:"向前姐,向中姐……"
　　向家姐妹正愁抓不着人问情况,听见江家巧的声音,立刻一左一右地冲上去:"我妹好好的怎么会流产?""两个月了,你们家人都不知道吗?"

"向前姐,向中姐,你们听我解释,虽然我们是有不对的地方,但今天这个事情真的是个意外……"

"意外?"向前用质疑的眼神盯着江家巧,"江宏斌人呢?!发生这么大的事儿,他都不来医院?我妹妹都这样了,他这个做老公的还有什么事儿比她更重要?!"

向中立即附和:"就是!我刚在门口都听护士说了,说我妹是因为车祸被推进来的!好好的,怎么会发生车祸?江家巧,你赶紧给我们把事情的来龙去脉说清楚!"

江家巧被两位姐姐质问得头皮发麻,愣在原地手足无措。她不是不想说,而是不敢说,今天这事儿牵扯出的东西太多,而且摆明了就是江家理亏。她要是承认错误,万一回头江宏斌不认,她自己也会被搅进两家人的事情里不得抽身。

"你们先消消气,我给你们倒杯水。"说着,江家巧弯腰倒水。

可向中这时候脾气上来了,一把打掉江家巧递过来的一次性杯子,杯中的水如天女散花一般洒了一地。"我缺水喝?!我在问你话呢!你现在就打电话叫你哥过来!"向中杏目圆睁,脸颊绯红,身体笔直。她目光凌厉,逼着江家巧给她哥打电话。

看到这一幕,一旁的王玉溪完全惊到了。他从没想到平时温柔文静的向中,还有这样泼辣强势的一面,如同一朵艳丽多刺的玫瑰。

倒是柴进见怪不怪,还如谦谦君子般过来劝架:"向中,你往后站一点儿,不要逼江总的妹妹。江总肯定是有什么事情给绊住了,不然这种情况,肯定在的啊……"

第五章 我想离婚

"这儿有你说话的份儿吗？！"向前和向中异口同声地喊道。

在江宏斌出现之前，病房里已经是一团混乱了。江家巧百口莫辩，江梓涵想说话，但这种时候似乎没有人想听一个小孩子说什么。王玉溪没有见过向前他们，完全是局外人，他还以为柴进就是向前的老公。

这时，江宏斌才处理完场面上的事儿，从外面推门进来了。他的表情很淡定，虽然早已知道孩子没了的事实。

他穿过一屋子的人，缓缓走到向南的病床前，低头看了看她，又抽了张面纸很敷衍地替她擦了擦眼泪，极其公式化地安慰道："南南，你受苦了。孩子我们还会再有的，你先好好休息，身体第一。"

说完，他便跟满屋子的人点了点头，然后径直走到柴进面前，和他握了握手，相互寒暄着出了病房。

向前和向中真是被惊到了，多年建立起来的三观瞬间崩塌。原来，她们最最疼爱的小妹，一直过的是这种日子！都这个时候了，江宏斌在病房里，竟然都没有忘记生意场上的交际。他没有给任何人一个解释，仿佛自己是高高在上的君主，满屋子的人都是他的子民，他没有必要给任何人一个交代。

躺在病床上的向南，彻底绝望了。江宏斌往日里对她的"好"，不过是虚情假意而已。

向前更是后悔，她就不该让柴进跟过来。

柴进也很后悔，表面上客客气气地应承着江宏斌，心里却对待会儿向前可能会做出的反应担心不已。

只有江宏斌波澜不惊，他从容地和柴进聊着洪江和滨江合作的事宜，谁也看不出他刚刚失去了一个孩子。

"还带这样的？"向中气得跳脚，却又对江宏斌无可奈何。这个人简直是人渣中的战斗机！

向前虽然见多识广，可也是第一次遇见江宏斌这么冷血的人。

她们本以为江宏斌来了，至少会把事情的来龙去脉告诉她们，然后再商量下一步该怎么办。可江宏斌根本就不屑于搭理她们，他给柴进面子，完全是因为他心里只有生意。

向前心疼地半跪到向南的床前，紧紧握住她的手，眼泪也止不住地流了下来："南南，到底怎么了？"

"姐……我想离婚。"内心百转千回之后，向南终于平静地开了口。

向中听见了，偏过脸，不忍心去看妹妹那面白如纸的病容。

"怎么突然想离婚了呢？"向前好声好气地哄着她问道，"是因为孩子掉了吗？"

"不是的。"向南的委屈一下子全部涌上心头，她眼里盈满了酸涩的泪，摇着头，却一个字都说不出来。

这时，江梓涵终于站了出来，她不言不语地在向前身边跪下来，拉了拉她的衣服，小声道："姨，是我的错。"

"你？"向前回头看了江梓涵一眼。

"嗯。"江梓涵笃定地点了下头，不打算逃避，"是我从会场里冲了出来，跑到马路上，差点儿撞车。向南因为担心我，冲过来把我推开了，但被车子吓得摔了一跤，把孩子摔没了。"

向中一听，黑着脸一把拽起地上的江梓涵，厉声痛斥道："原来是你！你这孩子怎么这么不懂事儿啊？！我妹妹是哪点儿

第五章 我想离婚

对你不好,你要这样害她?!你就是欠揍……"说完,她甩手一耳光,打在江梓涵脸上。

王玉溪都看愣了。果然再温柔的人,也有别人无法触碰的逆鳞,雍容柔媚的向中,为了家事,竟然能……

"你打孩子干什么?!"江家巧赶紧冲上来,向中又和江家巧扭成一团。

"你们闹够了没?"这时,江宏斌和柴进进来了,他大吼一声,屋里的人瞬间被震住,一时间鸦雀无声,"家巧,你先带梓涵回去。这边的事儿,我来说。"江宏斌铁青着一张脸说道,他身上还穿着向南为他新买的衬衫和亲手熨烫好的西服。

江梓涵捂着热辣辣的半边脸,这回她倒并不觉得怎么委屈,反而淡定地说道:"爸,我不走,我要留下来陪向南。是我不好,是我连累了她。"

江家巧猛使眼色,让她闭嘴。

江宏斌冷冷道:"你连累谁了?向南是自己摔倒的,和你没关系。你赶紧给老子滚回去!"

"怎么没关系?"向中不服,"江梓涵都告诉我们了,是她先冲出去,然后向南为了保护她才摔倒的。"

江宏斌不屑道:"二姐,你不要断章取义。向南的孩子没了,大家都很难过,但这到底是我江家的家事,以江家大人说的事实为准,你也不要过分为难一个小孩子。"

"我为难她?"向中不可思议地指着自己的鼻尖。世界上怎么会有这么厚颜无耻的人?

向前这时候反而冷静下来,她预感到,向南流产的事儿绝对不是三言两语就能解释清楚的，恐怕另有隐情。

向前想了想，没有和江宏斌对峙，而是心平气和地问江梓涵道："梓涵，你为什么会突然从会场里冲出去？"

"我……"江梓涵还未来得及解释，就被江宏斌一把推出门去，随后他狠狠地冲江家巧使眼色。

"江宏斌，你怎么不让人把话说完呢？"向前也恼火起来。

"孩子都没了，现在计较这些有意义吗？向南需要休息，我跟医院打过招呼了，所有的医疗设施都用最好的，帮她调理好，尽快出院。"说完，江宏斌竟然脸不红心不跳地走到向南床前，俯身吻了她的额头一下，语气温柔地说道，"南南，乖。你放心，有我在，肯定会没事儿的。事情不是你想的那样。"

55

"你出去吧，我现在不想和你说话。"向南脸色惨白，气若游丝，从齿缝间吐出这句话。

"向南！"江宏斌脸上的表情渐渐凝固，直起身来，"你先休息，明天我再来看你。"说完，他就这样在众目睽睽之下走了。

江家巧踟躇了一下，也拎起包跟了出去。

"什么玩意儿！"向中对着他的背影狠狠啐了一口。

柴进见江宏斌走了，拍了拍身边王玉溪的肩膀，示意了一下，两人一起出去了。

向中看见了，并不介意，她现在只希望屋子里的外人都赶紧滚，好问问向南到底是怎么回事儿。

第五章　我想离婚

"南南，现在就咱们姐妹仨，你有什么委屈就都说出来吧。到底发生了什么？"向中蹲在床边，拉住向南冰凉的手。向前也满脸心疼地在一旁看着她。

"姐，我想离婚。"南南还是这一句话。

"离婚可以，总得先让我们知道发生了什么吧？"向中的语气渐渐和缓下来。

"是啊，孩子到底是怎么没的？"向前借机追问，她并不完全相信江梓涵讲述的经过。

"我说不出口……"向南带着最后的自尊，眼眶里闪着泪光。她早已习惯了报喜不报忧，紧紧抿住的嘴唇，像一道被锁上的门，封住了心底的千言万语。

向中和向前对视了一眼，她们都很清楚向南的性格。"好吧，你先休息，医生叮嘱你不要太激动了。"向前道，"有什么话，等身体养好再说。"向前说完，给向中使了个眼色，向中会意道："我们去护士那儿问问还要不要输液。"

封闭的楼梯间里，向中抱着胳膊，心急如焚："真是的！都这样了，还撬不开她那张嘴，我们是外人吗？真气死我了！"

"你怎么又说这话？！"向前瞪了向中一眼，知道她是为三妹心急，却也不得不提醒道，"从小到大，你比谁都疼向南。南南就是那样一个不喜欢给别人添麻烦的性格，你怎么又提什么外人不外人的话？"

向中吸了下鼻子，撇了撇嘴。

向南和她们姐儿俩不是一母同胞，这是她们最大的心病。亲生和非亲生，在某些事面前还是有所区别的。非亲生要想和亲生一样，就更得小心翼翼。

"要不要……告诉爸妈？"向前试探性地问向中。

向中长长地吐了口气，然后摇了摇头："姐，你是嫌现在事情还不够乱吗？……告诉爸妈，非得翻了天不可。"

"也是。"向前附议，"这样，这几天，我们一人请假一天，在这儿陪床。等南南好点儿了，我们再商量怎么办。"

"也只能这样了。"

向中和向前刚拉开楼梯间的门，就迎面撞上了一个熟悉的人。

"江梓涵？"穿着粉色连衣裙，低眉垂首的江梓涵，看起来乖巧异常。

"你没和你爸一起走？"向前张望了一下她空空如也的身后。向中则从鼻子里哼了一声。

向前想了想，把江梓涵拉进了楼梯间，又关上那扇铁门。"梓涵，你是不是有什么话要和我们说？"向前按着她的肩膀，语气和缓地问。

向中冷哼："她能有什么话？孩子不就是被她折腾没的吗？"

向前抬头瞪了向中一眼，制止她的气话。就算是杀人犯，法官也会给他一个自辩的机会。

江梓涵低着头，先是问了一句："你们……能不能劝向南别和我爸离婚？"

向中嗤道："怎么，替你爸当说客来的？要点儿脸……"

向前则道："梓涵，不管向南和你爸离不离婚，你总得先让我们知道到底发生了什么吧？"

第五章　我想离婚

江梓涵揉搓着衣角，挣扎了一下，然后似乎下定决心似的抬起头："向前阿姨，向中阿姨，我们找个咖啡厅坐一会儿吧。"

向前和向中迅速交换了下眼神，赶紧同意，看来终于可以得知一些内幕了。

医院对面的咖啡厅里，江梓涵垂着头，把这几个月来家里的种种情况一口气都说了，包括明蔚的事儿，她把她所知道的一字不落地都交代得明明白白。

向中听完，气得身体直抖。江梓涵看到的就已经这么不堪了，可想而知，自己妹妹在江家的生活是多么水深火热。江宏斌对向南做的，不，应该说是对所有人做的，已经是PUA了。向中撸起袖子，恨不得立刻冲出去找江宏斌算账，是可忍孰不可忍！

"你理智点儿！"向前忍着心痛拉住她。

"什么理智？"向中赌气坐下，"现在替南南出了这口恶气，就是最大的理智！"

"好了好了，别闹了……"向前没空陪向中使性子，她拧眉转向江梓涵，问道，"梓涵，你为什么要把这些告诉我们？"

江梓涵难过地说："我不希望向南和我爸离婚。她……是真心对我好的。"说着，她从背包里掏出一个手工缝制的小口袋，轻轻放在桌上。

"这是向南专门给我做的，放卫生巾用的。她和我说，现在我渐渐大了，不能直接揣着东西就去厕所，拿这个装一下，文雅很多。我贴身穿的内衣，也是她给我买的。她说我正在长身体，内衣每隔一段时间就要重买，一定要买尺寸合适的，不然会影响发育。还有……"江梓涵越说越动容，渐渐抽泣起来，"她对我，就像亲妈对自己的孩子那样……以前是我不懂事儿，这次她扑出来救我，我才知道，她是天底下最好最好的人，之前是我辜负了她。"

江梓涵的话就像一盆水，平息了向前和向中方才的愤怒。

向中别过脸，抽了张纸巾，替江梓涵擦了擦眼泪。擦到刚才被自己掌掴的地方时，向中停了一下，有些愧疚地问了句："疼不疼？"

江梓涵痛哭着摇了摇头。

向前又安慰了她一番，说道："梓涵，你是偷跑出来的吧？要不你先回去，不然你爸会找你麻烦的。谢谢你告诉我们向南的处境。我和向中的微信，你刚都加了，后面如果再有什么事儿，记得及时通知我们。"

江梓涵点了点头，背起包往门外走去。

她走后，向前和向中并没有对下一步的对策展开激烈的讨论，而是相顾无言地沉默了良久。

医院的花园里，柴进点燃一根烟，又抽出一根递给王玉溪。

王玉溪冷冷地怼了回去："我不抽烟。"

柴进轻蔑一笑，自己低头点燃了烟，然后朝天空吐了个烟圈："毛都还没长齐呢，就学会泡姐姐了？"

见柴进来者不善，王玉溪毫不客气地冷哼了一声："关你什么事儿。"

"呵呵。"柴进把香烟从口中拿出来，意味深长地看了王玉

第五章 我想离婚

溪一眼,直接道,"向中是有老公的。"

听到"老公"两字,王玉溪觉得脸上热辣辣的,而后他努力装作无所谓地解释了一句:"我俩是同事。"

柴进嘴角微微一斜,单手掐了烟,似轻描淡写又似严正警告地对他说道:"要是同事呢,就最好。我比任何人都了解向中,她不是你想的那种人。"

一句"比任何人都了解向中",让王玉溪开始重新审视柴进和向中的关系。

"小伙子,好自为之吧。"柴进最后道,"'宁拆十座庙,不毁一桩婚',别以为小白脸儿长了几分姿色,就可以为所欲为。离她远一点儿,不然我不会放过你。"

柴进点到为止,说完就戴上墨镜,大步走了。就这小屁孩儿,完全不值得。作为朋友,他不会让向中陷入万劫不复的境地。

晚上,向前心事重重地回到家。

高平问她这一天都去哪儿了,她叹了口气,瞟了他一眼,纠结了一下,还是没把向南的事儿告诉她。

"妈咪,我牙牙疼。"左左肉嘟嘟的小手捂着左半边小脸儿,跌跌撞撞地跑了过来,一下子伏在向前膝上。

向前扶起他的小脸:"好好的,怎么突然牙牙疼了?快给妈妈看看。"

左左边张开嘴,边说道:"右右早上也疼来着。"

"右右?"向前赶紧又抱过右右,也掰开她的小嘴,朝里看

向家的女儿（上）

了看。

"老公，你看这是不是蛀斑？"向前询问起学医的老公。

高平也凑过来，仔仔细细地看了一遍，然后道："好像还真是。奇怪，怎么会突然长蛀斑呢？要不明天带他们去牙防所看看吧。"

一听要去牙防所，向前又有点儿挂念向南，便道："要不去×××医院看吧，那边的牙科也还行。"

"怎么突然要去私立医院？"高平莫名其妙，"牙防所可以用少儿医保。"

向前无法对他多解释，只说了句："向南在那里住院，看完了，你带孩子走，我正好去住院部看看她。"

"向南怎么突然住院了？"高平好奇地问。

"身体不好。"向前放下右右，搪塞了过去。

向中从医院走的时候，完全忘了自己来的时候还带着"挂件"王玉溪。她打车径直回了家，把风花雪月的事儿忘了个干干净净。

邓海洋正煲了皮蛋瘦肉粥，系着围裙等她。

向中是真饿了，放下包一言不发，就狼吞虎咽地吃了起来。

邓海洋开玩笑地说："慢点儿慢点儿，刚从牢里放出来的？"

中午的酒再好，终抵不过夜幕落下后家里的温粥。

"你今儿是怎么了，这么累？"邓海洋见向中一直不说话，就解了围裙，坐到她身边，替她将垂在脸颊边的头发别到耳后。

向中突然想起，江梓涵今天所说的向南在江家的种种，和自己的生活一比，不禁有些惭愧和后悔。她抬头看了踏实可靠的邓海洋一眼，感觉自己确实有些身在福中不知福。

"向南住院了。"向中放下勺子道，"怀孕以后流产了。"

"啊？"邓海洋惊得合不拢嘴，"真的啊？"

向中白了他一眼，用眼神告诉他：这还能有假？

邓海洋叹息了一番，说道："那我们明天买点儿补品一起去看看她？"

向中道："不用了，南南现在不想见太多人。你今天煲的这粥不错，还有吗？明天我给南南带一壶去。"

"哎哟，我的乖乖，隔夜的粥怎么能喝啊？"邓海洋直摇头，"明天早上我起来重新煲吧。这刚流产了，也不能吃皮蛋，我改成红枣银耳汤吧。三妹也真是太可怜了。"他是真的把老婆的家人当成自己的家人，把她的所思所想作为自己的头等大事。

"嗯。"向中不敢直视邓海洋的眼睛，匆匆吃完，就推说累了，独自回了卧室。

56

江宏斌回到家就直接进了书房。

江老太太毕竟是上了年纪的人，家里压抑的气氛，她猜也能猜到肯定发生了大事儿。她唤江家巧过来问，江家巧先是不敢说，后来又不敢不说了。听江家巧把向南流产的事儿缓缓说完，江老太太狠狠捶了下轮椅把手，痛骂道："作孽啊！"

但江家巧听不出亲妈是在骂谁作孽。她关上门出来时，江老太太的房里已经飘出了檀香味儿和低沉的诵经声。

这时江家巧又看到江梓涵正上楼来。"你怎么才回来啊?"她压着嗓子揪江梓涵的耳朵,"你爸正在书房等你呢,还不快去。"江梓涵冷着脸,不紧不慢地跟着江家巧走进书房。

江宏斌坐在书桌前,手里夹着雪茄,一脸寒意:"回来了,去哪儿了?"

"买咖啡。"江梓涵留了个心眼儿,离开咖啡厅前打包了两杯咖啡。

江宏斌盯着装咖啡的牛皮纸袋,又抬头看了看江梓涵脸上的伤,然后幽幽道:"今儿你这一巴掌也不算白挨。一是因为你不懂事儿,二是因为你不会说话。"

"哥,梓涵她也不是故意……"江家巧继续护崽儿。

"你闭嘴。"江宏斌明显不给她这个机会,他继续对江梓涵说,"今天在病房,你就不该那么说话!你把责任往自己身上揽,我和向南的孩子就能回来吗?"然后他又训斥江家巧:"梓涵被向家人扇耳光,你也不拦着点儿?!"

江梓涵和江家巧都噤声,耐心听训,无论是出自真心还是假意。

"人什么时候讲话,都要把事情描述得对自己最有利。"江宏斌耐心"教导"女儿做人。

他脸上看不出任何丧子之痛,反正这些年,外头形形色色的女人为他打掉的孩子,也差不多能凑齐一个班了。江宏斌觉得,孩子嘛,总会再有的,自己才四十岁,并不急。

"出去吧。好好想想!"江宏斌看着江梓涵就生气,于是赶

第五章 我想离婚

她走。

江家巧被留下挨训。

"你今天是干什么吃的？怎么能让梓涵挨巴掌？"江宏斌目光凌厉地质问妹妹。

"哥……"江家巧里外不是人。

"这向家两姐妹确实过分了！"江宏斌阴狠狠地说道。

江家巧终于忍不住壮着胆子说了句公道话："哥，不是我说，今天这事儿，归根结底，既不是向家人的错，也不是梓涵的错！怪就怪……"她胆怯地迟疑了一下，叹了口气，然后鼓起勇气继续道，"哥，你和明蔚也闹得太不像话了……好歹向南是你老婆，她不要面子的？"

江宏斌抬起眼皮看她，算是一次警告。

"哥，你过去那些风流事，向南都是睁一只眼闭一只眼，可这明蔚……她也太蹬鼻子上脸了！还带个女儿，大庭广众之下跟你黏在一起，连我都看不下去了！"江家巧忍无可忍，眼一闭心一横，把心底的不爽都给吐了出来。

"看不下去就对了。"江宏斌站起身，去酒柜拿酒杯倒酒，回头警告似的瞪了她一眼，意思是"你可以闭嘴了"。

"哥，你再这样，我也不站在你这一边了。这一年多，向南对梓涵多好啊！要不是你在当中挑拨，不让她们俩亲近……哥，你到底想干吗啊？！"现在，也就只有江家巧这个妹妹，敢仗着血缘关系在江宏斌面前说两句实话了。

"咚！"江宏斌将装威士忌的方杯重重地蹾在书房的玻璃茶几上。他的脸部肌肉微微跳动了一下，而后压低嗓音道："向南生孩子之前,都是向家人。我江宏斌如果想要女人,那简直太容易了,可做生意的机会,却只有一次!逆水行舟,不进则退,洪江发展到现在,一不小心,就有可能满盘皆输。"江宏斌似乎是在和江家巧说话,又似乎是在自言自语,"明蔚爸爸的老战友,能批下世纪城那块地。只有和明蔚走得近,才能让别人都觉得,我江宏斌对那块地势在必得。"

"不就是一块地吗?"江家巧毫不在意地说。她这样说也不奇怪,她哥这几年在城里城外参与开发的项目,少说也要两只手才能数过来。

"呵呵,一块地?"江宏斌端起手里的杯子,优哉游哉地摇晃着,"那可是一块关乎洪江股价的风水宝地。"

江家巧听得云里雾里,这么说,她哥不过是在和明蔚逢场作戏?确实,这就是她哥的风格,这世上的一切都是生意。江家巧与江宏斌有些相似之处,从不肯对另一半付诸深情,可他们这样的算计与绝情,到头来就能使自己活得更好吗?

想到这些,江家巧忽然迷惘了。她的脑海里还留着她哥和她嫂子初见时的情景,她坚信向南一定曾经深深地爱过她哥。可是她哥呢?也许他这辈子唯一爱过的人,真的就只有他自己。

江家巧甩门愤然离去。

江宏斌就像是一个疯狂的海盗,从向南流产的那一刻开始,他就再也不去掩饰自己的身份了,越发肆无忌惮地索求一切。

周一,向中的单位。

"杨姐,求你了,帮我跟人事说说,把我今年的年假一起给

第五章 我想离婚

批了吧！拜托拜托！"茶水间里，向中双手合十，苦苦哀求着杨姐。

杨姐端着一杯热茶，无奈地看着她。"向中，你进公司几年了？咱们这样的单位，那年假跟外头的民企压根儿就不是一回事儿！"杨姐用嗔怪的语气，责备向中不懂事儿，"咱们这儿，平时要是孩子有个头疼脑热，或是家里有什么事情，连假都不用请，直接和上级领导打个招呼，说走就走了！那年假，不过就是'聋子的耳朵——摆设'。谁要是想去旅游，都是在不怎么忙的时候，拼两个双休日出去。"

"那就当是我出去玩儿了，快求人事给我批了吧。"向中对着杨姐苦苦哀求，她刚从人事那儿碰了一鼻子灰，现在求杨姐来了。

"唉，"杨姐搁下茶杯，见向中确实如热锅上的蚂蚁，于是吐露了实话，"这周、下周，区里都有领导下来检查。之前的项目，要汇总提交，要在会上演示PPT。我可是听说，科里领导举荐了你，觉得你业务熟，人又长得体面，还指着你给单位争光，拿个'文明单位'的荣誉称号呢。"

"可我妹妹……"向中一想起躺在病床上的向南，就管不了其他事儿了，对她来说现在向南的事儿就是最大的事儿，"我妹妹在住院呢！我大姐业务又忙，我得请几天假去陪着啊！"

"怎么偏偏这时候病了……"杨姐是过来人，能体会向中的难处。

她想了想，轻声给向中出主意道："这事儿倒也不是没有两全其美的办法。可是，向中，你可得想好了，咱们这种单位，做好做坏另说,只要能在领导们面前露脸,几乎就等同于走进了提拔的大门。这次领导把机会给你,你不接着,以后你就是去求科长,也求不到了。"

"我想好了。"向中心一横,大不了不晋升,邓海洋又不是养不起她。

"嗯,那行吧。只要你能找到一个和你一样熟悉业务、口齿又清楚的人替你,估计领导就不会不批你假了。我看王玉溪挺好的,虽然是实习生,但跟着你也蛮久了,小伙子挺踏实的。"

"我也正想举荐王玉溪呢。"杨姐的话正中向中的下怀。说起顶自己那摊事儿,没有人比王玉溪更合适了,他业务熟练,情商也高。

"那行,你自己想好了就行。"说完这句话,杨姐意味深长地看了向中一眼,端起杯子走了。

向中琢磨了一下她最后的眼神,来不及多想,就赶紧去和王玉溪商量。她想,她家的事情,那天王玉溪正巧在场,他应该不会不帮忙的。

果然,王玉溪听了向中的请求,先是短暂迟疑了一下,随后很快就拍胸脯答应了:"师傅,你放心吧。这几个项目我都在跟进,你把材料发给我,不会有任何问题的。"

"那谢谢了。"向中温柔地捋了下头发,看了他一眼。

从医院出来后,向前百思不得其解。

自己明明讲究科学育儿,从来不让左左和右右多吃零食,可左左、右右为什么还会有蛀牙呢?难道是……高平妈做饭时,

第五章 我想离婚

糖搁多了？

向前因为江宏斌的事儿，便不愿多碰和洪江有关的业务，这时反而难得地闲了下来。这两天，她都是到公司点个卯，去医院看向南，然后就回家。今天，李书难得因为论文答辩，请了一天假，没来带孩子。向前索性早早就锁了办公室的门，直接回家了。

她到家的时间尚早，打开左左、右右的房门，被一个玩具绊了一下，于是一时兴起，想整理一下儿童房。

她掀开小床上的被子，只听"哗啦"一声，几根棒棒糖从被子里滚落出来。向前弯腰捡起来，仔细看了看糖纸。

"'阿尔麦斯'？"向前又惊诧又疑惑，怎么现在连不到一块钱的阿尔卑斯棒棒糖都有山寨货了？

而且，这么劣质的硬糖，是怎么出现在左左、右右的房间里的？真是匪夷所思。